闇の狩人(上)

池波正太郎

ひろいもの

温泉《ゆ》は、川床からふき出ている。

そこへ、丸太づくりに板屋根の小屋掛けがしてあった。

岩と丸太でかこんだ浴槽《よくそう》から、清澄な温泉が滾々《こんこん》とあふれ、岩石で区切られた谷川のながれへ渦を巻いて入りまじってゆくのである。

「ああ……」

温泉にくびまでつかり、雲津《くもつ》の弥平次《やへいじ》は何度も嘆声をもらした。

たまらないこころよさであった。

（すっかり、よくなったなあ……）

しみじみと、弥平次はそうおもった。

今年で四十二歳の弥平次は、盗賊・釜塚《かまつか》の金右衛門《きんえもん》の〔片腕〕だなどと、盗賊仲間でうわさをされている男だ。

小柄で細い躰《からだ》つきなのだが、裸になると筋肉が針金でも縒《よ》り合せたかのように、ひきしまっていた。

頬骨の張り出した顔いっぱいを、ふとい鼻がしめている。

口は小さい。細い眼が柔和であった。

筆にふくませた濃い墨が、ぼたりと紙へ落ちたような眉毛なのである。

こうして、ひとりきりで山深い谷間《たにあい》の温泉につかっている雲津の弥平次は、このあたりの木《き》樵《こり》や百姓たちと区別がつかぬ。とうてい、これがその道で知られた盗賊だとはおもえなかった。

去年の春。弥平次は、釜塚一味の盗賊十五名と共に、大坂の天満十一丁目にある薬種問屋〔対島屋《つしま》宗七〕方へ押しこみ、金五百九十余両を盗み奪《と》って逃げた。

そのとき、どうしたわけか身のかるい弥平次が、めずらしく対島屋の塀《へい》から飛び下りそこね、右脚の骨をいためたのである。

それが悪化した。

いまでいう〔リウマチ〕のようなものであったのだろうが……。

弥平次が、この山の湯のことをきいて、はるばるやって来てから、もう二た月ほどになる。

あれほどの激痛が、いまは、ぬぐったように消えてしまった。

(そろそろ、江戸へ帰るか……)

このごろは、足ならしのためもあって、昼すぎに一刻(二時間)ほど、まわりの山道を歩くのが習慣になってしまった。

湯からあがると、弥平次は渓流沿いの山道をさかのぼって行った。

山は、むせ返るような緑につつまれている。

老鶯《ろうおう》が、しきりに鳴いた。

そして、この日。弥平次は、おもいがけぬ〔ひろいもの〕をすることになったのである。

〔ひろいもの〕は、人間であった。

この日の弥平次は、いつもとちがう山道を踏みのぼって行った。

このあたりは、上州と越後の国境に近い。

前の日に、湯へつかりに来た炭焼の老爺《ろうや》が、その山道を半刻《はんとき》（一時間）ほどのぼって行くと、峠の上に出て、

「そこへ立つと、越後の山が、よく見えるだよう」

と、いっていたのをおもい出し、

（ひとつ、のぼってみるか）

弥平次は、いささか気負いたっていた。

二た月前に、此処《ここ》へ来たとき、弥平次は山駕籠《かご》に乗り、痛みに顔をゆがませつつ、まるで死ぬようなおもいで、たどりついたものであった。

それだけに、ここまで回復したのが、うれしかった。

（ぐずぐずしては、いられねえ）

そうなると、一時も我慢ができなくなった。

首領《おかしら》の、釜塚の金右衛門は、

「半年でも一年でもいい。ゆるりと逗留《とうりゅう》して、すっかり癒《なお》して来てくれ。それでねえと、わしが困る。これから先、まだまだお前にはちからになってもらわぬとなあ」

そういってくれた。

六十をこえた金右衛門は、小頭《こがしら》とよばれる雲津の弥平次を、たよりにしきっている。

つぎの〔おつとめ〕は、江戸でやることにきまっていた。

〔おつとめ〕というのは、盗賊たちの間でつかわれる隠語であって、つまり〔盗みをはたらく〕ことをさす。

「今度は、わしがやるから大丈夫だ」

金右衛門は、そういってくれたけれども、弥平次としては、近ごろとみに老いが目立ってきた〔お頭〕ひとりの采配《さいはい》では、

〔こころもとない気がしてならねえ〕

のである。

暗い杉木立の斜面についた山道を、弥平次は汗みずくになってのぼった。

山道は、ふたたび渓流に近い崖下《がけした》へぬけている。

その、切りたった崖の下で、弥平次は、

〔ひろいもの〕

を、したのであった。

そのあたりも、木や草におおいつくされている。

黄白色の穂状の小花をふさふさとつけた栗の花が強く匂っていた。

梅雨も間近い。

草むらの中に、人の足が投げ出されているのを見て、

〔や……?!〕

弥平次は、とっさに身を屈《かが》めた。

（死んでいる……？）

と、弥平次は見た。

草の中から出ている足が、べっとりと血に濡れていたからだ。

二本の足は、静止していた。

近寄って見て、

（おや……死んではいねえようだ）

草に埋もれて倒れ伏しているのは若い侍であった。
二十四、五歳に見える。
顔面は青ぐろく変色していたが、鼻すじのすっきりとした、眉の濃い、

（いい男だな）

であった。

両眼を閉じ、口をかたく嚙《か》みしめてい、くちびるの間から血が一すじ、ながれていた。月代《さかやき》もだいぶんにのびている。

黄ばんだ帷子《かたびら》の裾を端折《はしよ》った旅姿で、袴《はかま》はつけていず、肩へななめに小さな荷物を背負っていた。

若い侍は、うつ伏せに倒れていた。

（崖から落ちた……）

と、弥平次は感じた。

着物も手足、顔も泥まみれで、ところどころに切傷と擦過傷《さつかしよう》の血がにじんでいた。

そして、侍は大刀の鞘《さや》だけを腰に帯している。中身はなかった。

（これは、いってえ、どういうことなのか？）

侍の鼻へ手をあてて見て、まさに、

（生きていやがる）

と、弥平次は確認をした。

（これは、崖の上のどこかで斬り合いをしているうち、足をすべらし、崖から此処へ落ちたのにちげえねえ）

弥平次の推測は、あやまっていなかったようだ。

そのとき、弥平次は前方の森の中で、数人の声がするのをきいた。

（こいつ、追われているらしい）

追われる身に弥平次がなれるのは、盗賊という稼業《かぎょう》ゆえにであったやも知れぬ。

弥平次は若い侍の半身を起し、すばやく背負った。

意外に、軽かった。

間もなく、雲津の弥平次は、まだ気をうしなっている若い侍と共に、杉林の中の道もない窪《くぼ》みへ横たわっていた。

弥平次は、痩《や》せおとろえた侍の躰を抱くようにしている。

その感触が、尚更《なおさら》に弥平次の同情をよんだ。

（若いのに、ずいぶん、ひどい目にあってきているらしい）

下の山道で、声が起った。

「おらんぞ、どこにも……」

「たしかに、この辺りへ落ちた。間ちがいはない」

「早く、さがし出せ。逃がしてはならぬ」

「もっと、向うへ行って見よう」

弥平次は、すくなくとも四人ときいた。


それから、どれほどの時間が経過したものか……。

弥平次は、よくおぼえていなかった。

（とにかく、いま、出て行ってはあぶねえ）

ことだけは、たしかなことであった。

若い侍は、窪みの腐葉の上へ横たわり、死んだようになっているが、心ノ臓の鼓動は打っているし、まるで深いねむりをむさぼっているかのようだ。

血と土に汚れた顔は平穏なもので、弥平次が何度も肩をゆさぶってみても、眼をあけようとはせぬ。

ほかに、蘇生《そせい》させるための方法はあったが、うかつによみがえらせても、

（かえって、やりにくい）

弥平次は、そうおもった。

高い切りたった崖から落ちたときに、躰も頭も打撲したのであろうが、このまま息が絶えてしまうともおもわれなかった。現に侍の顔へ、わずかだが血の色が浮いてきはじめている。

（さて、どうするか……？）

先刻、山道できこえた男たちの声は、二度ときこえなかった。

弥平次は、若い侍を窪みへ横たえたまま、おもいきって自分ひとりで山道へ出てみた。

渓流の両崖はけわしい山肌だけに、もう日が翳《かげ》りはじめていた。

弥平次は急いで、引き返した。

山の湯は〔坊主の湯〕と、このあたりでよばれている。なんでも、むかしむかし、弘法大師が上州から越後を巡歴した折、この山中にわき出る温泉を発見したといういいつたえがあるので、その名がついたものであろう。

〔坊主の湯〕は、辺鄙《へんぴ》な山中にわく温泉だけに、客を相手の〔湯場〕とはいえない。炭焼や木樵、猟師、それに近辺の村人たちがこれを利用しているわけだけれども、雲津の弥平次のような客が、この温泉のすばらしい効能をききつたえ、湯治《とうじ》にやって来ることもある。だから、渓流の浴舎の上の、わら屋根の母屋《おもや》には、客用の部屋が三つほどあった。

弥平次は、その一つへ入っていた。

〔坊主の湯〕のあるじは、市兵衛《いちべえ》といい、五十がらみの大男で、猟師もすれば、谷間を切りひらいて百姓もしている。

女房は十年ほど前に亡くなったというが、おたまというむすめがひとりいて、父親をたすけていた。

弥平次が、坊主の湯の母屋へ近づいて行くと、市兵衛が出て来て、

「山で、何かあったのかね？」

いきなり、問いかけてきた。

「どうしてだ？」

「弥平次どんは、山へ行ったのだろう？」

「うむ」

「何か、見なかったか……実はな、さっき、妙な侍たちが四人、山のほうから此処へ来て、若い侍をさがしていたでよ。四人とも手傷を負っていてなあ。そりゃ、ものすごい顔つきでよう」

「そうか。それについて市兵衛さん。ちょいと、はなしがある」

「え……？」

弥平次は、市兵衛を自分の部屋へつれこんだ。

市兵衛も、もとは盗賊であって、これは越後から北陸道にかけて盗みをはたらく、滝谷《たきだに》の勘《かん》助《すけ》の手下だったそうな。

滝谷の勘助は、すでに病歿《びょうぼつ》しているが、その息子が二代目の勘助となり、依然、盗みばたらきをつづけていることは、弥平次もよく知っている。

弥平次と同じ、釜塚一味の盗賊で正体《しょうたい》の辰五郎《たつごろう》という男が、

「おれの、むかしの仲間で、上州と越後の国境にある湯場のあるじになった男がいる」

と、市兵衛のことをはなし、

「なんでも、そこの湯は、小頭のような病いには実によく効くといいますよ。あっしが市兵衛へ手紙を書くから、ぜひ、行ってごらんなさい」

すすめてくれたのであった。

正体の辰五郎は、釜塚一味になる以前、滝谷の勘助の下《もと》ではたらいてい、市兵衛とは顔見知りの仲だったのである。

それだけに、弥平次も居ごこちがよく、安心でもあったわけだ。

「実はな、市兵衛さん……」

と、弥平次は、杉林の窪みへ隠してきた若い侍のことを語った。

「ふうん。その侍は弥平次どんの、知り合いなのかね?」

「いいや、まったく知らねえ」

「ふうむ……」

「もしかすると、おれがここへもどっている間に気がついて、どこかへ行ってしまったかも知れねえが……それならそれでいい、と、こうおもってね」

「他人《ひと》のことだからな」

「そうさ。では、このままに打っちゃっておこうか……」

「ふ、ふふ……」

市兵衛が微《かす》かに笑って、

「だがよう、お前さんの肚《はら》の中は、別のことを考えている」

つぶやくように、いった。

「そう見えるかね?」

「お前さんは、そういうお人らしいものなあ」

「見ているうちに、あの若い男が、なんとなく可哀相になってきてね……」

「おれは、さっき、ここへ来た四人づれの侍どもは、大きれえだよ」

四人の侍たちは、市兵衛が制止すると、

「おのれが居ないというても、彼奴《きやつ》めが入りこんで隠れているやも知れん」

と、わめきたて、市兵衛を蹴倒《けたお》し、母屋から浴舎まで土足で踏みこみ、部屋の中もめったやたらに探しまわり、弥平次の荷物も蹴散らかして行ったのである。

そのときの憤懣《ふんまん》が、反動的に、

「よし。その若い侍を助けてやろうよ、弥平次どん」

と、同情にかわった。

いつの間にか、夕闇がたちこめていた。

「弥平次どん、もう、いいだろうよ」

「で、その四人の侍は、どっちへ行ったね?!」

「川下《かわしも》へ道をたどり、猿鳴《さるな》きの村のほうへ行ったよ」

「む。それなら大丈夫だ」

二人は、すぐさま外へ出た。

山と山とに区切られた夕空は、まだ明るさを残していたけれども、谷底のこのあたりは見る見る暗くなってゆく。

市兵衛は、ぬかりなく提灯《ちょうちん》の用意をしていた。

「市兵衛さん。いたぜ」

杉林の中で、弥平次がいった。

「そうか、間に合ったな」

「生きていればいいのだが……」

「む……大丈夫。死んではいねえよ。さ、弥平次どん。おれの背中へあげろよ」

「すまねえな」

「なあに……や、こいつは、ばかに軽い」

「ろくに食うものも食わず、旅をしていたにちげえねえ」

「なるほど……」

提灯にあかりをつけた弥平次が先へ立ち、あたりの気配をうかがいつつ、二人は若い侍を母屋の屋根裏へ担ぎこんだ。

そこは板敷きの物置になっている。

「父《とう》つぁま。なんだよう、その人は……」

おたまが、おどろいていった。

「いますぐに、わけをはなす。すぐにお前《めえ》、湯をもって来てくれ」

「わかった」

おたまは、父親に似て、のびのびとした大きな体格をしている。

化粧の気もなく陽灼《ひや》けした顔は、まるで男のように見えるが、くろぐろと張った双眸《そうぼう》のすずしさを、雲津の弥平次は、

「おたまちゃんの眼は、こういう山深いところに住んでいるからにちげえねえ。町のむすめに

はねえ眼の光りだ」

　と、市兵衛にいったことがある。

　市兵衛と弥平次の介抱をうけて、若い侍がよみがえったのは、夜もふけてからであった。

　両眼をひらいて、若い侍は、かなり長い間、焦点の合わぬ視線を空間に泳がせたまま、無言であった。

「お侍さん。どんなぐあいだね？」

「どこか、痛まねえかよ？」

　弥平次と市兵衛が、こもごも問いかけたが、侍は、ぼんやりと二人を見つめたまま、声が出ない。

　まるで少年のように無邪気な表情なのだが、口をうごかしかけては声が出ないのに、彼は自分で困惑しているかのように見えた。

「お前さんは、何処《どこ》から来なすった？」

　と、弥平次。

　侍が、眉をしかめ、わずかにくびを振った。

　弥平次と市兵衛は、顔を見合せた。

「お前さん。今日のことを、おぼえていなさるだろう？」

　こたえがない。

「崖の上の、峠のあたりで、斬り合いをして、崖から落ちたのでしょう。ね、ちげえますか？」

侍が、苛々《いらいら》とかぶりを振った。

「ちがう……？」

まだ、かぶりを振りつづけている。

「いってえ、どうなんです？」

かぶりの振りようが、烈しくなった。

また、弥平次と市兵衛が顔を見合せ、

「弥平次どん、こいつは、いけねえ」

「あたまを打って変になっちまったのか……」

どうも、そうらしい。

若者は、かぶりを振りつづけ、そのうちに、両手で胸を掻《か》きむしるようにしたかとおもうと、

「むうん……」

うめき声を発し、また気をうしなってしまったのである。

「こいつは、どうだ」

「弥平次どん。とんだものを拾ってしまったなあ」

苦笑をかわして、

「しばらく、このままにしておこうか……市兵衛さん。おれが、今夜は傍《そば》についていようよ」

「そうしてくんなさるかね」

その夜。雲津の弥平次は、脇差を引きつけ、若い侍と同じ屋根裏でねむった。

なかなか寝つけない。

いつもは気にならぬ渓流の音が耳について、眼が冴《さ》えてしまい、

（こいつは困った）

弥平次は台所まで下りて行き、冷酒を屋根裏へはこんで来た。

そのとき、若い侍が何かいったような気がして近寄って行くと、行灯《あんどん》の灯影に、侍が眼をひらいているのが見えた。

「もし……」

と、声をかけた弥平次を若い侍が見て、

「ここは……？」

「山の中の一軒家ですよ」

「山の中……？」

「お前さんは、崖から落ちたのですよ」

「が、け……？」

「そうです、崖から……」

「私が、落ちた……？」

「おぼえていねえのかね？」

「いない」

また、かぶりを振りつつ、

「いない……わからない……」

「困りましたねえ……で、お前さんのお名前は？」

「名前……」

「なんとおっしゃる?」

「私の……私の、名前……」

絶望的な苦悩が、若者の面上をゆがませた。

「わか、らぬ……わ、忘れてしまった……」

弥平次も、これには息をのんだ。

若者は、頭を強く打ち、そのために、すべての記憶をうしなってしまったものか……。

それでいて、よみがえったときからの現実には適応しつつあるのだ。

こうした人がいることは、うわさにきいてはいたけれども、わが眼に見るのは、はじめての弥平次であった。

(だが、気が狂っているともおもえねえ。朝までねむったら、すこしずつ、おもい出すだろう)

弥平次は、楽観的であった。

そして、ゆっくり若者のはなしをきいてから、

(市兵衛さんと相談して、なんとか始末をつけよう)

と、考えた。

「すこし、のんでごらんなさい」

弥平次は、ふとおもいついて冷酒を茶わんにいれ、半身を起した若者の手へつかませた。

「む……」

においを嗅《か》いで、

「酒だな」

と、いう。

こうした記憶は、うしなっていないらしいのである。

「のんでごらんなさい」

「うむ……」

のんで見て、もう一度、

「酒だ……」

つぶやき、一気に茶わんの中の酒をのみほしてしまった。

「お強い」

「もうすこし、くれぬか」

「ようござんすとも」

また一杯、のみほしたかとおもうと、茶わんを投げるように置き、微かにうめき、眼を閉じ、ぐったりと横になり、若者はまた、深いねむりへ落ちこんでいった。

翌朝も快晴であった。

今年は、梅雨に入るのが遅いらしい。

若い侍は、なかなか目ざめなかった。

「ともかく、此処に置いておくのはあぶねえような気がする」

と、市兵衛が弥平次にいった。

「昨日の連中が、さがしにもどって来るかね？」

「そうおもったがいい」

「昨夜ね、市兵衛さん。あの侍が背負っていた荷物を開けて見たよ」

「何が入《へえ》っていたね？」

「肌じゅばんが二枚に、旅提灯、蠟燭《ろうそく》、火打、付木《つけぎ》。そんなものだ。あとは何もねえ。ふところには、銭が合わせて一両たらず。手がかりになるものは何もねえが……」

「その荷物を、あの男に見せてやったら、何か、おもい出すのではねえか？」

「そうしてみるつもりさ」

だが、むだであった。

昼近くなって目をさました若い侍は、おたまがこしらえた土鍋《どなべ》の白粥《しらかゆ》をむさぼるように食べつくしてしまい、その後で、弥平次が、

「見おぼえはありませんかね？」

ひろげて見せた荷物の品々を、凝《じっ》と見つめていたが、

「おぼえて、いない」

「名前は、まだ、おもい出しませぬか？」

「わからない……」

そこで弥平次が、昨日からのことをすべて語った。

「お前さんはね、崖の上で、その侍たちと斬り合って、下へ落ちたようですぜ。ということは、

お前さんが、その連中に追われているわけなのだが……」

「わからない……」

若い侍も、記憶をうしなったことに非常な不安をおぼえてきている。これは、たしかなことであった。

だからこそ、まるで喰い入るように弥平次の顔を見つめて、そのことばを熱心にきき入っていた。

眼の色が凄《すさ》まじいほどの光りをたたえ、弥平次のことばを一つ一つ、たしかめるようにうなずきながらきいていたのだが、ついに、記憶はよみがえらなかった。

「このまま、何一つ、おもい出さねえということになったら、こいつ、大変なことだぜ、市兵衛さん」

弥平次が下りて来て、そういった。

「そうなったら、助けてやろうにもやりようがねえ」

「あの侍は、まるで野良犬のような浪人だが……追いかけて来た連中は、どんな奴らだったね？」

「浪人ではねえよ。どこかの大名の家来にちげえねえ。ちゃんとした身なりをしていたっけよ」

「そうか……」

市兵衛は、

「こうなったら、もう、手のほどこしようがねえ。すこし路用《ろよう》の金をやり、出て行ってもらったほうがいいでよ」

しきりに、すすめた。

もっともなことである。いまは盗賊をやめ、山の湯小屋のあるじになっている市兵衛はさておき、雲津の弥平次は、まだ〔現役〕の盗賊なのだ。江戸へ帰れば、また、つぎの、

「お盗《つと》め」

が、待っている。

江戸での〔盗みばたらき〕は、他国におけるときの二倍も三倍もの神経をつかわねばならぬ。

なんといっても江戸は、

「将軍おひざもと」

の大都市であり、日本の政治・経済の中枢であって、天下を治める徳川将軍と幕府の威令が、あまねく行きわたっている。

したがって、奉行所をはじめ〔火付盗賊改メ〕などという特別警察の眼が、絶え間もなく光っているし、盗賊たちにとっては、

「油断も隙も、あったものではない」のである。

また、それだけに盗みをする張り合いもあるのだ。

むろん、日本第一の大都市であるから、さまざまな金持ちが住んでいるし、盗み場所には事を欠かぬ。盗み金の高も大きい。

しかし、釜塚の金右衛門ほどの大盗賊になると、配下の盗賊も合せて四十人はいるし、むかしながら盗賊の世界に厳として存在する三カ条の掟《おきて》をきびしくまもりぬかねばならぬ。その掟

とは、
一、盗まれて難儀するものへは、手を出さぬこと。
一、盗《つと》めするとき、人を殺傷せぬこと。
一、女を手ごめにせぬこと。

この三ヵ条である。

これが、本格の盗賊の〔モラル〕であって、これを外れた盗賊は、どこにでもころがっている強盗にすぎない。真の盗賊はそうした悪どもを、

「畜生」

だと、きめつけていた。

ところで、この三ヵ条をまもりぬいての盗みということになると、大変な手間がかかる。

理想的にいえば、押しこみ先の金蔵から何百両も何千両も盗み出し、そこの家屋敷にねむっている人びとが、

「ねむりからさめぬうちに……」

けむりのごとく消え失せてしまい、後に手がかりとなるような証拠を、毛ひとすじも残さぬというものである。

こうした〔盗みばたらき〕をするためには、あらかじめ、一年なり二年前なりに、目ざす家屋敷へ、

〔引き込み〕

と称する盗賊を入れておく。

たとえば、女中でも下男でもよい。

こうして〔引き込み〕は、そこの家屋敷の一員になりすまし、一所懸命にはたらき、主人たちの信頼をうけ、蔭へまわっては、屋内の間取りから金蔵の場所、家族や奉公人の人数から性格まで、しらべあげてしまうのである。

これが、本格の盗めのための重要なデータとなるのだ。

そして最後に……盗みの当夜、引き込みは屋内から仲間の盗賊を、

「中へ引き込む……」

役目を果すわけであった。

とにかく、大きな盗みばたらきになると、一年がかりは、ざらにあることで、中には五年がかりでやってのける大仕事もあった。

江戸での、つぎの盗めは、本所・相生町《あいおい》二丁目にある薬種問屋〔長崎屋勘兵衛〕方と決定してい、すでに、釜塚一味の〔引き込み〕も入りこんでいた。

それをおもうと、雲津の弥平次は、

(うかうかと、こんな山の中にはいられねえ)

気もちになってくる。

(こいつは、うっかり、この侍にかかわらねえほうがいい)

夕飯に、土鍋の粥を屋根裏へはこんで行くと、若者は、まだ、ぐっすりとねむっている。

（よくまあ、こんなに、ねむれるものだ）

弥平次は、あきれ果てた。

開け放った小窓から、下の浴舎の湯けむりが風にのってながれこんできた。むせかえるような青葉のにおいがこの屋根裏にまでたちこめている。

（それにしても、これまでのことをみんな、忘れてしまったとは可哀相な……）

弥平次が、

「もし、もし……起きなせえ、夕めしだ」

と、若者をゆりうごかすと、すぐに、眼をひらき、

「おお……弥平次どのか……」

「私の名前は忘れませんでしたねえ」

若者は、さびしげに笑った。

その笑顔を見たとたんに、弥平次の脳裡《のうり》には、また別の考えが浮かんだ。

（いつまでも、この人の面倒を見てやるわけにはゆかねえが……そうだ、せめて、そのくらいは……）

さも、うまそうに白粥を食べている若者を残し、雲津の弥平次は急いで下りて行った。

「市兵衛さんは、どこにいなさる？」

弥平次は、いつであったか市兵衛が、

「この猿鳴川《さるなき》を、三里ほどさかのぼって行くと、この坊主の湯のような温泉《ゆ》がわいている。そこはもう、猟師どもが入りに行くだけだし……小屋はあるがよ、湯と川の水がいっしょになっ

てながれている。湯へ入りてえときは、わき出している湯のあたりを自分が石で囲って入《へ》える
のだよ。うんにゃ、名前などはついていねえが、そこの温泉は、うちのよりも、もっと効く」

　そんなことをいっていたのを、おもい出したのである。

（そこへ、この若い男をつれて行ったら……)

と、弥平次は考えた。

ともかく、若者の体力は、まだ回復していない。

(せめて、躰が元気になるまで、傍についていてやろう、十日ほどのことだ)

と、弥平次はおもった。

それから後のことは、

(もう、つきあいきれねえ)

のである。

「そりゃまあ、どうしても、そうしなさると、お前さんがいうのなら……だがのう、弥平次どん。おれは同意ではねえ」

いいながら市兵衛は、くわしい地図を描いてくれた。もとは盗賊として鳴らした男だけに、なかなか器用に筆をつかう。

「食い物だけ持って行けば、向うの小屋には、汚ねえけれどもふとんがある。ときどき小屋へ泊る猟師や木樵が自分たちで、寝る仕度だけはしてあるのだよ。もし、そいつらが来たら、おれの名前をいってくれれば何ともねえ。かえって親切にしてくれるはずだ」

「では、市兵衛さん。食い物の仕度と煎《せん》じ薬の仕度をしてくれるかね」

「いいとも」

「それに、もう一つ、たのみがある」

「なんだね？」

「あの男が元気になったら、すっぱりと、おれは別れて、此処へもどって来るつもりだが……」

「それで、あの男はどうする？」

「そいつは向うの勝手だ。たとえ、おれの後から此処へもどって来ようとも、おれはすぐ、江戸へもどる。後は知らねえ」

「よし。それならいい。で、そのたのみとは？」

「最後に一つ、あの男へ味方をつけておいてやりたいのだよ」

「み、かた……？」

「脇差があったら、一本、やってくれねえか、市兵衛さん」

「む。わかった。いいのが一本ある。むかし、おれが使っていた刀だ」

市兵衛は、その山の小屋まで若者を背負って行ってくれるといった。

「すまねえな。めいわくをかけて……」

「なあに。おれは弥平次どん。お前が好きなのだ。あの若僧のためにしているのではねえ」

翌朝も暗いうちに、三人は坊主の湯を出発した。

雲津の弥平次が、米・味噌など、十日ぶんの食糧を背負い、市兵衛は若い侍を背負った。

大男の市兵衛は、細い侍の躰をかるがると背負い、小さくて細い弥平次も重い荷物をびくともせぬ足どりであった。

「ふうむ……」

にやりと市兵衛が見やって、

「さすがは弥平次どんだ。達者なものだのう」

うれしげにいう。

坊主の湯に滞在しているうち、市兵衛は、すっかり弥平次が気に入ってしまったらしい。

盗賊として、あくまでも本格のすじを通して生きぬいて来た雲津の弥平次を評して、市兵衛は、

「あの人は、盗め人の品格《ひん》が上々だ」

と、おたまへもらしたことがあった。

「すまぬなあ……」

市兵衛の背中で、若い侍が、ささやいてきた。

「おのが名前を忘れたお人が、すまねえというこころもちはわかるのかね」

市兵衛が、からかった。

若者は、さからわなかった。

「すまぬ……」

「とにかく、名前だけはつけておかねえと、呼ぶのにもこたえるのも困りますぜ」

と、弥平次。

「おぬしがつけてくれ、私の名前を……」

こだわりもないこたえが返ってきた。

細い澄みきった、どこかたよりなげな声であった。

弥平次と市兵衛は顔を見合せ、苦笑をかわし合った。

渓流の音が、しだいに烈しく、川幅はせばまり、両岸の切りたった山肌のはるか上に、青空が細長く狭く切りとられたかたちに見えた。

岩燕《いわつばめ》が、谷間をしきりに飛び交っている。

三人は、渓流にかけられた二つの懸け橋をわたり、三つ目の懸け橋が彼方《かなた》に見えるところまで来て、ひと休みすることにした。

「なあに、昼すぎには向うへ着ける」

と、市兵衛はいった。

深い山の谷間の道なのだが、よく踏まれていて、あぶないことはない。

山道から外れた木立の中の小さな草原へ、三人は腰をおろした。

「ほれ、これがお前さんの刀だ。市兵衛さんがくれたのですぜ」

と、弥平次が脇差を出し、若者へわたしてやった。

うなずいて、若者が刀身を抜きはらい、凝と見つめた。両眼が針のように細くなり、ひとすじ、白く光っている。

これを見ていた弥平次と市兵衛の背すじが冷やりとしたほどの、凄まじい眼の光りであった。

市兵衛と弥平次は、立ちあがった。

小用を足すつもりであった。

若者も、市兵衛が、

「どうだね？」

と、さそってみたが、こたえはなかった。

まるで、魅入られたように青白い刀の光りを凝視しているのである。

若者を草原に残し、弥平次と市兵衛は木立の中へすこし踏みこみ、肩をならべて用を足しながら、

「凄《すご》い目つきで、刀を見ているねえ、市兵衛さん」

「おどろいたよう」

「刀を見ているうちに、何か、前のことをおもい出したのではねえかな？」

「そうだといいがね。いずれにしろ弥平次どん。あの若い男《の》にはかまわねえほうがいい。いよいよ、そんな気がしてならねえよ。それにな……」

と、いいさした市兵衛が、若者のほうを振り向き、

「あっ……」

と、叫んだ。

山道へあらわれた二人の侍が、何やら大声にわめき、大刀をぬきはらい、草原へ駆け寄って来るのが木の間ごしに見えたからである。

「どうした？」

「いけねえ、早く……」

いいざま、市兵衛が弥平次を押し倒すようにして、そこへ身を伏せた。

「此間《こねえだ》の、さむらいたちだ」

「なんだって……」

「もういけねえ。あの若い男《の》も、今日が最期だよう」

「み、見ろ、市兵衛さん」

弥平次が半身を起し、草原を指さした。

昂奮《こうふん》の血が、弥平次の顔へのぼっている。

二人の侍は、坊主の湯へ若者を探しに来たときと同じ旅姿であった。

木立へ入って用を足していた弥平次と市兵衛の姿は、二人の眼に入らなかったらしい。

草原へ飛びこんで来た二人を見て、若者もおどろいたようだ。

「何者だ？」

誰何《すいか》するや、すばやく片ひざを立て、抜き持った脇差を左の小脇へすぼめるようにして身がまえた。

するとと……。

一気に左右から、押しつつむようにして若者へ斬りつけようとした二人の侍が、

「う……」

「ぬ!!」

うめき声を発し、大刀を振りかぶったまま、そこに動かなくなってしまったではないか。

「だれだ、いえ!!」

またしても、若者が誰何した。

自分が何故《なぜ》、この二人に斬られねばならぬか、まったくおぼえがないのだ。

二人の侍は、振りかぶった大刀を正眼につけ、じりじりと間合いをせばめた。

若者が、すっと立ちあがった。

「む……」

「あ……」

ことばにならぬ声を発し、二人が、ぱっと飛び退《しさ》る。

二人とも、若者の剣のちからが、どのようなものかを、よく知っているにちがいない。

しかし、雲津の弥平次も市兵衛も、木蔭からこれを見ていて、いずれは若者が斬られるとおもっていた。

若者の体力は、まだ回復していない。

「斬られてしまえば、ちょうどいい。おれたちも、よけいなさわぎに巻きこまれずにすむ。なあ、弥平次どん」

と、市兵衛がささやいてきた。

弥平次はこたえない。知らず知らず右手が腐葉土の上の石塊《いしくれ》をさぐり、つかみしめていたのである。

二人の侍は、体軀《たいく》もがっしりと大きい。

それにくらべて、ふらりと立っている若者の細い躰は、

(あまりにも、たよりない……)

のであった。

若者は、こちらに背を向けているので、どのような顔をしているのか、わからなかった。

その左右から、二人の侍が肉薄しつつある。

若者は山道のほうを向いて刀をつけたまま、二人を見ようともせぬ。

渓流の音のみがきこえ、その音をぬって、山鳥のするどい声が静寂を切り裂いていった。

どれほどの時間《とき》がすぎたろう。

市兵衛もさすがに声なくうずくまり、草原の三人をにらむように見すえている。

「やあ!!」

弥平次たちから見て右側の侍が、身をひねるようにして若者の背後へまわった。

同時に、左側の侍が、

「たあっ!!」

猛然と踏みこみ、若者へ切りつけた。

若者が倒れた。

「あっ……」

おもわず、弥平次が叫んだとき、われから身を投げるようにして草へ倒れかかる若者の小脇から一条の光芒《こうぼう》が疾《はし》った。

左側の侍と若者とは、飛びちがったかたちになったわけだが、侍が絶叫をあげて刀を放り落し、のめりこむように草の中へ倒れこむのを、市兵衛も弥平次も、はっきりと見た。

「き、斬った……」

まさに、若者が侍のひとりを斬り倒したのだ。

それと見たのも、一瞬のことで……。

若者の背後へまわった残る一人が駆け寄り、それこそ拝み打ちに、若者へ刀を打ちこもうとした。

若者は、われから倒れつつ侍のひとりを斬った。

だから、いうまでもなく体勢に破綻《はたん》を生じている。

そこへ、残る一人が斬りつけたのだから、

(もう、いけねえ……)

市兵衛は眼を閉じた。

だが、同時に、雲津の弥平次が投げつけた石塊が木の間から風を切って侍へ襲いかかった。

そして、侍が大刀を振りかぶったとき、その後頭部へ石塊が命中した。

鈍いが、異様な音がして、侍の躰がぐらりとゆらぎ、手から大刀が落ちた。

はね起きた若者が脇差を、よろめいている侍の腹へ突きこむのが見えた。

深ぶかと突き刺した脇差を手ばなし、

「ああ……」

若者は嘆声を発し、これも仰向けに倒れた。

斬られたのではない。気力と体力を消耗しつくしてしまったのであろう。

「うわ、わ、わ……」

腹に突き立った脇差を引きぬこうとして、侍が血をふりまきながら、草の上をころげまわっていたが、それも間もなく熄《や》んだ。息絶えたのである。

それよりも、先に斬られた侍が、まだ苦痛にうごめいていた。

「た、たれか……助けて、くれえ……」

と、声をあげ、逃げようとするのだが、腹から腰のあたりを切り割られているので、おもうにまかせぬ。

「しようがねえな」

市兵衛が、ぶつぶついいながら木蔭から出て、その侍のくびすじのあたりを平手で強く撃った。

「むう……」

がっくりと、倒れる。

気をうしなったのだが、このままにしておけば、出血多量で、

(間もなく死ぬ)

と、弥平次も看てとった。

「どうするね、弥平次どん」

「さあて……」

弥平次は、仰向けに倒れている若者の傍へ近寄って行った。

「大丈夫かね？」

声をかけると、若者が眼を見ひらき、微かにうなずいて見せた。

「怪我は？」

若者は、かぶりを振った。

弥平次は、腰にさげていた竹製の水筒を出し、若者の口へもっていった。

うまそうに、しずかに水をのんでから若者が、

「疲れた……」

ためいきのように、つぶやいた。

むりもないことではある。

「お前さんは、あの二人の侍を知っていなさるのかね?」

「知らぬ……」

「では、いったい何で斬りつけられたのかもわからねえ、と、いいなさる?」

「わ、か、らぬ……私は、防いだだけだ」

「へえ。ふせいだと、ねえ……」

弥平次も、あきれてしまった。

この若者が、もし、体力を回復していたら、その強さは、

(はかり知れねえ……)

と、弥平次はおもった。

侍の死体から引きぬいた脇差をぬぐい、鞘《さや》におさめた市兵衛が、

「あいつらの死骸を、どうするね?」

といった。

「埋めよう」

言下に、弥平次がこたえる。

「よし」

すぐさま、市兵衛は木立の中へ入り、穴を掘りにかかった。

この侍たちは先日、坊主の湯へ来て乱暴をはたらいた四人のうちの二人である。そうおもうと市兵衛は、斬った若者に関心はないけれども、斬殺された二人には、

「ざまあ、見やがれ」

つばを吐きかけてやりたいほどであった。

弥平次は山道へ出て、あたりの気配をうかがった。若者を追っている侍は、すくなくとも、あと二人いるはずだ。

人の気配はない。

弥平次は若者と荷物を、木立の中へ運びこんだ。それから市兵衛に協力し、二人の侍の死体を運び、穴へ埋めこみ、草原の中に飛び散り、ながれたまっている血の上へ土や草をかぶせ、ふみかためた。

「あいつらは、手わけをして、若い男をさがしまわっていたらしいが、こうなったら、おっつけ此処へもやって来るぜ」

「市兵衛さんに、この上のめいわくはかけられねえ。どうか、帰って下せえ」

「まあ、ともかく、こうなったら仕方がねえよう。あの若い男を湯の小屋まで運んでやろう」

「そうしてくれるかね、すまない」

「その後は、どうする?」

「おれも、この上は、もう関《かか》わり合っていられねえ。大丈夫だ。小屋まで運んでくれれば、後は、おれがいいようにする」

「山道を行ってはあぶねえ。この先の森をぬけて行こうぜ」

「たのむ」

三人が、谷の奥底にある小屋へ着いたときには、まだ夕暮れに間があった。

市兵衛は、すぐさま渓流で岩魚《いわな》を四尾も釣りあげ、

「弥平次どん。焼いて食ってくれ。おれは、帰るよ」

「いろいろ、すまなかった」

「帰りには、かならず寄ってくれよ」

「わかっているとも」


丸木小屋は、三坪ほどのもので、炉も切ってあるし、片隅の棚には釜や鍋もあり、ふとんも一組、戸棚の中に敷きつめた筵《むしろ》の上に用意されてい、泊るに不便はない。

温泉《ゆ》は露天であった。大きな岩石によって囲われてい、ここへ入ったとき、湯が熱いときは岩石をずらして渓流の水をみちびき入れ、ぬるければ岩石を寄せて水を絶てばよいのである。

川床からふき出す湯のけむりが夜の闇の中にも、白くただよいながれていた。

雲津の弥平次も若い男も、温泉にはつかろうとしない。

いつ、残る二人の侍が此処へあらわれるか知れたものではないから、すこしの油断もできなかった。

それでいて、若者を此処へ運びこんだのは、それよりほかに道がなかった……からである。

そのことは、じゅうぶんに若者も承知しているらしい。

焚火《たきび》で焼きあげた岩魚を食べ、酒をくみかわしている間も、弥平次は、あたりに神経をくばっていた。

「もし……」

と、若者が落ちついた声で、

「弥平次どの。いろいろ、すまなかった」

「なんの……」

「明日の朝は、引きとって下され。いつまでも私のために、こうしてもらっては、すまぬ」

「では、そうさせてもらいますよ」

弥平次も、若者にはこころをひかれているのだが、だからといって、盗賊の身で、この若者の世話をしつづけられるものではない。

「ですが、まったく、以前のことはわからないので？」

「わからぬ。私も、困った……」

あたまへ手を当てて、しきりにくびを振ってはいたが、はじめのときほどの痛いたしさは消えていた。あきらめも出たのだろうし、すこしずつ体力が回復するにつれ、

（死ぬわけにも行かぬ。生きていれば、いつか、前のことをおもい出せよう）

とそこへ、若者ののぞみも生まれかけてきたのだ。

「弥平次どのに、おねがいがある」

「何ですね？」

「私の名を、つけてもらいたい。名なしでは困るし……」

「それは、まあ……」

「私は、おぬしの名前を一字もらいたい。よいかしら？」

「それは、別に、かまいませんがね……」

「弥の字を一字。その後へ、なんとつけたらよいかな？」

「さてと……弥……太郎。弥太郎ではいかがです？」

「そうしよう」

と、こだわりもない。

「そして、姓は？」

「苗字のことですね。さて、と……ええ、ここは谷川の傍だから、いっそ、谷川としたらどんなもので」

「谷川《たにがわ》、弥太郎《やたろう》……おぼえやすい。それにきめよう」

翌朝、雲津の弥平次は、脇差のほかに金十五両をそえて若者へ……いや、谷川弥太郎へわたし、おもいきって別れを告げた。

「お前さんをさがしまわっている侍たちが、あと二人、残っていますぜ。土の中へ埋めた二人が帰って来ねえとなると……この辺りへも足をのばし、さがしに来るかも知れねえ」

と、別れぎわに、弥平次は、

「私もね。わけあって、この上、お前さんの面倒を見ることができません。ま、ひとつ、薄情なようだが、わかって下せえ」

と、若者にいった。

若者……いや、これよりは〔谷川弥太郎〕の名をもって、彼をよぶことにしよう。

谷川弥太郎は、さびしげではあったが少しもこだわるところのない微笑をうかべ、雲津の弥平次のことばに何度もうなずき返し、

「見ず知らずの私を助けてくれて、ありがとう」

素直に、礼をのべたものである。

そのようにされると、尚更に弥平次は別れ難かった。

しかし、これ以上は、

（どうしようもない）

ことなのだ。

「弥、太郎さん。では気をつけて……」

と、いうよりほかに言葉はなかった。

小屋を出て、細い山道が崖の下を曲ろうとするところまで来て、振り向いて見ると、弥太郎が小屋の外へ立ち、手をあげてよこした。

弥平次は笠を何度も振ってこたえ、おもいきって、山道を曲ったのである。

〔坊主の湯〕へ着くと、市兵衛が待ちかまえていた。

二人は、異口同音に、

「どうだったね？」

といった。

「あとの二人は、まだ、姿を見せねえよ、弥平次どん」

「そうか……いずれにしても、やって来るだろうよ」

果して、その日の午後になると、市兵衛が見おぼえている侍が二人、坊主の湯へあらわれ、同僚の二人について、威丈高に、

「姿を見なかったか?」

と、市兵衛にきいた。

「市兵衛は、すこしも気がつかぬ、とこたえた。弥平次はこれを炉端で茶をのみながら、おたまと見ていた。

侍のひとりが、市兵衛に、

「この川をさかのぼって行くと、猟師たちが入る温泉が川の中にわき出ているそうだな?」

「へい。よくごぞんじで?」

「猿鳴きの村で、耳にした」

「さようで。たしかに、湯がわいておりますでよ」

「ふうむ……」

侍二人は、何かささやき合っていたが、

「そこへ、案内しろ」

と、市兵衛にいった。

「へい、へい」

市兵衛は、すぐさま腰をあげた。

雲津の弥平次は、

（もうだめだ……）

と、おもった。

弥平次をちらりと見た市兵衛の眼も、同じことをいっているようだ。

「食い物の仕度をして行くのだ。よいか!!」

侍のひとりが、市兵衛へ怒鳴りつけるようにいった。

「へい、へい」

市兵衛は、決してさからわなかった。

黙々として仕度にかかる。

侍たちは、猿鳴きの村か、その先の宮原の宿場の旅籠《はたご》を〔根城〕にして、若者をさがしまわっていたらしい。

宮原から猿鳴きを経て、峠を二つ越えると、上州から越後の国へ入る。

坊主の湯は、二つの峠と他の山々にはさみこまれた谷底にあるわけだ。

市兵衛は仕度をしながら、目顔で、むすめのおたまへ「奥へ入っていろ」と、いった。おたまはすぐに奥へ消えた。

炉端へ入って来た侍たちは、弥平次に、

「茶を出したらどうだ」

「酒はないのか」

口ぐちにいう。

弥平次は、黙って茶を出した。

「どうも、おかしい」

「二人とも、どこへ分け入ったものか……」

「もしやすると、あいつに斬られたのかも知れぬな」

弥平次は、谷川弥太郎の本名が二人の口からきけるのではないか、とおもい、耳をすましていたが、ついに、出なかった。

市兵衛が、

「さあ、めえりましょうかね」

と、侍たちへ声をかけてよこした。

その市兵衛が、坊主の湯へ帰って来たのは、翌々日の夕暮れであった。

「どうだったね、市兵衛さん」

「それが弥平次どん。あの若い侍は、もう小屋にいなかったよ」

「そ、そうか……」

「だがよ。泊った跡が残っていたので、侍どもは山の中を気ちがいのように探しまわっていたっけよ。おれもおかげで引っ張りまわされてな」

「それで、埋めたやつらのことは？」

「ちっとも気づかれなかったよう」

と、愉快そうに市兵衛は、

「ざまを見ろ」

「だが、よかったなあ」

市兵衛も二日の間、侍たちの口から谷川弥太郎の本名をきかなかったし、侍たちが、いったい何処《どこ》の大名の家来なのか、それもきかなかった。

「あの侍どもは、用心深かったで」

と、市兵衛はいった。

雲津の弥平次が、坊主の湯を発って江戸へ向ったのは、それから三日後の朝であった。

二年後

いつの間にか、雨は熄《や》んでいた。

裏の、新堀《しんぼり》川沿いの草むらから、か細い虫の声がきこえてきた。

「おしま……」

と、女の躰《からだ》からはなれた雲津の弥平次が、片手に茶わんの水をのみながら、

「おい、おい……」

仰向いたまま、まだ眼を閉じているおしまの、こんもりとふくらんだ乳房を軽くつかみ、

「もう、起きねえか」

といった。

おしまの乳房は、まだうす汗にしめっている。

「おい、おしま……」

おしまが、夢から醒《さ》めたように眼をひらき、

「まだ、浮いている……」

うっとりと、ささやいてよこした。

「何が、浮いている？」

「あたしの躰が、さ」

ふとやかな双腕《もろうで》が、弥平次のくびを巻きしめてきた。

「お前、このごろ、どうかしているのじゃあねえか。とても、もう、おれでは太刀打ちができなくなった」

「また、それをいいなさるのかえ」

「あと六年で、おれはな、五十になるのだぜ」

苦笑をうかべて、弥平次が、

「めっきりと、冷えてきたなぁ……」

掛蒲団を引きあげ、おしまの裸身を抱きしめ、

「お前、ずいぶん肥ったのう」

「あれ、いやな……」

「見ろ、このあたりの肉置《ししお》きなんてものは、五年前にくらべると、見ちがえるようだ」

「よしておくんなさいよ。くすぐったいじゃあ……あれ、いけないったら……」

おしまが、市ヶ谷八幡・門前の水茶屋で、茶屋女をしていたころは、顔も躰も小さく、細く、

いつも血の気のない顔をしていて、それに真夏でも肌身が冷たかったものだ。

弥平次が引き取って世話をするようになってからも、おしまは、よく寝込んでいたものだが……。

「二年目ほど前から、ほんとうに、丈夫になりましたよ。ええ、そりゃもう、自分でもはっきりとわかるんです」

おしまは、そういう。

三十になってから、おしまの躰にはみっしりと肉がついてきて、血色もよくなり、

「前には氷の柱を抱いているようだったが、このごろは、お前を抱いているだけでも、汗がにじんでくる」

と、弥平次がいうように、おしまのすべてが変ってきた。以前は、ろくに口もきかぬ女であった。

ここは、江戸である。

雲津の弥平次が、上越国境の谷底で、あの若い侍を助けてから二年たっていた。

二年後のいまも……折にふれて弥平次は、あの若者のことをおもい出さずにはいられなかった。

（谷川、弥太郎さん……おれが、つけた名だっけ）

あれから江戸へもどった弥平次は、首領《おかしら》の釜塚の金右衛門を助け、一味の盗賊たちと共に、かねて目をつけておいた本所・相生町二丁目にある薬種問屋〔長崎屋勘兵衛〕方へ押しこんだ。

それが、去年のいまごろであった。

〔お盗め〕は、万事うまくはこんだ。

長崎屋の人びとが、すべて眠りこけているうちに金蔵を破り、けむりのごとくに消え失せるほどではなかったけれども、一人の殺傷を出すこともなく、うまく逃げ終《おお》せた。

以後も、釜塚一味の盗賊は、だれ一人として、

「お上《かみ》の御縄《おなわ》にかかったものはいなかった」

のである。

そのつぎは、尾張・名古屋城下での、三年がかりの大仕事だというので、雲津の弥平次は、お頭《かしら》の金右衛門と共に、先ず名古屋へ逃げた。

そして間もなく、釜塚の金右衛門が急病で死んでしまった。

弥平次は、それから江戸へ引き返した。

江戸における弥平次の〔巣〕は、いま、おしまを抱いている場所であった。

浅草の新堀川の河岸地にある〔三政《さんまさ》〕という小さな居酒屋の二階なのである。

本願寺外をながれる新堀川に沿って北へすすみ、本願寺の塀《へい》が切れたところに懸かっている小さな橋の西たもとに〔三政〕があるのだ。

(おそらく、あの侍……いや、弥太郎さんは、もう生きていまい)

弥平次は、自分の腕の中で寝息をたてはじめたおしまの顔をながめて、ふと、そうおもった。

おしまのすこやかな寝顔が、なぜ、谷川弥太郎のことをおもい出させたのであろうか……。

あのとき……。

谷底の草原で、二人の追手と闘ったときの弥太郎の凄《すさ》まじい剣の冴《さ》えはさておき、

（おれが別れを告げたときの、弥太郎さんの顔の、痩《や》せおとろえて、いかにもさびしげな……）

そのときの弥太郎は、まことに、

（影がうすい……）

と、見えた。

だから、なんとなく、

（たとえ、追手の侍たちに殺されてはいなくとも、病いにかかって、死んでしまったろう……）

そう、おもえてならぬ。

あれから二度ほど、坊主の湯の市兵衛が、この〔三政〕にあてて、弥平次へ手紙をよこした。

たどたどしい市兵衛の筆ではあったが、弥平次だけにわかるような手紙の書き方だったのは、さすが、元盗賊だけのことはあった。

市兵衛は、およそ、つぎのようなことを書いてよこした。

一、あの若い侍も、追手の侍たちも、あれっきり、姿を見せない。

一、そして、若い侍が殺された様子もない。

一、猿鳴きの村人たちのうわさによると、どうやら追手の侍どもは引きあげて行ったらしい。

一、二年前に、土の中へ埋めた二人の追手の死体を、あれから半年後に、そっとあらためて見たが、もとのままで、すっかり腐ってしまい、ほとんど骨だけになっていた。

熟睡しているおしまを寝床に残し、雲津の弥平次は起きあがった。

二階は、二間である。

二階といっても、なんとなく屋根裏じみてい、せま苦しいのだが、弥平次にとっては、此処《ここ》が只ひとつの、

〔安息の場所〕

なのだ。

階下の居酒屋〔三政〕からは、酔った客の濁声《だみごえ》がしきりにきこえる。

そろそろ、五ツ（午後八時）になるだろう。

弥平次は着物を着替えた。

きっちりとした、商人ふうの姿になった。

坊主の湯で、長い間、湯治をしていたときの弥平次は、近辺の木樵《きこり》や百姓とまじって温泉につかっていて、それらの人びとと同じように見えたものだが、江戸へ来て、こうした姿になると、どう見ても大店《おおだな》の番頭のようであった。

「あれ……」

と、目をさましたおしまが、

「旦那。お出かけ……」

「ああ……」

「どちらへ？」

「いろいろと、まだ、もめているのだ。早くなんとか片をつけてしめえてえのだが……」

「大変ですねえ」

「ま、なんとかなるだろうよ。いずれにしろ、おれは、これからしばらく、一人で暮すつもりなのだ」

「うれしい……」

いま、雲津の弥平次は、めんどうなことにかかわりあっていた。

それは、首領・釜塚の金右衛門亡きのち、

「釜塚一味の盗賊四十余名を、どうするか……？」

と、いうことであった。

金右衛門は死ぬ間ぎわに、

「わしの跡目をついでくれる者は、お前のほかにいるわけがねえ」

と、弥平次にもいい、名古屋に来ていた他の盗賊の前でも、はっきりと、そのことを遺言し、死んで行ったのである。

「もっとも、それは弥平次。お前の了見ひとつだ。跡目をつぐのが嫌なら、好きにしねえ」

と、これは後で、弥平次ひとりにもらした言葉だ。

釜塚の金右衛門は、大坂に女房もいれば子もいる。

「だが、そっちのほうは前々から、わしがちゃんと、することをしてあるから、すこしも斟《しん》酌《しゃく》にはおよばねえ。ともかく、わしが死んだあとは、みんなでうまくやってくれ」

いさぎよいことであった。

長年、金右衛門につき添って来た弥平次でさえも、金右衛門の女房や子が、大坂のどこで、どのように暮しているものか、すこしも知ってはいない。

おそらく、金右衛門の家族たちは、

（お頭の正体を知ってはいない）

と、弥平次はおもっている。

「わしが死んだことも、女房や子に知らせるにはおよばねえ」

金右衛門が、そういったので、さすがに弥平次も、

「ですが、お頭。そいつは……」

知らせなくてはならぬことではないか。

おもいきって、

「私にだけ、もらしておくんなさい。うまくやりますよ」

そういってみたのだが、金右衛門は微笑をうかべ、かぶりを振るのみだったのである。

金右衛門の死によって、名古屋城下での、つぎの盗《つと》めは中止することになった。

釜塚一味の盗賊たちを、これまで直接に束ねてきたものは、雲津の弥平次のほかに二人いる。

一人は、五郎山《ごろうやま》の伴助《はんすけ》。

一人は、土原《つちはら》の新兵衛《しんべえ》。

二人とも、まだ四十前で、体力もあるし、一味の信頼も大きい。

（伴助か、新兵衛か……そのどちらかを釜塚の跡つぎにして、おれは一人になろう）

これが弥平次の思わくであった。

別に、盗賊をやめるつもりではないが、一味の首領になるのは、

（おれの柄ではねえ）

と、かねてから弥平次は考えていた。

長い盗賊暮しで、弥平次は疲れてもいた。

それに寒くなると、やはり打身の傷が痛む。

（もう一度、坊主の湯へ行き、のんびりと半年ほど、湯治をしてみてえな……）

しみじみと、そうおもったし、それをきいたおしまも、

「あたしも行きたい。そんな山深いところにお湯がわいているなんて、見たこともないんですよ。そこへ行って、旦那と二人きりで、半年でも一年でも暮したい」

と、いうではないか。

「そうか。お前も行ってくれるか」

「行きますとも」

「そうときまったら、跡目の始末をつけて……そうさな。年が明けて暖かくなったら出かけようか」

「旦那、うれしい」

釜塚の金右衛門は、

「わしが死んだら、有金は残らず、分に応じて、みんなにわけてやってくれ」

そして、弥平次には、

「これは、長年、わしの傍《そば》についていてくれたお前へ、わしのこころざしだよ」

と、金五十両をくれた。

それで、いまの弥平次は百両余の金を持っている。

百両といえば、庶民の一家族が、およそ十年は暮せる大金であった。

さて、ところが……。

いざ、跡目をえらぶことになると、めんどうなことになってきた。

一味の四十余名は、

「ぜひとも、雲津の小頭《こがしら》が跡へすわってもらいたい」

と、いう。

もし、それができないことになると、一味の勢力は、五郎山の伴助と土原の新兵衛を擁立する二派に分れてしまう。

それがまた、二人を支持する人数も、ほとんど同じなのだ。

伴助も新兵衛も、

「こうなったからには……」

ゆずろうともせぬ。

だから弥平次が首領の座にすわれば、すべてがまるくおさまることになる。

いま、弥平次は迷っていた。

それにこのごろは、伴助と新兵衛が、弥平次をさしおいても、自分が跡目をつぎたいという欲望が熾烈《しれつ》となってきたようだ。

二人はそれぞれに、一味の者をあつめたり、相手方の者を味方に引き入れようとしたり、弥平次の眼にふれぬところで、いろいろと画策をしているらしい。

今夜も弥平次は、二人と会うことになっていた。

「今夜は、なんとかはなしをきめてくる」

弥平次は、おしまにそういった。


居酒屋の〔三政〕は、七坪ほどの土間へ、一枚板の大きな飯台を二つ置き、そのまわりに腰かけがならんでいるだけの店である。

何のかざりも愛想もないが、亭主の政七は器用に庖丁《ほうちょう》をつかって、うまいものを出すし、酒がよい。

こうした店にしては、勘定も安くなかった。

客は、下谷《したや》から浅草にかけて散在している大名の下《しも》屋敷（別荘）や旗本屋敷の中間《ちゅうげん》どもや、御家人、町人など、さまざまであった。

このあたりには寺院が多い。

そうした寺の小坊主が、そっと、

「和尚《おしょう》さまの、お酒のおさかなに……」

といって、政七のつくる肴《さかな》を、裏口から買いに来ることもあった。

店の裏手は、新堀川。

前通りを新堀川沿いに南下すれば鳥越川と合し、浅草御蔵前へ至る。

政七は、五十を二つ三つ越えているだろう。細身だが、躰の骨組はしっかりとしてい、立居ふるまいも五十男には見えぬほど、きびきびしている。

政七は以前、弥平次と共に、釜塚の金右衛門の下ではたらいていた盗賊であった。

それが、六年ほど前に足を洗った。

金右衛門の了解を得た上でのことだ。

「お盗めをするのも、飽きてしめえましたよ」

これが政七の、引退の弁なのである。

亡き釜塚の金右衛門が、笑い出して、

「そうだのう。することは同じだものな。それにさ、手に入る金も隠れてつかい果すのだから、結局、身にはつかねえ。いいとも、お前の好きにしねえよ」

すぐに、ゆるしてくれた。

こうして政七は、盗みの世界から去り、手にあった金を元手に、この〔三政〕の店をひらいたのだ。

そのとき、すこし金が足りないというので、

「つかって下せえ」

と、弥平次が、二十両ほど出したのを恩に着てくれて、政七は、

「お前だけは、いつ、おれのところへ来てもいい。おれに出来ることならさせてもらうし……それにまた、足を洗ったといっても、お前とだけは縁を切りたくねえものなあ」

と、いった。

いま、政七が釜塚一味にいたら、一も二もなく跡目にすわったろう。

いや、しかし、政七も弥平次同様、それを拒んだやも知れぬ。

つまり、そういうところがこの二人、よく似ているのだ。

市ヶ谷八幡・門前の水茶屋で、おしまがはたらいていたとき、それを一目見た雲津の弥平次が、

「あ……」

ぽんとひざを打ち、

「あの女なら……」

と、いいかけたのを、一緒にいた政七が、すぐさま引きとって、

「弥平次どん。お前さんにぴったりだね」

と、いったものだ。

水茶屋の女というものは、茶汲女《ちゃくみ》ではあるけれども、酒の相手もすれば、金しだいで客に身をまかせもする。

そうした女の中で、陰気で躰も弱いおしまは、

「いっこうに売れぬ女」

であった。

「あの女は、ほんとうに躰が悪いのではねえ。自分で悪い、弱いと、おもいこんでいるだけだよ」

と、政七はいった。

「おれも、そうおもう」

「弥平次どん。だから、どうするね？」

「あの女なら、おれが正体を明かしても大丈夫のような気がする」

「おれも、そうおもうよ。それで……だから？」

「一緒に暮してみてえ気がしてきた」

「夫婦になるのかね？」

「いいや。巣をひとつ、つくりたくなったのさ」

「ふうむ。なるほどなあ。お前は巣の中に女がいねえと、おさまらねえ人だからな」

「盗人《ぬすっと》に似合わねえことだと、いいなさる？」

「とんでもねえ。それが人間さ。巣の中には女がいて、子がいなくてはならねえものだ。盗人だとて、できるならそうしたほうがいい。それにこしたことはねえのだが……でもなあ、弥平次どん。おれたちのような稼業《かぎょう》の男どもに、うまくつきそってくれる女は、なかなかいねえものよ。その女を、お前は、どうやら見つけたらしいなあ」

これが、おしまと只の一言も口をきかぬうちのことなのだ。

つぎの日。

弥平次は、ひとりで、その水茶屋へ出かけて行き、酒の相手におしまをよんだ。

そして、

「どうだね。おれと一緒に暮してみる気はないか？」

いきなり、こういったものである。

「旦那は、昨日も、別の人とうちへ見えましたね」

「来たよ」

「あたしの、どこがいいんです？」

「さあ、どこといって……ただ、おれとうまが合うような気がしたのだがね」

おしまは、考えさせてくれ、ともいわなかった。そして、その日のうちに承知をした。

おしまの身柄を引きとるための交渉は、政七がやってくれた。

売れない女だけに、

「安くあがったよ」

と、政七は笑った。

こうしておしまは、浅草の〔三政〕へ移って来たのだが……。そのとき、おしまは、自分の過去について、いっさいふれぬ約束をしてほしいと弥平次にいった。

「別に、どうこうというのじゃありませんけど、むかしのことをはなすのが、いまはめんどうくさいんです」

「きこうともおもわねえ」

「けれど、旦那に心配をかけるようなことはありません」

「そうかい」

引き移って来た翌日に、弥平次は〔盗め〕の連絡《つなぎ》があって、東海道を江戸から二十里余の相州・小田原へ出かけて行った。

六日後に〔三政〕へ帰って来ると、

「いや、おどろいたよ」

と、政七が、

「あの女は、ほんとうに、よくはたらいてくれる」

「はたらく……？」

「いくらことわってもきかねえのだ」

「どこにいるね？」

「裏で洗濯をしているよ」

おしまは、まるで裏長屋の女房のような恰好で立ちはたらいていた。

それは、弥平次の想像をこえるものであった。

もともと、弥平次は水茶屋の女を囲って愛欲をたのしむために、おしまをわがものとしたのではない。

それなら何も、おしまのような女を相手にしなくともよいのだ。

政七が、おしまに、

「この家《うち》は、お前の家だよ」

と、いったらしい。

その一言をきいたとき、おしまの細い眼が、急に、きらきらと光って、

「うれしい」

つぶやくようにいったそうな。

「あの女の、むかしのことを知っているわけではねえが……よっぽど、世間からひどい目にあってきたらしい」

「政さんも、そうおもうかね」

「ああ、おもう」

そのときから、五年たったいま、おしまが弥平次に、こういった。

「いつかは旦那に、あたしのむかしのことをはなそうとおもっていたのだけれど……でも、もう、はなさなくてもいいような気がして……」

「きいたところで同じことだ」

「そうですねえ」

おしまの過去については、これからふれることもあるだろう。ないかも知れぬが……。

さて……。

弥平次が裏の梯子《はしご》段《だん》を下りて来る気配に、政七が板場から顔をのぞかせた。

政七は、近くの田原町三丁目の裏長屋に住む（叩き大工）のむすめで、おかねというのを雇い、その小女《こおんな》ひとりを相手に商売をし、四ツ半（午後十一時）ごろに店を仕舞うと、自分がおかねを送って行く。

その、おかねが客を相手にげらげら笑っている声が、弥平次にもきこえた。

「弥平次どん。出かけるのかね？」

「ちょいと、ね」

「まだ、片がつかねえのか？」

「うむ」

「お前が取りしきればいいものを、な……」

「いやだね。それは、政さんがよく知っているはずだ」

「ちげえねえ」

「じゃあ、行ってきますよ」

「もっと、めんどうなことになったら、むだかも知れねえが、おれにはなしてみてくんねえ」

「いいや、足を洗ったお前さんには、きかせたくねえことだ」

弥平次は、裏口から外へ出た。

雨は熄んだが、月は出ていない。

暗い新堀川沿いの道を、雲津の弥平次は南へ行く。

長年、盗賊として生きてきただけに、弥平次の眼は夜の闇の中でも見える。

弥平次は、提灯《ちょうちん》を持っていなかった。

東本願寺の宏大な伽藍《がらん》をうしろに、弥平次は菊屋橋の西詰をすぎ、新堀川の西岸の道を行く。

人ひとり通ってはいない夜ふけだ。

弥平次は、道の右側にたちならぶ武家屋敷の塀に沿って、しずかに音もなく歩をすすめている。

今夜、五郎山の伴助と土原の新兵衛が弥平次を待っている場所は、神田川辺《べ》りにある船宿〔よしのや〕の二階座敷だ。

〔よしのや〕は釜塚一味の盗人宿《ぬすっと》ではないが、亭主の徳次郎は、これも元盗賊であり、十年ほ

ど前までは盗賊の世界で、

「だれ一人知らぬものはなかった……」

大盗・蓑火《みのひ》の喜之助《きのすけ》のもとで三十年も盗みばたらきをしていた男で、足を洗ったいまも、死んだ釜塚の金右衛門との友情を忘れず、また一つには雲津の弥平次を気に入ってくれ、

「はなし合いには、いつでもうちを使いなせえ」

と、いってくれた。

よしのや徳次郎は、もう七十をこえていて、女房も子もなく「この世には、ちっともみれんはねえ」と、笑っている。

歩きながら、弥平次は何気なく新堀川の対岸を見やって、はっと其処《そこ》に身を屈《かが》めた。

川向うの闇に、きらりと閃《ひらめ》いたものがある。

（ありゃあ、白刃だ……）

と見て、弥平次は旗本・松平内記邸の塀外へ屈みこみ、対岸に眼を凝らした。

新堀川の川幅は、約二間半である。

するどい弥平次の眼は、声もなく道へ倒れ伏した人影を見た。

斬られたのだ。

斬った男は、早くも刀を鞘《さや》におさめ、その場に立ったまま、あたりの気配をうかがっている。

弥平次は、身を伏せた。

斬った男は着ながしの、

（浪人らしい……）

と、見た。

布で顔をおおっているらしい。

弥平次が川向うの塀外で見ていることに気づかず、その浪人はゆっくりと、倒れている男の傍へ行き、しゃがみこんだ。

完全に、

(死んだか、どうか……?)

を、たしかめているのだ。

即死とわかって、浪人が立ちあがり、歩み出した。

そこは、浄念寺の塀外である。

新堀川の西側は武家屋敷だが、東側は寺院がいくつもならんでいる。

ゆえに、日中は人出が多い道なのだが、日が暮れると、このあたりを歩くものはいない。

浪人は、浄念寺の北寄りに架かっている小さな橋を、こちらへわたって来た。

(こいつは、いけねえ)

弥平次は息をつめた。

橋をわたり、道を南へとってくれればよいが、北へすすめば、いかに弥平次が身を伏せていたところで、浪人に見つけられてしまうだろう。

(こうなったら仕方もねえ)

おもいきって、弥平次は立ちあがった。

たとえ、相手が怪しんで斬りつけてきても、逃げる自信は充分にある。

そのとき、橋をわたりきった浪人が弥平次のほうへ向き、歩み寄って来た。

弥平次は、ついと堺ぎわから新堀川の縁へ寄った。

いざとなったら、

（川へ飛びこんでやろう）

と、おもったからである。

ゆっくりと歩みをすすめて来る浪人へ、むしろ弥平次は、突きかかるように足を速めた。

と……。

浪人が足をとめた。

弥平次も、とまった。

浪人が、低く声をかけてきた。

「見たな」

（おや……？）

弥平次の身に、その声は、はじめてのものではなかった。

（いつか、前に、きいたような……）

しかし、それが、いつ何処《どこ》で、だれの声ということになると、

（おもい出せねえ）

のである。

二人は、にらみ合うかたちとなった。

弥平次は一言もこたえぬ。

浪人の顔は、白く光る眼だけがわかり、あとは黒い布に隠されている。

じわりと、浪人の右手が刀の柄《つか》へかかった。

弥平次は、ななめうしろに身を反らせ、われから川へ落ちようという姿勢になった。

その瞬間に……。

浪人がいった。

「あ、待て。弥平次どのではないか……?」

「え……?」

「お忘れか」

いうや、浪人が、むしり取るように覆面を取り除け、

「私だ」

「あ……あのときの……」

「谷川弥太郎です」

「い、生きていなすったか……」

「こころならずも……」

はっと気づいて弥平次が、

「さ、早く。いつまでも此処にいてはいけねえ」

「やはり、見ておられたのだな」

「見ましたとも」

弥平次は、弥太郎の腕をつかみ、松平屋敷の角を右へ曲った。

弥平次は、武家屋敷の小路をえらんで行きながら、

「まだ、むかしのことを、おもい出さねえので？」

「そのとおりだ、弥平次どの」

「困ったねえ」

「困った……というよりも、もう、考えぬことにした」

「今夜は、どこかへ？」

「いや、別に当てはありませんよ」

「声が、二年前とくらべて、しっかりしてきたねえ」

「それは……」

苦く笑って、弥太郎は、

「いまは、おかげをもって怪我もしていなければ、病んでもいないゆえ……」

だが、そのことばづかいには、二年前と同じような気品が、まだ少しはただよっている。

「いま、斬りなすった相手は？」

弥太郎のこたえは、なかった。

「私には、いいにくいので？」

「うむ……」

「それでは、ききますまい」

「これから何処へ？」

「ちょいと用事がありましてね。ですが、その後で、ゆっくり、その後のことをきかせていた

だきましょうよ」

「さて。別に、いうてもはじまらぬ二年の年月だったが……」

「苦労を、しなすったらしいねえ」

「した」

秋の声

雲津の弥平次は、谷川弥太郎を、

「ま、ともかく……」

と、船宿の〔よしのや〕へ誘《いざ》なった。

〔よしのや〕は、俗に左衛門河岸《さえもんがし》とよばれる神田川沿いの、平右衛門町の西外れにあった。

「はなしをすませてから、今夜は此処に泊って、その後のことを、ゆっくりとききましょう」

といい、弥平次は弥太郎を川辺りの二階座敷へ案内しておいてから、自分は奥の小座敷へ入った。

「おや……?」

待っているはずの五郎山の伴助と土原の新兵衛は、まだ来ていないらしい。

そこへ〔よしのや〕の亭主・徳次郎があがって来て、

「弥平次どん。二人とも、まだ顔を見せねえよ」

「そいつはおかしいな。私が来るまでに、二人は此処で、はなしを煮つめておくことになっていたのですがね……」

「そうかえ」

徳次郎の老顔が、きびしく引きしまって、

「弥平次どん。何か、めんどうなことにでもなったのではないかね？」

「と、いうと……？」

「なにしろ、いまは、釜塚一味の四十何人が、新兵衛と伴助の二派に割れてしまっている。まあ、割れるなら割れるでいいようなものだが……」

と、さすがに、もとは盗賊界でも、

「それと知られた……」

徳次郎だけに、弥平次の心配と同じことを、考えているらしい。

それは……。

なんといっても盗賊のことだから、嫌なら嫌で、好きなところへ行けばいいようなものだが、死んだ釜塚の金右衛門ほどの盗賊になると、諸国諸方に〔盗人宿〕を持ち、番人を置いている。盗人宿というものは、盗賊団の〔基地〕であり、これなくしては、大がかりな盗みばたらきが不可能なのである。

盗人宿は、さまざまなかたちをとって、平常は少しも怪しまれることのないようにしてある。それが百姓家になっていることもあるし、茶店の場合もある。

その他、商家や船宿など、さまざまであって、番人はそれぞれの暮しと職業にしたがいながら、何気なく日を送っているのだ。

盗人宿の中には、地下蔵が出来ていて、その中に種々の道具や盗品を隠しておけるようになっているところもある。

釜塚の金右衛門は、上方《かみがた》から江戸にかけて七ヵ所の盗人宿をもっていた。

こうした盗人宿が、盗賊団にとって、

「かけ替えのない……」

財産であることは、いうまでもないことだ。

長い年月をかけて、つくりあげたものなのである。

〔独りばたらき〕といって、一人か二人で押しこみ、暴力をもって小金を強奪するという、いわゆる盗賊の世界でいう〔畜生ばたらき〕をやるのなら、盗賊宿も組織《しくみ》もいらないのだ。

そして、釜塚一味の盗賊のように、本格の盗《つと》めをしてきた者には、独りばたらきなど、とてもできない。

また、やって見ても失敗することが多いのである。

それだけに彼らは、組織を大事にし、盗人宿を重視する。

なればこそ、

「どうあっても……」

亡きお頭の金右衛門の跡目にすわる男をえらびたいのだ。

「これはねえ、弥平次どん。やっぱり、お前さんが二代目の釜塚の金右衛門になることが、いちばんいいとおもうよ」

と、徳次郎が、女中にいいつけてはこばせた酒を弥平次の盃《さかずき》へみたしてやりながら、

「どうして、お前さん。嫌なのかね？」

老顔を、さし寄せてきた。

「五年前なら、引きうけたかも知れませんよ」

苦笑して、弥平次が、

「どうも、このごろは躰がだめになってしまってね」

「脚の打撲《うちみ》傷は、すっかりよくなったのだろう？」

「いや、それがまた、いけねえので……」

「そうかい、そりゃあ……」

うなずいた徳次郎が、

「そういうことなら、むりにすすめもできない。なんといってもお前、お頭になって一味の者を束ねて行くには、それこそ手下の者の何倍も躰をつかい、気もくばらなくてはならねえのだから……」

「お前さんのいうとおりですよ」

「ところで、先刻《さっき》、お前さんが連れて来なすったお侍はえ？」

「いえ別に……お前さんに心配をかけるような人ではありませんよ」

「そんなことはわかっている。それよりも、一人きりにしておいていいのかえ？」

「そうだ」

弥平次が腰をあげ、

「伴助と新兵衛が来るまで、私は、連れの相手をしています。二人が来たら知らせて下さいまし」

「いいとも」

そこで弥平次は、弥太郎が待っている座敷へ行った。

谷川弥太郎は、消えていた。

弥太郎は、いつの間に出ていったのか……。

この船宿には、女中もいるし、男たちもいる。

それでいて、出て行った弥太郎の姿を見かけたものは一人もいなかったのだ。

弥平次を待つ間にと、出された酒が少し減っていた。

そして、膳の上に、結び文が置かれてあった。

弥太郎から弥平次へあてたものにちがいない。

弥平次は、結び文をひろげて見た。

弥平次どの。

二年前、あれほどに面倒をかけていながら、だまって去る私を、ゆるしていただきたい。

いまは何もいわぬ。

いうことができぬ。

私が、弥平次どのの傍にいることは、よくないことゆえ……。

ゆるして下され、ゆるして下され。

結び文に見入ったまま、弥平次は、其処へ立ちつくしたままであった。

「どうしたえ？」

廊下から、徳次郎が声をかけてきた。

「いや、なんでもありませんよ」

「だまって帰ってしまったそうだね」

「そうらしい」

「おかしな人だね」

「まあ、ね……」

「まだ、二人は来ねえが……どうするね？」

「もうすこし、待たせてもらいましょう」

「いいとも」

それから弥平次は、奥の小座敷へもどった。

新しく運ばれて来た酒をのみながら、弥平次は何度も結び文を読み直している。

弥太郎が、

（おれの傍にいると、おれのためにならねえというのは、どういうことなのか？）

であった。

むろん、谷川弥太郎は、弥平次の正体が〔盗賊〕だということを知っていない。

とすれば、正業についている弥平次の傍にいるのを、だれかに見られてはいけない。つまり、いまの弥太郎は正業についていない。もっとも侍のことだから正業といっても、主人持ちか浪人か、……そうでないとすると、弥太郎は、悪事をして暮していることになるではないか。

先刻、新堀川の道で目撃した弥太郎の剣の閃きが、雲津の弥平次の脳裡《のうり》によみがえってきた。

(あれは、どういう殺しだったのか……?)

いずれにせよ、こうなっては、谷川弥太郎をさがすこともならぬ。

(まだ、あの人は、むかしのことをおもい出さねえのか……その後のことを、きいてみるつもりでいたのだが)

だが、弥太郎の記憶は、まだ、元へもどっていないらしい。

弥平次は、放心したように、いつまでもそこへすわりこんでいた。

〔よしのや〕の使用人たちも、ねむりについたらしい。

亭主の徳次郎が、また、あがって来て、

「二人とも、もう来ねえだろうよ」

と、いった。

「あ……」

夢からさめたように弥平次が、

「これはどうも、すっかり、遅くなってしまって……」

「泊って行きなせえ」

「なあに、近くですから、帰りますよ」

「そうかえ。明日にでも、もし二人が来たら、三政のほうへ使いをやろう」

「そうして下さい」

弥平次は、〔よしのや〕の徳次郎にも〔三政〕の所在を告げてあった。徳次郎から連絡《つなぎ》があるときは、政七へあてて使いが来る。他人がきいても全くわからぬような言託《ことづ》けなり、手紙なりで、彼らには充分のみこめるようになっているのだ。

「では、ごめんなせえ」

裏口から出て行く雲津の弥平次へ、徳次郎老人がこういった。

「弥平次どん。万事に、気をつけるがいい」

弥平次は、うなずいた。

今夜、約束をした五郎山の伴助と土原の新兵衛が、あらわれなかったことは何を意味しているのだろう。

もし、来られなければ、事前に〔よしのや〕へ知らせて来るはずだ。

伴助も新兵衛も、小頭の弥平次に対して、これまではきちんと、そうした姿勢をくずさなかったのである。

真の盗賊は、何よりも連絡をおろそかにしてはならぬ。

そして、約束を違《たが》えてはならぬ。

それを、伴助と新兵衛は破った。何故か……？

ともかくこの一事で、伴助と新兵衛は、雲津の弥平次へ対する敬意を捨て去ったことになる。

ゆえに、徳次郎が、

「万事に、気をつけろ」

といってよこしたのだ。

弥平次は依然、提灯を持たず、暗い道を福井町の方向へ去った。

と……。

其処の、商家と商家の間にはさまれている小さな不動堂の松の木蔭から、闇の中へ滲《にじ》み出るように浮いて出た黒い人影がある。

谷川弥太郎であった。

弥太郎は身じろぎもせず、弥平次を見送っていたが、急に、はっとして松の木蔭へ隠れた。

すると、平右衛門町の方から、不動堂の傍道《わきみち》へあらわれた男がひとり、まるで、雲津の弥平次を尾行するようなかたちで、闇に消えた。

谷川弥太郎の面が、緊迫の色をうかべた。

弥太郎も、すぐさま、その後を追った。

弥平次は、何も知らぬ。

家々の軒下をえらび、注意ぶかく、ゆっくりと歩をすすめている。

いま、弥平次は、釜塚一味の紛争についてよりも、谷川弥太郎のことで胸が一杯になっていた。

(どんなことでもいい。なぜ、おれに相談してくれなかったのだろう。そうだ、おれも早く、あの人に、おれの正体を明かしておけばよかった……)

弥平次が〔三政〕へ帰り着いたのは八ツ(午前二時)ごろだったろう。

裏口へまわり、戸を叩くと、政七が開けてくれた。小女のおかねを田原町三丁目の家へ送りとどけ、

「帰って来たばかり……」

だといった。

「二人は、何といったね？」

「来なかったよ、政さん」

きらりと政七の眼が光り、

「伴助も新兵衛も、小頭のお前をないがしろにして、とんでもねえ奴らだ」

「二人とも何を考えついたものか、ね……？」

「あいつらがなあ……」

政七は信じられない顔つきになり、

「二人とも、しっかりした奴だとおもっていたのだがね」

「お頭が死ぬと、みんな、変るよ。じゃあ政さん、お先に寝かせてもらうよ」

「ああ、ゆっくりとやすんだがいい」

弥平次は、谷川弥太郎のことを政七へはなそうとおもったが、それには、坊主の湯のことから語り起さねばならぬ。それが面倒であった。

弥太郎のことは、政七にもおしまにも、まだ、はなしていない。

二階へあがって行くと、おしまは、よくねむっていた。

弥平次が寝床へ入って行くと、おしまは寝返りを打って双腕《もろうで》を、こちらのくびへ巻きつけて

きて、

「早かったんですねえ」

「いや、遅いよ」

「ごめんなさい、ねむってしまって……」

「今夜は、めずらしい人に出合ったよ」

「だれ？」

「明日、ゆっくり、はなそうよ」

そのとき、新堀川の川岸へうずくまって、三政の二階を見上げている男がいた。

〔よしのや〕から此処まで、弥平次を尾行して来た男だ。

やがて、男は立ちあがった。

職人ふうの身なりをしている、この男は道へ出ると清水寺の塀外を北へ行く。

こやつも提灯は持っていない。

また、雨が落ちて来た。

うるしのような闇を掻《か》き分け、男は何のためらいもなく歩いている。

清水寺をすぎると、右手海禅《かいぜん》寺の伽藍がのぞまれるのだが、いまは闇の中にすべてが溶けこんでしまっている。

海禅寺をすぎると、新堀川は浅草田圃《たんぼ》へ入り、そこで尽きる。

新堀川は、幕府が掘った川で、見たところは浅草田圃から出て大川（隅田川）へながれこむかたちになっているけれども、実は、大川の水を御米蔵の南側から引きこんでいるのだ。

大川から汐《しお》がさしてくると、舟も通れるし、石神井《しゃくじい》用水のあまり水も、新堀川へ落すことができるのである。

男は、海禅寺の塀外を、北へ、まっすぐに行きすぎ、浅草田圃の畑道へ出た。

これから先は、見わたすかぎりの田畑と、木立と、その中に大名の下屋敷などが点在している。現代の浅草のその辺りの風景から見ると、まるで、

「夢のような……」

田園地帯だったのである。

男が、畑道を左へ切れこんだ。

右側が、こんもりとした木立になっている。

その木立の中から、ふわりと畑道へ泳ぎ出て来た黒い影が、

「待っていた」

と、男に声をかけた。

「だ、だれだ？」

「名乗らずともよいだろう」

「何い……浪人だな」

こたえはない。

浪人は、谷川弥太郎であった。

「な、何だ、何の用だ」

「お前、弥平次どのの後をつけていたな」

「う……」

「なんで後をつけた？」

「て、てめえ……」

「きいてもいうまい。いわずともよい。お前は弥平次どのの後をつけて、それを、何処かへ知らせに行くつもりらしい。どうも、そうらしい」

「て、てめえは、小頭と、どんな関《かか》わり合いがあるのだ？」

「こがしら、だと？」

「畜生」

男は身をひねって、ふところから短刀《あいくち》を引きぬいた。

「弥平次どのにとって、あの居どころを、お前に知られたことは、よくないことらしい」

じわりと、弥太郎が一歩ふみ出し、左手が刀の鯉口《こいくち》を切った。

「や、野郎……」

わめいたつもりだが、声にならぬ。

男は、身をひるがえして逃げにかかった。

逃げたが、逃げきれるものではない。

一陣の風のように追いすがった谷川弥太郎が、無言で抜き打った。

「うわ……」

ざっくりと背中を切り裂かれて棒立ちとなった男の側面へ、すっとまわりこんだ弥太郎が、

「む!!」

とどめの一撃。

今度は叫び声もあげず、まるで板戸でも倒したかのごとく、男が闇の底へ沈んだ。

畑道より一段低い畑の中へ、倒れ込んだのである。

斬って捨てて、二度と振り向きもせず、弥太郎は畑道の闇へ消えて行った。

翌朝も、おそくなって……。

〔三政〕の亭主・政七が、店の戸を開けていると、いつも和尚の酒の肴を買いに来る松源寺の小坊主が、

「ごていしゅ」

大人びた口調で、

「いま、この文をたのまれた」

一通の手紙を政七へわたしたものだ。

「へえ……私にかね？」

「さよう」

「ふうん……」

「では、ごめん」

「あ、ちょっと……どんな人にたのまれなさったね？」

「ほれ、あの……」

と、道をへだてて西側の、松源寺の門前を指した小坊主が、

「や、もう、いない。どこへ、行ってしまったのかしら……？」

「どんな人だね?」

「さむらい。浪人らしかった」

小坊主が門前を掃いていると、いつの間に近寄って来たのか、

「もし……」

若い浪人が、声をかけてきて、

「あの、居酒屋の戸を開けているのは、亭主でしょうかな?」

と、きいた。

「はい、さよう」

「まことに恐れ入るが、この手紙を、あの亭主へ、おわたしねがえまいか。おたのみいたす」

怪訝《けげん》におもいながらも、小坊主は、

「わけもないこと」

と、手紙をうけ取り、道を横切って政七へわたしたときには、すでに浪人の姿はなかった、
というわけだ。

「どうも、すみませんでしたねえ」

「いや、いや」

小坊主がもどって行くのを見送りながらも、政七の眼は、するどく、あたりをうかがっている。

(その浪人は、おれがこうしているところを、どこかで凝《じっ》と、見ているにちげえねえ)

のである。

（それにしても、どこのだれだ……？）

土間へ入って油障子をしめて、手紙を見た。

手紙は、宛名《あてな》も何も書いてない白紙に包まれている。

政七は、白紙を開けて見た。

その中に、宛名が書いてある。

「弥平次どの」

と、ある。

手紙を持って、政七は、梯子段《はしごだん》をのぼって行き、

「弥平次どん……弥平次どん……」

しのびやかに声をかけた。

すぐに、目ざめた弥平次が襖《ふすま》を開け、

「どうしなすった？」

「これを……」

と、手紙をわたして政七が、小坊主の口からきいたことを告げ、すぐに、下りて行った。

弥平次は、宛名の字を見て、

（弥太郎さんだ……）

と、感じた。

昨夜、船宿〔よしのや〕へ残して行った手紙と同じ筆跡だったからである。

弥平次は部屋へもどった。

おしまは、健康そうな寝息をたて、まだ、ぐっすりとねむっていた。
おしまと暮しはじめたころ、おしまは毎夜、ひどい歯ぎしりをしたものだが、二年ほど前から、それがぴたりと熄み、とき折、何か夢で魘《うな》され、わけもわからぬ叫びをあげ、はね起きたりすることがあった。
それもいまは、まったく熄んでいる。
谷川弥太郎の手紙は、つぎのようなものであった。

昨夜は、あの船宿を、いったんは出たものの、立ち去りがたく、近くの不動堂の木蔭にて、弥平次どのが帰って行く姿を、ひそかに見送っていたところ、怪しき男が、弥平次どのの後をつけて行くのを見て……。

とあって、その後の経過を書きしるし、

さし出がましかったやも知れぬが、あのときは、その男を斬って捨てたがよいとおもうたゆえ、浅草田圃で始末をしておきました。あの男が、弥平次どのの居所をつきとめ、だれやらに告げたなら、いけないことになるとおもうたゆえ……。その男は、まだ、浅草田圃に死んでいるはず、面体《めんてい》をひそかにあらためられては如何《いかが》。これよりは、二度と、お目にかかれるとはおもわぬ。くれぐれも、お身大切にと、祈っています。

弥太郎

二度三度と、手紙を読み返してから、雲津の弥平次は梯子段を下りて行った。

小女のおかねが店へ来るのは、午後になってからだ。

政七がひとり、朝の酒をのんでいた。

政七は、弥平次が下りて来ることを予期していたかのように、

「こっちへ来ねえな」

と、いった。

くさやの干物で、政七はのんでいた。

朝酒は、彼の習慣なのである。

「これを……」

弥平次が、弥太郎の手紙をわたし、

「政さん。読んでみてくれ」

「うめえ字だな」

「うむ」

読み終えて政七が、

「この人は……？」

ききかけたが、すぐに立ちあがり、

「おれが先ず、浅草田圃へ行って見よう」

「そうしておくんなさるか……」

「いいとも。はなしは後だ」

表の戸をしめきり、政七は裏口から出て行った。

「あと、しめておいたほうがいい」

と、政七にいわれたとおり、弥平次は裏口の戸じまりをした。

そして、土間の飯台へもどり、政七の、のみ残しの酒を口にふくんだ。

「ええ……笊《ざる》や味噌こし、笊やぁ、笊」

道をながして歩く笊売りの声が、三政の前を通りすぎて行った。

あかるい秋の陽が、裏の戸の隙間から、線になって、うす暗い土間へ射しこんでいる。

やがて、裏口で政七の声がした。

「おい、おい。弥平次どん……」

戸を開けると、入って来た政七の顔色が、

（ただごとではない……）

のである。

政七は、戸じまりをしてから、弥平次と共に飯台の前へ来て、

「おどろいたよ、弥平次どん」

「死んでいたか、政さん」

「あの辺のお百姓が、畑の中に倒れている死体を見つけて、これをとどけ出たらしい。いま、役人も来ているし、御用聞きも出張っている。人だかりがしているので、ゆっくりと、死人の面を見て来たよ」

「どうやら政さん。お前さんの知った男らしいね、その死人は」

「うむ」

「それでは、お前さんと私とが知っている男ということだ」

「そのとおり」

「だれだね？」

「だれだとおもう？」

「さて……わからねえな」

「おどろいちゃあ、いけねえ。日影《ひかげ》の長次《ちようじ》だ」

「なんだって、ほんとうか？」

「嘘をついたところで、はじまるめえよ、弥平次どん」

これには弥平次も、おどろいた。

日影の長次は、弥平次と同じ、釜塚一味の盗賊だったからである。

日影の長次なら、もとは釜塚一味の盗賊だった政七も、よく知っている。

「こいつは、弥平次どん。うっかりできねえぜ」

弥平次は、こたえぬ。

考えをまとめようとしているらしい。

別に、狼狽《ろうばい》をしているわけでもなく、不安の様子もなかったけれども、小柄な躰を凝とうごかさず、細い両眼がほとんど閉ざされてしまったかのように、尚《なお》も細められていた。これは、弥平次の胸の内の緊張をあらわしているといってよい。

政七は、板場へ入って、酒の燗《かん》にかかった。

そのとき、裏口の戸を叩く音がきこえた。

小女のおかねであった。

「旦那。おはようござい。戸を開けてよ」

と、いっている。

戸を開けて政七が、いつもと変りない口調で、笑いかけながら、

「ああ、おかね。今日は店を休むから、帰っていいぜ」

「どうかしたんですか？」

「ちょいと、急な用事ができてな」

「そうですか。じゃあ、明日」

「明日は、たのむぜ」

「はい」

おかねは、帰って行った。

燗のついた酒を飯台へ運んで来た政七へ、弥平次がいった。

「政さん。私はどうも、五郎山の伴助や土原の新兵衛を信用しすぎていたようだね」

「おれも、そうおもう。だが、おれだって、まさかにあいつらが、こんなことを……」

「まだ、はっきりとしたわけではないが……」

谷川弥太郎が斬殺したとおもわれる日影の長次は、土原の新兵衛の下ではたらいていた男だ。

亡き釜塚の金右衛門は、雲津の弥平次を〔小頭〕にし、その下に伴助と新兵衛をすえ、この

二人はそれぞれに釜塚一味の盗賊を束ねていたのである。

だからいま、一味が伴助と新兵衛の二派に分れているとするなら、日影の長次はいうまでもなく、〔土原の新兵衛〕派ということになる。

となれば、土原の新兵衛が長次に命じ、弥平次の隠れ家を突きとめようとしたことになるではないか。

これは、いったい何を意味しているのか……。

雲津の弥平次が、この隠れ家の所在を告げてあるのは、いまのところ〔よしのや〕の亭主、徳次郎のみ、といってよい。

徳次郎は、口が裂けても秘密を洩らすような老人ではない。

なればこそ新兵衛は、長次をつかったのであろう。

「弥平次どん。今日は何処へも出ねえがいい。おれも店をやすむ」

と、政七がいった。

「む……そうしよう」

それから、しばらくして、政七は、

〔けふは、やすみ〕

と書いた紙を、表の油障子へ貼《は》りつけるために、戸を開けて外へ出た。

そこへ、なじみの客で、下谷・山崎町に住む指物師の梅吉というのが通りかかり、

「やすみかい、今日は……」

「へい。ちょいとその、用、急用ができて、これから麻布《あざぶ》まで行かなくちゃあならねえので

ね」

「遠くまで大変だな。遅くなって帰るときは、気をつけたがいい」

「え……？」

「いまな、向うの、浄念寺の前で、辻斬《つじぎ》りがあって大さわぎだ」

「いま、とね……？」

「いや昨夜のことらしい。どこかのさむらいの死体が見つかったそうだよ」

「へえ。お前さん、見たので？」

「いいや、もう片づけちまったので、おらあ見ていねえが、なんでも、立派な身なりをしたさむらいだったそうな」

「ふうむ……」

「そのかわり、血の痕《あと》を見てきたぜ。どっぷりと地面にしみこんで、いやもう凄《すげ》えのなんのって……」

「そうですかい」

「とにかく気をつけて行って来ねえ。明日、来るよ」

「待っていますよ」

戸を閉めて、政七は梯子段の下へ行き、わざと明るく大声で、

「弥平次どん。ちょいと来てくれねえか」

と、よんだ。

下りて来た弥平次に、政七は、いま指物師から耳にしたことを告げ、

「浅草田圃の殺しとは、別に関わり合いがあるともおもえねえが……」

「政さん」

「なんだい？」

「だが、殺したのは同じ人だよ」

「なんだって？」

「私は昨夜、よしのやへ行く途中で、浄念寺の塀外の殺しを見たよ」

「ほんとか？」

「うむ。殺した人は、先刻《さっき》、私に手紙をとどけてよこしたお人だ」

「じゃあ何か、昨夜お前、その人に会っていたのか？」

「いつか、政さんにもおしまにもきいてもらおうとおもっていたのだが……いままでは、この私の胸ひとつに仕まいこんでおけばいいことだったので、別に、はなすこともあるまいと考えていたのだが、こうなると、きいてもらっておいたほうが、いいようだ」

と、それから弥平次は、政七をうながし、おしまのいる二階へあがって行った。

そのころ……。

谷川弥太郎は、浅草の東仲町から乗った駕籠《かご》を、駒込の上富士前町で乗り捨て、飛鳥《あすか》山から王子権現へ通ずる往還を、北へ歩き出していた。

途中で買った浅めの編笠をかぶり、昨夜のままの、着ながし姿の弥太郎は、二股《ふたまた》に分れた道を左へとった。

左手は、宏大な藤堂和泉守《いずみのかみ》・下屋敷の塀がつらなり、右手は木立と畑がひろがり、まったくの田園風景である。

弥太郎が、いま住んでいるところは、江戸の西郊にあたる豊島郡・染井村《そめい》の〔植吉《うえきち》〕と、よばれている植木屋の小屋である。

小屋といっても、弥太郎が住むようになってからは、じゅうぶんに改築をし、小さな台所もついているし、厠《かわや》もある。

この辺は、現・東京都豊島区巣鴨三丁目にあたる。

染井の墓地のあたりだ。

現代のそのあたりの景観からは、雲津の弥平次や谷川弥太郎が生きていた二百年も前の、鬱《うっ》蒼《そう》たる樹林や畑や小高い丘にかこまれた染井の風景をしのぶ縁《よすが》もない。

むかし、染井には植木屋が多かった。

季節には、江戸市中から、我家の庭に植える木や花を見に来る人もすくなくなかった。

弥太郎は、或る男の引き合せにより、この夏から、植吉の小屋で暮すようになった。

それまでは、目黒村の小さな寺の、これも物置小屋を改造したところに住んでいたのである。

植吉の地所は、ひろい。

商売柄、木立も多かった。

弥太郎は小屋にいるかぎり、ほとんど、植木屋の人びとに顔を合せないですむ。

「あの浪人さんは、毎日、何か食っているかね?」

「煮炊きをしている様子もないし……」

「おとなしい浪人さんだよ」

「此の間、そこで出合って、おれがあたまを下げたら、そりゃもう、ていねいにあいさつをしてくれた。えらぶったところのねえ、いい人だ」

などと、植吉の人びとがうわさをしているらしい。

弥太郎は、木立をぬけて小屋へ入ると、敷き放しになっていた寝床へ、倒れるように身を横たえた。

枕もとの盆に、酒瓶《びん》と湯のみ茶わんが置いてある。

茶わんに冷酒をつぎ、息もつかず、一気にのむ。

さらに、もう一杯。

それから、大刀を引き寄せ、これを抱くようにして両眼を閉じた。

ふかいためいきが、弥太郎の口からもれた。

「おれは、いったい、なんのために、生きているのだ」

弥太郎が、つぶやいた。

独り暮しをつづけていると、独り言が習癖となるものか、このごろの弥太郎は、われからわれへ語りかけるようになってしまった。

「弥平次どのに、出合うた……」

昨夜から今朝にかけてのことが、目まぐるしく弥太郎の脳裡を駆けまわっている。

「う……」

弥太郎が微《かす》かにうめき、顳顬《こめかみ》に手をあてた。

いくつものことを同時に考えなくてはならぬようなとき、弥太郎を頭痛が襲う。

こめかみの奥から後頭部へかけて、激痛ではないけれども、

(なんともいえぬ、嫌な……)

痛みが起るのであった。

外は、あかるい秋の真昼であったが、小屋の中は暗い。

小屋は二間で、奥の部屋の板戸と襖を閉めきってしまうと、まるで夕闇の底に沈んでいるような谷川弥太郎であった。

外で、しきりに鵙《もず》が鳴いている。

(あの鳥の声をきくと、あたまが尚更に、痛む……)

のであった。

(あの鳥の声……むかしの、おれの、どうしてもおもい出せぬことと、何か、つながっているのではないか……?)

鵙の声をきくと、閉じた眼の中の、暗灰色の、深い水底のような幕の向うから、何やらおぼろげに、白い人影が、

(ゆらゆらと、うごいているような気がする……)

のである。

(そんな気が、するだけやも知れぬ……)

だが、それほどに、弥太郎が自分の過去を知りたいと願う情熱は強く、烈しいものといってよい。

(そのために、おれは生きている……)

けれども、生きるために、

（おれはいま、金ずくで人を殺している……）

弥太郎なのだ。

（弥平次どのは、これまで、おれが、おもってもいなかったような暮しをしているらしい。いったい、あの人はなにをしているのか……？）

思考が重なり、乱れてくる。

「あ……う、う……」

弥太郎のうめきが強くなる。

昨夜から弥太郎は、一睡もしていなかった。

浅草田圃で、弥平次を尾行していた男を斬って捨ててから、ふたたび〔三政〕の前へもどり、異常のないのをたしかめ、道をへだてた松源寺の惣門《そうもん》の下へすわって夜明けを待ち、それから近くの茶店で、弥平次への手紙をしたためたのである。

水の底

そのうち、疲労の烈しさが谷川弥太郎を眠りにひきずりこんだ。

どれほど眠ったろう。

小屋の戸を、ひそかに叩く音に弥太郎は目ざめた。

目ざめたとき、弥太郎は深い水の底をただよっているような気がした。

夕闇が、小屋の中を更に暗くしている。

「もし……もし、谷川さん……」

戸の外で呼ぶ、しわがれた男の声に弥太郎は身を起した。

「元締《もとじめ》か？」

「さようで……」

「いま、すぐ……」

戸を開けると、骨張った躰《からだ》つきの老人が立っていた。

弥太郎は、部屋の行灯《あんどん》に灯《あか》りを入れた。

灯影に浮かんだ老人は、洗いざらしたような着物に羽織をつけているが、渋紙をもみつくしたような顔つきといい、抑揚のない口調といい、何か一日中、家にこもって仕事をしている職人のようにおもえる。

年齢も、

「六十には、まだ間がありますよ」

当人は、そういっているけれども、余所目《よそめ》には、

「六十をこえて……」

見えるのである。

「谷川さん。おそくなってしまいました。申しわけない」

と、老人がいい、ふところから紫色の袱紗《ふくさ》包みを出し、弥太郎の前でひらいて見せた。

小判が、きらりと光った。

「後金《あとがね》の、二十両です。あらためて下さいまし」

弥太郎はうなずき、あらためもせずに小判を袱紗に包み、

「たしかに……」

無感動にいい、これをふところへおさめた。

「元締。私のした仕掛は、見とどけてくれたのだな？」

「たしかに……朝も暗いうちに行って、見てまいりましたよ」

「よし」

「おみごとな腕前で……」

弥太郎は、こたえない。

「さぞ、お疲れでございましょうね」

「うむ……」

老人が、柄樽《えだる》に入った酒を弥太郎の前へ出し、

「今夜は、これをのんで、ぐっすりとおやすみなさいまし」

と、いった。

ていねいなことばづかいなのだが、それは商人のものとも職人のものともおもえぬ、妙な匂いがただよっているのである。

「近いうちにまた一つ、仕掛をおたのみするかも知れませんが……」

老人が、そういった。

この老人が、谷川弥太郎に、

「仕掛をたのむ」

といっているのは、いったい、何を差しているのだろうか……。

その前に、老人の正体を明かしておこう。

老人の名を、

〔五名《ごみよう》の清右衛門《せいえもん》〕

という。

二年ほど前まで、両国一帯から浅草の盛り場にかけてを〔縄張り〕にしている香具師《やし》の元締で、羽沢《はねざわ》の嘉兵衛《かへえ》という男がいた。

香具師の元締というのは、盛り場の見世物から物売り、屋台店など、いっさいの束ねをしていて、公許以外の売春組織をも、おのが勢力の中にふくみこんでおり、江戸の暗黒街は、彼らによって、

「牛耳られている」

といってもよい。

羽沢の嘉兵衛は、その中でも、

「五本の指に入る」

ほどの勢力をもっていた。

その嘉兵衛が殺されたのが二年前のことで、いまだに、殺した下手人はわからぬ。

当時、羽沢の嘉兵衛の〔四天王〕などとよばれた配下がいて、その筆頭が、五名の清右衛門だったのである。

あとの三人は、日野の佐喜松、青笹《あおざさ》の文太郎、桑野《くわの》の定八であった。

で……。

元締の嘉兵衛亡きのち、羽沢一家の跡目をつぐものは、四人のうちのだれか、ということになった。

それで、いろいろと紛争も起り、葛藤《かっとう》もあったが、結局、羽沢の隠居などといわれていた五名の清右衛門が跡目にすわり、いまは、羽沢の名は消え、

「五名の元締」

が、以前のままの〔縄張り〕を束ねていることになる。

死んだ羽沢の嘉兵衛は、

「見るからに、香具師の元締らしい……」

風体をした男だったし、妾《めかけ》のおもんに、両国で〔河半《かわはん》〕という料理茶屋を経営させていたりしたが、五名の清右衛門は、浅草・阿部川町の小さな家に、老いた女房のお浜と二人きりで住み、質素な暮しをしている。

以前の〔羽沢の隠居〕だったときのままの暮しが〔五名の元締〕となってからもつづいているのであった。

外出《そとで》をするときの姿も、ときによっては、どこぞの百姓爺《じじ》いに見えることもあり、路傍で、威勢のよい若者などに、

「のろのろするな、くそ爺いめ!!」

などと怒鳴りつけられたり、突き飛ばされたりすることもある。

いつであったか……。

清右衛門が、由松という若い者をつれて、王子権現へ参詣《さんけい》に出かけたとき、門前の茶店で、土地《ところ》の無頼どもに因縁をつけられ、危うく、ふくろ叩きにされようとしたことがある。

と……。

それまでは、ひらあやまりにあやまっていた五名の清右衛門が、背すじをぴしっと伸ばし、五人の無頼どもをじろりとにらみつけ、

「どうしても、やんなさるかえ」

押しころした低い声でいったとき、それまで乱暴のかぎりをつくしていた五人が、嘘のように声をのみ、立ちすくんでしまったという。

「いや、そのときの元締の凄《すご》いのなんの……側で見ていたおれも、ぞっとしたほどだ。あの眼つきでにらまれたら、どんな奴だってすくみあがってしまう。そりゃもう、口にはいえねえものだったよ」

と、由松が後になって、語ったそうである。

ところで、こうした五名の清右衛門が、

「仕掛をたのむ」

といったのは、つまり、金ずくで人を殺すことをさしているのだ。

人の世の裏側で渡世をしている五名の清右衛門のような男は、常人のうかがい知れぬところで生きている。

金をもらって人を殺す稼業《かぎょう》についている者を、この世界では、

「仕掛人」

と、よぶ。

それならば、いまの谷川弥太郎は仕掛人になっているわけだ。

殺しを、清右衛門のような〔顔役〕にたのんで来る依頼人のことを、

「起り」

という。

そして、依頼人から大金をうけとり、その半分を仕掛人へわたして殺しをたのむ清右衛門のような立場にある者は、

「蔓《つる》」

と、よばれている。

仕掛人は、あくまでも金ずくで、直接に殺人をおこなう。

だから、くわしい事情を知らなくてもよい。いや、知るべきではないのが〔常法〕であった。

ゆえに、仕掛人はどこまでも〔蔓〕を信頼しなくてはならぬ。

徳川将軍の、いわゆる「おひざもと」である江戸市中で、官憲や警吏の眼も手もおよばぬ闇の中でおこなわれる殺人は、かなりの数にのぼる。

熟練した仕掛人がおこなう殺人は、後に影もかたちも残さぬ。

現代より二百年も前の、犯罪の捜査に全く科学のちからがおよばなかった時代なのだ。

五名の清右衛門は、新しい仕掛について、

「当分は、まあ、ゆるりとあそんでいて下さいまし。いずれ、あらためて……」

と、弥太郎にいい、間もなく帰って行った。

清右衛門を送り出してから、弥太郎は、また、酒をあおり、寝床へ横たわった。

そして、夜に入り、夜がふけ、翌朝の空が白みかかるまで、弥太郎は、

「夢とも現《うつつ》ともつかぬ……」

闇の中をさまよっていたようである。

弥太郎は、一年前の、ちょうどいまごろ、五名の清右衛門に、

「拾われた……」

のである。

場所は、江戸から四十里ほど離れた信州・追分《おいわけ》の宿場の、すこし先にある前田原においてであった。

前田原は、いちめんに芒《すすき》の生いしげる広野である。

その日の夕暮れに、小田井の宿場から追分へ向う途中で、清右衛門が、芒の中に倒れ伏している谷川弥太郎を発見したのだ。

そのとき弥太郎は、細い躰を海老《えび》のように折り曲げ、半ば、気をうしなっていた。

前の日から、何も食べていなかった上に、前田原をふらふらと歩いているうち、ときどき起る例の烈しい頭痛に襲われ、苦しさのあまり、そこへ突伏してしまったのだが、そのうち、いつともなく気が遠くなった。

清右衛門に助け起され、気つけ薬と水をのまされて眼を開いたとき、谷川弥太郎の脳裡《のうり》に先ず浮かんだのは、

(また、おれは、何も彼《か》も忘れてしまったのだろうか……?)

と、いうことであった。

つまり、雲津の弥平次に救われ、上越国境の山中から脱出し、今日まで生きて来た一年間のことも、

(忘れたのではないか……?)

と、おもったのである。

しかし、そうおもったことだけでも意識がしっかりしていたわけで、この一年間の記憶は、気をうしなう前と同じように、はっきりとしていた。

だが、その前の長い過去のことになると、依然、おもい出せない。

前に、弥平次や市兵衛に救われたこともあったし、今度も弥太郎は、五名の清右衛門の人柄をうたがわなかった。

まして、清右衛門の風貌《ふうぼう》のおだやかさが、そぞろに、あの親切だった雲津の弥平次を弥太郎におもい起させたのである。

「ここにいても仕方がない。歩けますかえ……歩けたら、追分の宿まで、もう一息だ。わしはちからがねえから、お前さまを背負うことはできないが……」

と、清右衛門はいった。

谷川弥太郎を助けてやったときの心境を、五名の清右衛門はのちに、古女房のお浜へ、こう語っている。

「お前も見たとおりの、若くて、たよりなげな、それでいて妙に素直な……それに、あんな美《い》

い男だ。おれとしたことが、妙にこころをひかれたというのも、お前が生んだ只ひとりの男の子をおもい出したのかも知れねえ。生まれて、すぐに、あの世へ行っちまった、あの子が生きていりゃあ、ちょうど谷川さんの年ごろだとおもったとき、つい、手が出てしまったのだ。

もっとも、谷川さんをつれて追分の旅籠《はたご》へ泊ったときは、すこし金でもやって、朝になったら別れようと考えていたのさ。おれとしたことが、つまらねえまねをしたものだと……苦笑いが出たものだ。生まれてこの方、泥まみれ血まみれになって生きて来たおれだけに、たまにはお浜、あんな気分にもなるものだろうか……。

あのときゃあ、手前《てめえ》で手前のしたことが、ふしぎでならなかったものよ」

追分の旅籠で、谷川弥太郎は、清右衛門に問われるまま、これまでのことをすこしも隠さずに打ち明けている。

雲津の弥平次や、坊主の湯の市兵衛のこともだ。

もっとも、この二人の正体は、弥太郎も知らなければ清右衛門も知っていない。

「そんなことがあるものかね。むかしのことを、すっかり忘れてしまうなんて……」

と、清右衛門はおどろいた。

このようなはなしをきいたのは、はじめてのことであった。

われ知らず、清右衛門は弥太郎のはなしに、ひきこまれていたのである。

谷川弥太郎は、雲津の弥平次に別れてからの一年を、五名の清右衛門へ、こう語った。

「別れるときに、弥平次どのは、金十五両をめぐんで下されたが……はじめのうちは、その金の値うちというものがわかりませんでした。

越後へぬけ、それから越中、加賀、飛騨《ひだ》と当所《あてど》もなく経めぐりまわるうち、ずいぶんと、人にもだまされ、さらにはまた、病いにかかったりして……この十日ほど前からは、一文の銭もないありさまとなってしまいました」

けれども、この一年の間、弥太郎が放浪の旅の日々に得た収穫は大きいものであったといえよう。

弥平次と別れるまでに、弥太郎の記憶は、或る部分だけ、よみがえっていた。

それは、弥平次のはなしをきいて、そのはなしの部分だけを、おもい出すことができた。

たとえば、それは世の中が、どのような仕組になっているか、ということである。

それは、こういうことだ。

いまの日本の国が、徳川将軍という独裁者と、徳川幕府という政権によって統治されていること。

諸国は、それぞれに三百ほどの大名によって領有され、これを将軍と幕府が統括していること。

「そうしたことは、すらすらと、なっとくできました」

と、弥太郎は清右衛門にいった。

そして、孤独の旅をつづけるうちにも、ごく自然に、弥太郎は諸国の風土や人びとの暮しを抵抗なく、うけいれていたのである。

それでいて、過去の自分が、すこしもわからぬ。

「お前さまが、さむらいだということはたしかだ」

と、五名の清右衛門はいった。

「御浪人かね？」

「さて……」

「それとも以前は、どこぞの大名の御家来だったのかね？」

そういわれたとき、谷川弥太郎は、

「どうも……そのような気がしてならぬ」

と、こたえている。

清右衛門も、あの、上越国境の谷間で侍たちに襲われたはなしをきいて、

「それは谷川さん、たしかに、お前さまは、どこぞの御家来だったにちがいない」

と、断定を下した。

「私も、このごろは、そのようにおもえてならぬ」

その過去において、

（おれは、あの侍たちに、いのちを狙われるような事件《こと》を引き起しているにちがいない）

のであった。

追分の旅籠で、朝が来たとき、五名の清右衛門は、

（この若い浪人を、江戸へ連れて行って見よう）

と、おもいたったのである。

その心境の変化については、いろいろの素因があったろうが、先ず第一に、

（この人を、阿部川町のおれが家へ連れて行ったら、お浜のやつが、よろこぶにちげえねえ）

と、おもいついたからだ。

清右衛門は、いま、江戸にいるとき、ほとんど阿部川町の家へ落ちついてはいられない。子も孫もないだけに、清右衛門より二つ年上の女房お浜は、

「さびしくて、つまらなくて、毎日がたまらないのだよ」

なのだそうである。

（この谷川弥太郎さんなら、きっと、お浜は気に入るにちげえねえ）

このことであった。

五名の清右衛門が、谷川弥太郎を江戸へつれて帰って来ると、果して、女房お浜は大よろこびであった。

もっとも、はじめのうちは、

「なんだね、お前さん。妙な、うす気味のわるい男を拾って来てさ」

と、顔をしかめていたお浜だったが、そのうちに、

「若いのに、口のききようもおとなしいし、それにお前さん、谷川さんは品がいい。おれがこしらえるものを何でもよろこんで食べてくれるし、世話の仕甲斐《しがい》があるというものだ」

いつもは何の感情もこもっていないようなかすれ声を、わずかに弾ませて、お浜が、

「お前さんの拾い物としちゃあ、上出来だ」

と、いった。

お浜は、品川の女郎あがりで、ことばづかいも男のように鉄火な婆さんである。白髪《しらが》まじりの髪を、いつもきれいに手入れして、肌もつやつやしているし、清右衛門より二

つ年上の六十に近い老婆とはおもえぬほど、しゃっきりとしている。

この、お浜と夫婦になったいきさつについては、清右衛門は、あまり語らなかったが、いつだったか、前の元締の羽沢の嘉兵衛が、まだ生きていたころ、嘉兵衛の問いにこたえ、

「なあに、よく腐れ縁といいますが……わしとお浜がそれなので……ですが元締。こういう稼業をしている男にとっちゃあ、ああいう女がいちばんいい。さがそうたって、なかなか見つかりませんぜ。ふ、ふふ……」

妙な、ふくみ笑いをもらしたことがあった。

五名の清右衛門の家は、浅草・阿部川町の西端にあり、法成寺《ほうじよう》という寺と町屋の間の細道を入った突き当りにある。

二階が一間、階下が二間の小さな家で、谷川弥太郎は二階の部屋に住み暮すようになったわけだ。

暗殺された羽沢の嘉兵衛の跡目をつぎ、両国一帯の盛り場をたばねる香具師の元締となった五名の清右衛門だが、阿部川町の小さな家では、稼業に関わり合いのあることを、いっさいしないことにしている。

羽沢の嘉兵衛の妾だったおもんがいまも経営している両国の料亭〔河半〕の裏座敷をつかって、清右衛門は元締としての采配《さいはい》を振っているのだ。

おもんは、それをよろこんでいる。

女ひとりで大きな料理茶屋を経営して行くことは、いろいろな意味で、実に面倒なことが多い。

羽沢の嘉兵衛が死んだとき、五名の清右衛門は、

「これからは、おかみさんが好き自由《かって》にやって行きなさるがいい」

おもんに、そういった。

はじめは、おもんもそのつもりでいたらしいが、そのうちに、

「清右衛門さんが旦那の跡目をついでおくんなすったのなら、あたしも、いちばん安心ですよ。これからも河半をつかっておくんなさい」

と、いい出した。

以前は、羽沢一家の、

〔隠居〕

などといわれていた清右衛門であるが、いざ跡目をついだとなると、

「五名のとっつぁんなら文句はねえ」

と、江戸の他の盛り場をたばねている同じ稼業の元締たちも、大いに賛成をしてくれたし、また、それだけの実力を、清右衛門はもっていたのだ。

これで、一時は、

「ぜひにも、おれが……」

と、羽沢の跡目をねらい、暗躍をつづけていた羽沢一家の〔四天王〕の、清右衛門をのぞいた三人も、沈黙をしてしまったのである。

その三人、日野の佐喜松、青笹の文太郎、桑野の定八は、いま、表面では清右衛門を助けているけれども、

「行先、どうなるか知れたものじゃあねえ」

苦笑まじりに、清右衛門が、お浜へもらしたことがある。

その三人の中でも、いちばん年長(四十歳)の日野の佐喜松が、もっとも野望を燃やしていたようで、

「佐喜松は、あのとき、どうも、白金《しろがね》の徳蔵《とくぞう》と手をむすんで、羽沢の跡目をねらっていたらしい」

と、清右衛門は、お浜にいった。

白金の徳蔵は、芝の白金に住んでいて、目黒から渋谷にかけてを〔縄張り〕にしている元締であった。

目黒や渋谷は、当時の江戸の郊外といってよく、それだけに徳蔵は、かねがね、なんとしても、江戸の中心へ自分の勢力を張り出したいと、考えていた。

そこで日野の佐喜松は、白金の徳蔵の援助を仰ぎ、うまく自分が、

〔羽沢の跡目〕

をついだときは、それ相応の〔お返し〕をすることになっていたらしい。

これを嗅《か》ぎつけた青笹の文太郎と桑野の定八も、

「こうなれば、どこまでも佐喜松と争ってやる」

というので、羽沢一家の内紛が、はなはだ物騒なものとなってきた。

こうなって来ると、一家の者たちが、それぞれ三人の下へあつまり、どうも血なまぐさい感じになってきた。

それまで、五名の清右衛門は、

（三人のうちのだれかに跡をつがせて、おれが後見をすればいい）

と、考えていた。

（五十をこして、大きな一家のたばねをするなんて、とてもたまらねえ。躰がまいってしまう）

清右衛門としては、ひそかに、

（やはり、跡をつぐものは佐喜松だろう）

と、おもっていた。

（ちからになってやってもいい）

と、おもっていた。

それなのに佐喜松は、清右衛門には内密で、白金の徳蔵をたよってしまったので、事態が却《かえ》ってむずかしくなってしまった。

（佐喜松のばかめ。やっぱり、あいつには一家のたばねはできねえ）

だからといって、三十をこえたばかりの文太郎と定八では、尚更に、こころもとない。

そこで、ついに、

（よし。仕方がねえ。おれが跡目にすわろう）

と、五名の清右衛門は決意するにいたったのである。

この清右衛門の立場は、盗賊の世界における雲津の弥平次と、よく似ているではないか……。

もっとも二人は、たがいに顔を見たこともない。

そして、五名の清右衛門は一家のたばねをするために、老体をふるい起して、跡目をついだ。

だが、清右衛門よりは十以上も若い雲津の弥平次は、どこまでも、ひとりきりの自由を欲しているのであった。

こうして……。

清右衛門が、

「五名の元締」

となってから二年になるわけだが、

「まだまだ、ゆだんはならねえ」

清右衛門はよく、夜ふけて阿部川町の家へもどり、お浜と二人きりで酒をのみながら、

「こうなったら、お前も覚悟をしていることだ」

と、いう。

「いつなんどき、だれに殺されるか、知れたものじゃあねえし……」

「日野の佐喜松のことかい」

「いや、お浜。あんなのはどうでもねえ。怖いのは、白金の徳蔵さ……」

「佐喜松は、それじゃ、まだ白金の元締と……」

「おそらく、佐喜松が、おれの跡目をつぐことになれば白金の徳蔵め、浅草の縄張りだけは手前のものにすることだろうよ」

「仕掛人が、お前さんを殺《や》るというのかえ？」

「白金の徳蔵は、仕掛で金を儲《もう》けるのがうめえやつさ」

「それなら、お前さん、いいかげんに身を引いたらどうだ。稼業の足を洗っても、爺いと婆あが二人きり、乞食をしたって生きて行けらあ」

お浜が、そういったとき、五名の清右衛門は、

「以前の、おれなら、そうしたろうよ」

「いまは、ちがうというのかい？」

「ちがってきた、らしい……」

「どう、ちがったのだ？」

「おもしろくなってきた」

「なんだって……」

「この稼業が、おもしろくなってきた、ということよ」

なんといっても、羽沢の嘉兵衛の縄張りをついだ清右衛門である。

多勢の配下をたばねて、盛り場の利権と法の網の目との間を巧妙に泳ぎながら、悪事もはたらけば善行もするという、多彩な元締の生活が、五名の清右衛門に、

（なるほど、元締の座について見ると、こうも、おもしろいものか……）

おもっても見なかった張り合いを、あたえたといってよい。

それは、羽沢の嘉兵衛の片腕として、のんびりと暮していたころとは、雲泥のちがいであった。

元締ともなれば、これを取り巻くすべての人の眼が、とたんにちがってくる。

威勢と権力が、どれほどの魔力をもっているかを、清右衛門は、はじめて知った。

（長いこと、この稼業をしているのに……）

である。

〔隠居〕だったころの清右衛門は、まったく、金というものに執着をもたなかった。

羽沢の嘉兵衛が、

「五名の爺《とっ》つぁん。すこしは欲を出したらどうだ。お前が、その気になれば、いくらでも金儲けをさせてやるぜ」

何度もいってくれたものだが、そのたびに、

「いやもう元締。そんなことは、めんどうくさくてかないません。まあ元締の側で炬燵《こたつ》にあたらせておいておくんなさい」

と、こたえ、嘉兵衛を苦笑させたものであった。

いまの清右衛門は、金に執着をしている。

といっても、それは、お浜と二人の生活を贅沢《ぜいたく》にしようとか、若い女でも囲って遊びたいとか、そのようなために欲しい金ではない。

一家の元締としての座を、ゆるぎないものにするため、諸方へばらまく金なのである。

このごろの、五名の清右衛門は、いよいよ、

（おもしろくなってきた）

と、考えている。

そこには、五十六歳の、自分のいのちがかかっているだけに、尚更《なおさら》、おもしろいのである。

これは、谷川弥太郎を拾いあげてからのことだが……。

こんなことがあった。

それは、今年の夏のはじめで、めずらしく暇ができた清右衛門が、

「今日は天気もいいし、久しぶりで、目黒の不動さんへ行って見ようじゃあねえか。どうだ、お浜」

さそって見たが、

「目黒くんだりまで行って見たってはじまらない」

お浜は、にべもなくいったが、

「お前さん。おれよりも谷川さんをつれて行っておやり。ずっと、この家の中へとじこもって、本ばかり読んでいるのだから、たまには外へつれ出して、青い空でも見せておやりな」

「おう、そいつはいいな」

清右衛門が二階へあがって、

「どうです、谷川さん。行って見ますかね？」

と、さそうや、

「行って見たい」

谷川弥太郎は、すぐに立ちあがった。

清右衛門は、弥太郎に小づかいをたっぷりあたえ、

「たまには気ばらしに、若い女を抱いて来なせえ」

しきりにすすめるのだが、弥太郎は、その金で、たくさんの書物を買いこみ、むさぼるように読みふけっていたのだ。

「へへえ……文字は、おぼえていなさる」

「読めるのだから、おぼえているのでしょう。なんとなく、むかしの私が、いつか読んだようなおもいがする書物もあるのですよ」

と、弥太郎はこたえ、

「いろいろなことがわかってきました」

ともいった。

それでも、およそ半年もの間、ほとんど外へ出ずに暮していたのだから、清右衛門のさそいがうれしかったのであろう。

すぐに仕度をして、谷川弥太郎は清右衛門と共に、阿部川町の家を出た。

清右衛門は、車坂の笠屋で編笠を買って、弥太郎にあたえた。

弥太郎から、あの上越国境の山中での異変をきいているだけに、

(いつなんどき、弥太さんを知っている奴どもに出合うかも知れねえ)

と、おもったからである。

清右衛門は、車坂で、駕籠《かご》をやとった。

二人を乗せた駕籠は、昼前に、目黒不動へ着いた。

「帰りは、ぶらぶら歩いて帰りましょう。谷川さん。そのほうが、お前さんの躰のためにもいい」

こういって、五名の清右衛門は、駕籠を帰した。

歩いて帰っても、目黒から浅草までは三里ほどの道のりで、当時の人びとにとっては、なん

でもないことであった。

目黒不動堂は、泰叡山《たいえい》・滝泉寺《りゆうせん》と号し、天台宗で、開山は慈覚《じかく》大師とつたえられる。

本堂の不動明王は、この慈覚大師の作になるものだそうな。

開山は、大同三年というから、ずいぶん古い、遠い、むかしのことだ。

ものの本に、

「この地は、はるかに都下を離るるといえども、参詣《さんけい》の人びと常に絶えず。ことさら正五九の月の二十八日、前日より終夜群参して、はなはだ賑《にぎわ》えり。門前五、六町が間、左右に貸食店《あきないみせ》軒端をつどえて参詣人を憩わしむ。粟餅《あわもち》、飴《あめ》、および餅花のたぐいをひさぐ家多し」

とある。

宏大な境内には、本堂のほかに、数え切れぬほどの堂宇がたちならび、鬱蒼《うつそう》たる樹木につつまれている。

当時の人びとの、社寺への参詣は、

「何よりの行楽」

であったといえよう。

参詣をすませてから、五名の清右衛門が、惣門《そうもん》を出た右側の〔ひしや〕という料理屋へ入って、

「谷川さん。春になると、このあたりの料理茶屋では、竹の子飯が名物でね」

と、いった。

「さようですか」

「さあ、お昼にしましょうかね」

「清右衛門どの」

「え……？」

「なんと申してよいやら、お世話になるばかりで、こころぐるしいほどです」

「そんなことはございませんよ。お前さんが来て下すったもので、婆さんはよろこんでいます」

「まことに親切なおひとだ」

「いまでは、こっちが、お礼をいいたいほどで」

このとき、五名の清右衛門は昼飯を食べながら、谷川弥太郎に問われるまま、香具師の元締という、いまの自分の稼業のことを語ってきかせたのであった。

すると弥太郎が、

「何か、私にできることはないでしょうか。わずかなことでもよい。そのほうが却って気楽に、お世話になれます」

と、いったのである。

清右衛門と弥太郎が〔ひしや〕を出たのは八ツ（午後二時）を、すこしまわっていたろう。

清右衛門は、

「おっと、忘れていた。こいつを買って帰らねえと、婆さんにどやしつけられてしまう」

と名物の目黒飴を買いととのえ、

「谷川さん。こっちのほうが近道だから……」

先に立って歩き出した。

目黒不動・惣門前の道を、真直《まっすぐ》に行くと、養安院という寺の前へ出る。

その養安院の傍《そば》の細い道は、寺の裏側をまがりくねって目黒川の方へつづいていた。

まだ、梅雨へ入る前の、さわやかな季節だったし、畑道をぶらぶら歩くのは、清右衛門にとっても弥太郎にとっても、こころよいことであった。

清右衛門の老顔の、深いしわも、いくらか伸びたようにおもわれ、まるで、人相が変ってしまっている。

「谷川さん。いいこころもちですね」

「さよう……」

畑道が田圃《たんぼ》道に変り、そして、小高い丘の、こんもりとした木立へのぼっていた。

その木立の中へ、二人がのぼり入ったときであった。

「谷川さん……」

五名の清右衛門が、急に、押し殺したような声でいい、立ちどまった。

清右衛門の細い両眼が、さらに細められ、針のように光っていた。

谷川弥太郎は編笠をかぶったまま、わずかにうなずき、清右衛門の側へ、ぴったりと身を寄せた。

と、そのときであった。

木立の中から人影が三つ、道へあらわれた。前方に一つ。後方に二つ。

三人とも、ひと目で、ちかごろ江戸の内外に激増している無頼の浪人だとわかる。

清右衛門は短刀《あいくち》ひとつ、持っていなかった。

(刃物を持っていると、それをたよりにし、相手と争う気になる。そいつは却ってあぶねえことだ。強い相手にぶつかったときの、おれの逃げ足は速い)

というのが、かねてからの信念なのである。

「谷川さん。逃げるよ」

と、清右衛門はいった。

弥太郎が、うなずいた。

そして、そろりと、左手が刀へのび、鯉口《こいぐち》を切っていた。

「いけねえ。いっしょに逃げるんだ、谷川さん」

清右衛門の眼には、弥太郎が、いかにもたよりなげに映っていたと見える。

(とても、勝てやあしねえ……)

と、おもった。

三人の浪人が、いっせいに大刀を抜きはらった。

谷川弥太郎は、依然、編笠をぬごうともせぬ。

「てめえたち、だれにたのまれた?」

清右衛門が、ゆだんなく身を構えつつ、浪人たちへいった。

三人とも、こたえぬ。

両側から、じりじりとせまって来て、自信たっぷりのうす笑いさえ浮かべているのだ。清右衛門の威《おど》しがきくような相手ではない。

「た、谷川さん……」

さすがに、清右衛門の顔色が変ってきた。

そのとき、弥太郎の右腕が伸びて、清右衛門の躰を木立の中へ突き飛ばしたものである。

おもいもかけぬ強いちからに、清右衛門は横ざまに木立の草の中へ倒れた。

転瞬……。

清右衛門を突き退《の》けた弥太郎の右腕が大きく弧をえがいて刀の柄《つか》へかかったかと見る間に、弥太郎の腰間から、ひとすじの光芒《こうぼう》が疾《はし》った。

「うわ……」

浪人の一人が絶叫を発し、大刀を手から落し、仰向けに倒れた。

（あっ……）

清右衛門は、仰天した。

「うぬ!!」

「死ねい!!」

残る二人が、猛然と、弥太郎へ斬ってかかった。

（い、いけねえ……）

清右衛門は、おもわず眼を閉じた。

ばさっ……。

と、弥太郎の編笠の一部が、浪人の一人の刃に切りはらわれ、その隙間から、谷川弥太郎の眼が白く光った。

弥太郎の細い躰が、わずかに沈んだと見る間に、そやつは、悲鳴をあげ、大刀を捨て手に腹を押えて、両ひざをついてしまっている。

「くそ!!」

残る一人が打ち込むと、弥太郎がふわりとかわし、燕《つばめ》のごとく飛びちがった。

「ぬ!!」

浪人が振り向きざま、左足を引いて大刀を構え直そうとしたが、すでに遅い。

びゅっ……と、血がはねた。

弥太郎の一刀に顔面を切り裂かれたその浪人が、

「ああっ……」

のけぞるように、くずれた躰を引き、辛うじて大刀をつかんだまま、後も見ずに逃げ出している。

追えば、じゅうぶんに斬り殪《たお》せたのだが、弥太郎は追わぬ。

「谷川さん、おどろきましたよ」

と、起きあがった五名の清右衛門がいった。

谷川弥太郎は、うなだれている。

「強い……そんなに強いとは、おもいませんでしたよ」

「わからない……」

と、弥太郎がいった。

「え……?」

「躰が、自然に、あのように、うごいてしまうのですよ」

「おどろいたねえ」

弥太郎に斬り倒された二人の浪人のうちの一人は、まだ死にきれずに、そのあたりをのたうちまわっていた。

清右衛門は、それにかまわず、一時も早く、この場から姿を消すことにした。

「さ、早く……」

畑道から木立の中へ……そしてまた、畑道をぬけ、まがりくねった丘の道をのぼりながら、

「谷川さんは、ずいぶん、剣術をおやんなすったにちげえねえ」

と、清右衛門はいった。

「いまの浪人たちは、私に襲いかかったのだろうか？」

「いや……そうではねえとおもいますね」

「では、清右衛門どのを……？」

「おそらく、そうではねえかと、おもいますよ」

「なぜ？」

「さてね……」

浅草・阿部川町の家へ帰り、谷川弥太郎が二階の部屋でねむったとき、清右衛門は冷えた酒をのみながら、女房にこういった。

「今日は、おどろいたよ」

「え……何が？」

「なんでもねえ」

「なんでもねえことに、なぜ、おどろくのだよ」

「谷川さんを、此処《ここ》へ置いておけなくなったようだ」

「なんだって……どうしてだ？」

「うるせえな。お前の知ったことではねえ」

「何だと」

「お前のためにいうのではねえ。谷川さんのためにいうのだ」

「いったい、今日、何があったんだよ？」

「はっきりしたことは、何一つ、わかっちゃあいねえのだ」

「それなら何も……」

「うるせえな」

「どうしても、谷川さんを、どこかに移すのかえ？」

「そうしてえ」

「勝手におし」

「そうさせてもらおうよ」

五名の清右衛門が、さらに、こういった。

「谷川さんも、そのほうがいいと、いっていなさる。あの人はおれのために、はたらいてくれるとよ」

五名の清右衛門は、他の香具師の元締のように、

「金ずくで殺しを仕掛ける……」

ことを、あまり、好まなかった。

が、しかし、先代の羽沢の嘉兵衛は、相当にやっていただけに、今度は自分の代になったから、

「おことわりします」

と、いいきるわけにもゆかぬ義理や、因縁が諸方に残っている。

現代から二百年も前の当時、種々の犯罪を、科学のちからで捜査するという〔文明〕は、まだ無かった。

だから原因不明の殺人や、手がかりがつかめぬ犯罪が、江戸や大坂のような大都市には、かなりあったのである。

五名の清右衛門が、谷川弥太郎を、自分専属の〔仕掛人〕として、つかってみようと考えたのは、目黒不動の帰途、弥太郎の、あまりにもすばらしい剣の冴《さ》えを、わが眼にたしかめたからにほかならぬ。

金ずくで暗殺をおこなう、と、一口にいっても、よほどに腕がたち、頭脳のはたらきもよい仕掛人でないと、

「うっかり、たのめない」

ことは、むろんだ。

もしも、たのんだ仕掛人が、お上の御縄にかかるようなことになれば、火元は〔蔓〕の清右衛門なのだから、

「たまったものではねえ」

のである。

（だが、谷川さんなら、おれと二人きりで組んで、だれにもわからねえように仕掛ができる）

と、清右衛門はおもいたった。

なんといっても、あのとき、三人の無頼浪人を一瞬の間に斬って捨てたときの谷川弥太郎には、

（さすがのおれも、身ぶるいがでたものなあ……）

清右衛門は、いまでも、あのときのことをおもい出すと、妙に血がさわいでくることがある。

そのときのことを清右衛門は、お浜に告げなかった。

谷川弥太郎を、先ず、知り合いの目黒の寺へ移したのも、仕掛人としてはたらいてもらうための第一段階だったといってよい。

清右衛門が、いま一つ、考えたことは、弥太郎を自分の側《そば》からはなさず、つまり、

（用心棒）

にしてしまうことであった。

目黒の襲撃ひとつをとって見ても、

（おれが、狙われている……）

ことは、事実だ。

しかし、弥太郎のはなしによれば、弥太郎自身も、いのちをつけ狙われているらしい。

となれば、弥太郎を側におくことによって、清右衛門自身が、

る。

そこまで考えたのは、やはり、五名の清右衛門の打算が、するどくはたらいていたことにな

のである。

(傍杖《そばづえ》を喰って、あぶねえことにもなりかねねえ)

清右衛門は、こうおもった。

(どうせ、谷川さんも、あぶねえ綱を渡っていなさるのだ。しかも、なぜ、そうなったか……むかしのことをおもい出せねえというのだから、あわれでもあるが、こいつはもう、お日さまの下を、大手を振って歩ける身ではねえ。

おもいきって、おれといっしょに歩いて見るのもわるくはねえだろう。おれも、これからは一人きりで目黒不動なんぞへうかうかと出かけねえことだ。なあに、こっちが気をつけてさえいりゃあ、大丈夫だ)

谷川弥太郎は、目黒の寺へ移ってから間もなく、清右衛門の依頼をうけ、金四十両で、はじめての〔仕掛〕をした。

そのとき、清右衛門は、

「私が谷川さんにおたのみして、殺してもらうやつらは、この世の中に生きていては善人が迷惑する連中ばかりでございます。どうか、安心をして仕掛けて下さいまし」

といった。

その点、弥太郎は清右衛門を信頼し、

「それなら、やってみよう」

らである。

と、決意をした。

そして、弥太郎が仕掛人となった根本の原因は、清右衛門が考えていたことと同じだったか
弥太郎は、絶望の極にあっても、人間というものは、

(生きて行かねばならぬように、できている)

ことを、さとらざるを得なかった。

そして彼が、このように身を落して行きながらも、尚、行手に一点の光りをもとめつづけて
いるのは、やはり、

(自分の過去を知りたい)

という願望が消えていないからだ。

それがなかったら、谷川弥太郎は、すでに、この世に生きてはいなかったろう。

それほどに、雲津の弥平次と別れ、五名の清右衛門と出合うまでの一年間の苦労は、言語に
絶したものであったといえる。

生きんがために、人も三人ほど、殺していた。

ここで、はなしをもどそう。

暗い水の底を、呼吸をとめて泳ぎながら、その苦しさに堪えかね、

「う、うう……」

うめき声を発し、もがきぬいて、谷川弥太郎が夢からさめたのは、翌日の昼すぎであった。

鏡餅

風も絶え、あかるい、おだやかな日ざしであった。

「こういう元日の日和《ひより》を、初凪《はつなぎ》とか、いうのだそうですね、谷川さん」

二階の部屋から下りて来て、顔を洗い、口をすすいで茶の間へ入って来た谷川弥太郎へ、五名の清右衛門がいった。

「よく、ねむった……」

「もう、四ツ（午前十時）ですよ」

「……そうなりますか」

「あなたの起きるのを待っていたのだ。いっしょに、雑煮をやろうとおもってね」

「それは、申しわけないことをしてしまった……」

「なあに、実は、わしも婆さんも、すこし前に起きたのですよ」

台所で、お浜が音をたてている。

谷川弥太郎は、昨日の夕暮れに、染井の植木屋の小屋を出て、浅草・阿部川町の清右衛門の家へ来た。

「正月は、ぜひ、うちですごしなせえ。婆さんも、たのしみにしていますから……」

清右衛門が、しきりにすすめたからであった。

弥太郎は、染井の小屋で、ほとんど煮炊きをせぬ。

上富士前町の〔釘《くぎ》ぬき屋〕という飯屋で食事をするのが、ならわしであって、ときには魚や野菜を折詰にしてもらい、酒と共に、小屋へ持って帰ることもある。

「谷川さん……もし、谷川さん……」

何度も清右衛門によばれ、弥太郎が夢からさめたように、

「あ……」

「どうしなすった？」

「いや、別に……」

「あなた、いま、鏡餅を凝《じっ》と見ていなすったね？」

「む……」

「なんともいえぬ眼つきを、していなさいましたよ」

「そ、そうでしたか……」

「どうしたので？」

「いや、なに……あの鏡餅を、私は昨夜も見たのだが、そのときは、別に、なんでもなかった……」

「それで？」

「いま、ふっと、何かを……むかしの、私が忘れてしまったころの何かを、おもい出しかけたのだが……」

「そりゃあ、すまなかった。つい、声をかけてしまって……」

「いや、かまいません」

「何を、おもい出しなすった？」

「いや、はっきりとは……ただ、鏡餅の前にすわっている女のひとの姿が、ぼんやりと、あたまの中に浮かんできたのです」

「どんな女のひとで？」

「さ、それがわからない。若い……そうだ、若い女の顔だった……」

雑煮は、餅と鴨《かも》の肉と小松菜だけが入ったもので、弥太郎は、うまそうに食べながら、

「はじめて、こうしたものを、食べたような気がする……」

と、つぶやいた。

清右衛門と、お浜は顔を見合せ、その視線を同時に、弥太郎へ移した。

煮しめで、清右衛門と弥太郎は酒をのんだ。

いや、この二人よりも、老婆のお浜のほうが酒は強い。

清右衛門などは、一合ものむと、

「ああ、もう、たまらなくなってきた」

ごろりと横になってしまうのだが、お浜は湯のみ茶わんへ冷酒をみたしたのを、

「茶でものむようにして……」

のむのであった。

清右衛門が、奥の間の炬燵へもぐりこみ、お浜が後片づけをしている間も、谷川弥太郎は其《そ》処《こ》にすわりこんだまま、長火鉢の向うに飾られた鏡餅を凝視していた。

見ているかとおもうと両眼を閉じ、苦しげに沈思する。

記憶の糸を、必死で手ぐり寄せようとしている態《さま》が、お浜にも、よくわかった。

お浜は黙って奥の間へ行き、清右衛門がねむっている炬燵へ入った。

「可哀相に……」

お浜の唇《くち》から微《かす》かにもれたつぶやきは、これであった。

午後になり、いったん二階へ引きあげた弥太郎は、夕暮れ近くなると、また下りて来て鏡餅に見入った。

目ざめた清右衛門も、お浜も、声をかけなかった。

夕飯のときも、三人は、ほとんど無言である。

夕飯をすますと、

「お先に……」

弥太郎があいさつをし、二階へ去った。

「こんな元日は、はじめてだったな」

と、清右衛門が、お浜に、

「いやはや、どうも、おどろいたよ」

「いくらか、あれで、おもい出すことでもあったのだろうかね?」

「さてなあ……それはそうと、お浜。お前、今朝から、のみすぎだぜ」

「よけいな、お世話だ」

こうして語り合っている二人は、ごく平凡な老夫婦にしか見えない。

だれ一人、たずねて来る者もなく、清右衛門の小さな家には、厳重な戸締りがしてある。どのような刺客が襲って来ても、二人して逃げ出せるような仕掛も家の中にほどこしてあった。

江戸の元日は、静寂をきわめていた。

江戸の、大名・武家の元日は、なかなかにいそがしい。

江戸城では、御三家をはじめ諸大名から、いわゆる旗本八万騎にいたるまで、元日から二日、三日の三ヵ日にわけて、将軍に目通りをし、新年の賀儀が取りおこなわれる。

だから、大名屋敷がたちならぶ地域や、江戸城の周辺は、これらの行列で大いに賑《にぎわ》うのだそうな。

それにくらべると、江戸の町家の元日は、別に、これといった行事も祝いごともなく、まことに、ひっそりとしたものだ。

前日の大晦日《おおみそか》には徹夜ではたらき、一年中のしめくくりに多忙をきわめていたのだから、元日は、もう眠りこけてしまう。

大晦日の徹夜が明けると、いちおうは元日の雑煮を祝いはするが、それが終るや、

「さあ、寝よう、寝よう」

と、寝具へもぐりこんでしまうのである。

だが、子供たちの世界は別のものだ。

彼らは大人のつきあいで徹夜なぞしない。

ゆえに、元日の朝も平常どおりに目がさめる。

しずかな冬の日ざしが、しずまり返った町をつつんでいる中に、子供たちの遊ぶ声と、彼ら

が揚げる凧《たこ》のうなりがきこえているだけであった。

元日の夜……。

谷川弥太郎は、清右衛門宅の注連《しめ》かざりが冷たい風に吹かれ、バサバサと音をたてているのをききながら、いつまでもねむれなかった。

(鏡餅の傍に、こちらへ背を向けてすわっていた若い女……いったい、だれなのか?)

一所懸命に記憶をたどろうとするのだが、それ以上のことは、すこしもわからぬ。

(だが、たしかにあれは町家の女ではない。武家の女だ……)

おもい疲れて、そのうちに弥太郎はねむりに入った。

二日の朝が来た。

この日は、五名の清右衛門も、なかなかにいそがしい。

彼のオフィスというべき両国の料亭〔河半〕へ出かけて行き、元締として配下の者たちの、新年のあいさつをうけねばならぬ。

そこへは日野の佐喜松・青笹の文太郎・桑野の定八も、あらわれるはずであった。

弥太郎が五ツ半(午前九時)ごろに目ざめて階下へ行くと、すでに清右衛門は家を出ていた。

「谷川さん。今日は、おやじが河半へ行くので、先にすませましたよ。さ、おあがんなさい」

と、お浜が酒をすすめた。

今日は弥太郎も外へ出るつもりだ。

出て、行って見たいところがある。

二日から、江戸の町人たちの正月がはじまる。

諸方の神社仏閣への初詣《はつもうで》の人びとが、どっと町へ出て、門前町の茶屋・茶店も、いっせいに店をひらく。

三河万歳も出て来るし、初荷の車があわただしく行き交う。

年始も、この日からであった。

太神楽《だいかぐら》や鳥追い女が町の辻《つじ》で芸を見せたり、町家によばれたりする。

初荷の日の活気と景気には、特別な雰囲気《ふんいき》があり、正月三カ日のうち、町家にとって、もっとも出銭《でせん》の多い日が、この二日だ。

昼前に、谷川弥太郎は清右衛門の家を出た。

例によって編笠をかぶり、着ながし姿の弥太郎であったが、

（むしろ、編笠で面体《めんてい》を隠さぬほうがよいのではないか……）

と、このごろはおもいはじめている。

これまでは、身を危険からまもるために顔を隠してきた。

だが、そうしていては、

（私のいのちを、つけねらっているやつどもが、私の前へあらわれては来ない……）

ことも事実なのである。

彼らが出て来ない以上、何故《なぜ》、自分のいのちがねらわれているかもわからぬことになる。

（今度こそは……）

二年前に、上越国境の谷間で、あの侍たちと闘ったときのような受け身ではないつもりの、

弥太郎であった。

今度は、相手を斬り殺さず、

〔引っ捕えて、なぜ私をねらうのか、それをきき出す〕

つもりでいる。

けれども、今日の弥太郎は編笠をぬがぬつもりであった。

上野の車坂から浅草へ、まっすぐに通じている新寺町の大通りへ出た弥太郎は、人出の多い通りを横切り、本蔵寺と東国寺の間の道を北へすすむ。

そして弥太郎は、新堀川の西岸へ姿をあらわした。

これまでにも何度か、

〔行って見たい……〕

と、考えていたことだが、ためらっていたのである。

雲津の弥平次が住んでいるらしい、あの〔三政〕という居酒屋を見たかったのだ。

そして、偶然にも、弥平次が出入りする姿を、余所《よそ》ながら、

〔見たい……〕

と、おもった。

弥太郎は、二度と弥平次には会わぬつもりであった。

それはやはり、仕掛人として生きている、いまの自分の身をふり返って見たからであろう。

やがて、弥太郎は〔三政〕の前へ立った。

〔三政〕の戸は、ひっそりと閉じられていた。

谷川弥太郎は、道をへだてた松源寺・門前の茶店へ入って行った。

このあたりは寺院が多く、その門前の店屋が軒をつらねてい、人通りも多い。

元日同様に晴れわたって暖かかった。

（去年の、あの夜。弥平次どのは後をつけられていたが……）

茶店の土間の腰かけにいて、弥太郎は、ゆっくりと酒をのみながら、三政の店を見まもっていた。

そこで弥太郎は、どれほどの時をすごしたろう。

三本目の酒をのみ終ったとき、弥太郎は深いためいきを吐き、腰をあげた。

そして、茶店を出て行きながら、編笠をかぶった。

弥太郎の顔が笠に隠れる、その一瞬前の横顔を、

（あ……？）

門前から松源寺へ入ろうとした小坊主が偶然に見かけ、

（たしかに、あのときの……）

立ちどまって、通りを南へ行く弥太郎の後ろ姿を見まもったが、

（そうだ。三政のおやじから、たのまれていた）

小坊主は、三政の裏手へ駆けて行き、

「おやじどの、おやじどの!!」

戸を叩いた。

この小坊主、去年の秋の、あの日に、谷川弥太郎から弥平次へあてた手紙を、たのまれて

〔三政〕へとどけに来た小坊主なのである。

「だれだね？」

と、戸を開けて政七が、

「や、松源寺さんの……」

「早く、早く。いま、見た。去年の、あのときの浪人……手紙の……」

「なんだって……」

「早く、早く……」

政七は、すぐに飛び出して来た。

戸じまりもしなかった。

その必要が、いまはない。

雲津の弥平次とおしまは、いま〔三政〕の二階に住んでいなかったからである。

新堀川沿いの道を、小坊主は政七と共に南へ走った。

「あ、あれじゃ。あそこへ行く、あの編笠の浪人さんじゃ」

と、小坊主が菊屋橋の手前まで駆けて来たとき、指し示して、

「ほれ、おやじどの。新寺町通りを西へ曲って行く……」

「わかった。帰ってから、たっぷり御馳走をしますからね」

「うん、うん。たのしみにしている」

政七は、小坊主と別れて、新寺町通りへ出た。

弥太郎は、清右衛門の家へ帰るつもりであった。

政七が、谷川弥太郎が清右衛門の家へ入って行くのを見とどけたころ、両国の料亭〔河半〕の広間で、五名《ごみょう》一家の新年の顔寄せがおこなわれていた。

これは、羽沢の嘉兵衛が生きていたころからの〔ならわし〕なのである。床ノ間の正面に清右衛門がすわり、その両わきに、日野の佐喜松と青笹の文太郎。桑野の定八は佐喜松のとなりの席についていた。

三人とも、両国一帯から浅草の一部にかけての縄張りのうちを、それぞれに分担している。

縄張りの盛り場や門前町で商売をしている種々雑多な店屋や、見世物などの興行から場銭なり冥加金《みょうがきん》をあつめ、これを元締の手にわたすのも、三人の仕事であった。

もっとも、佐喜松以下の三人は、先代から生えぬきの小頭であるから、うけもち区域の一部を、元締から〔縄張り〕にすることがゆるされている。

そこの〔あがり〕は、彼らのふところへ、そのまま入ることになっていた。

佐喜松は、でっぷりと肥えた躰をふるわせて笑い声をたてながら、

「ねえ元締……ねえ、元締……」

と、しきりに、清右衛門へ語りかけた。

清右衛門も、きげんよく、これに応じている。

しかし、清右衛門と佐喜松が、腹の底では、

（何を考えているか、知れたものではない）

と、一同はおもっている。

青笹の文太郎は、三十七歳。

黙念として、酒をのみつづけていた。

背の高い文太郎は、顔も長い。

日野の佐喜松などは、蔭へまわっては、

「あの馬面が……」

などと、文太郎のことをよんでいた。

文太郎の顔色は、青ぐろく沈んでいて、いくら酒をのんでも決して酔わぬという。

桑野の定八は、三十三歳になった。

色白の、いわゆる〔いい男〕だものだから、女のうわさが絶えない。

定八は、ぴったりと佐喜松につきそい、小声で何かささやいたりしている。

それをまた、青笹の文太郎が横目で見ては、ますます、

「苦虫を嚙《か》みつぶしたような……」

顔つきになるのであった。

酒の酔いが一同にまわったころ、河半の女中が入って来て、五名の清右衛門へ耳うちをした。

清右衛門をたずねて来た男の名を告げたのであった。

清右衛門をたずねて来たのは、

「金杉橋の長助《ちょうすけ》」

という御用聞きであった。

御用聞きは、町奉行所の手先となって、江戸市中の刑事にはたらく。

いわゆる「お上の御用をつとめている」わけであった。

長助は小柄だが、きびきびとした物腰の、いかにも御用聞きらしい男だ。

そして、この長助。

実は、五名の清右衛門の実の弟なのである。

このことは、だれも知っていない。

清右衛門の女房・お浜でさえも、こんな義理の弟がいようとは、夢にも考えたことがないだろう。

長助は、〔河半〕の奥庭に面した〔離れ屋〕で、兄を待っていた。

これも例年のならわしだ。

羽沢の嘉兵衛が生きていたころは、その右どなりにすわっていた清右衛門へ女中が耳うちをすると、うなずいた清右衛門が、この離れへやって来て、弟の長助と新年のあいさつをかわしたものであった。

「これは、兄さん……」

と、離れへ入って来た清右衛門を迎え、長助が両手をつき、

「あけまして、おめでとう」

「ああ……」

うけて、清右衛門が、

「お前のところも変りはねえか？」

「え、女房も子どもたちも、達者すぎて、風邪ひとつ……」

と、いいかけたのを清右衛門が、

「風邪ひとつ、ひきゃあがらねえよ、うちの婆さんも」

「こいつは、どうも」

「憎々しいったら、ありゃしねえ」

そこへ、女中が酒を運んで来た。

「あとは、かまわねえでくれ」

清右衛門は、そういって、女中を去らせた。

「ときに、長よ」

「なんです?」

「なんですもねえものだ。去年、お前にたのんでおいた……」

「ああ……」

「どうした?」

「日野の佐喜松は、ときどき、寺島村の大村という料理茶屋へ行き、そこで白金の徳蔵と会っていますよ」

「やっぱり、そうか……」

「佐喜松は、白金の元締の後押しで、兄さんを追っぱらい、跡目を奪い取ろうという魂胆だ。間ちげえねえとおもいますがね」

「ふ、ふふ……」

「どうしました?」

「追っぱらわれるなら、まだしもさ。いつなんどき、殺されてしまうかも知れねえやな」

「ですからさ、兄さん、気軽にひょいひょい、ひとり歩きをしてはいけねえということですよ」


長助は、芝の金杉橋に住んでいる。

だから、御用聞きとしての受持ち区域は、住居の周辺から芝の一部、ということになるが、芝には、

「芝の治助《じすけ》」

という香具師の元締がいる。

先代の治助は、これも羽沢の嘉兵衛同様、何者かに暗殺されてしまったが、その跡目をついだのは治助の甥《おい》の初太郎であった。

この初太郎が、当代の〔芝の治助〕ということになる。

五名の清右衛門と芝の治助は、江戸の元締たちの中でも、親密である。

それというのも……。

清右衛門の弟・長助が、先代のころから、芝の治助のもとへ出入りをしているからだ。

清右衛門は、長助のことを、

「実は、私の遠縁にあたる男でね」

と、芝の治助にいってあった。

芝の治助は、お上の御用をつとめる金杉橋の長助を利用して、甘い汁を吸うことができるし、

長助はまた、治助がひそかにながしてくれる情報によって、兇悪犯《きょうあくはん》を捕え、自分の手柄にすることができる。

これは、兄の清右衛門と長助にしても、同じことなのである。

身内の中で、何か犯罪を起し、捕えられた者を助け出すときなども、事情によるが、

「金をつんで……」

長助へ、たのむ。

奉行所の与力・同心の間では、相当に信頼されている長助が、その金をうまくつかい、

「お目こぼし」

に、してもらうのであった。

そのかわりにはまた、治助や清右衛門の密告によって、長助や、奉行所が益することも多い。

「持ちつ持たれつ……」

たがいに痛いところをつかみ合っていい、たがいに利害を一致させ、そして、さらに、

「たがいに甘い汁を吸っている……」

ことなのだ。

「芝の治助さんは、変りねえかい？」

清右衛門が、帰りかける金杉橋の長助を廊下へ送って出て、そういった。

「へい。元気ですよ」

「よろしくいってくれ。そのうちに一度、ぜひ、会いてえものだ」

「芝の元締も、そういっていますよ、兄さん」

「これからは、芝のと何かにつけて連絡をとっておきてえ」

「向うでも、そういっていますよ」

「長よ。引きつづいて日野の佐喜松を見張っていてくれ。金なら、いくらでも出す」

「わかっていますよ、兄さん」

「とりあえず、これだけ、持って行ってくれ」

小判が入った袱紗《ふくさ》包みを、清右衛門が長助へわたし、

「たのむよ」

「引きうけました」

長助は、腕のたつ密偵を、金で何人も抱えている。

そのための費用を、清右衛門が出したのであった。

長助が帰ってから、また、清右衛門は二階の広間へもどった。

この日。

五名の清右衛門は、阿部川町の我家へ帰らなかった。

夜に入っても、いろいろな客があいさつにあらわれたし、それに、

「すっかり、くたびれてしまったよ、おかみさん……」

と、清右衛門は〔河半〕の女主人・おもんにいって、昼間、弟と語り合った離れへ泊った。

屈強の若い者が四人も、次の間へ泊りこみ、老いた元締を警固した。

清右衛門にいわせると、

「阿部川町が、いちばん、安心さ」

なのである。

他の場所へ泊ったときのほうが、

「気が、ゆるせねえ」

のである。

翌日の昼すぎになって……。

清右衛門は〔河半〕を出た。

車坂の、なじみの駕籠屋から迎えに来た駕籠に乗って、であった。

この駕籠の前後を、それとなく、四人の配下がまもり、両国橋をわたる。

〔河半〕と阿部川町の家とを往復する道順は決まっていた。

途中、どんなやつが襲いかかって来ても、これを避けることができるように、四人の見張りの眼が四方八方へそそがれている。

浅草橋から御蔵前へ出て、西へ曲り北へ行き、また西へ折れ、新堀川の東岸を菊屋橋へ出る。

それから新寺町通りを車坂の方へすすむ。

そして、阿部川町へかかり、成就院・門前の東側の道を左へ切れこむ。

成就院のとなりが、法成寺の裏手になる。

駕籠は、すっと法成寺の裏門へ入る。

このとき、四人の見張りは、どこへ行ってしまったのか、影も形も見えなくなっているのだ。

駕籠は、法成寺の墓地の外側をぬけ、惣門から出て行く。

このときには、もう、駕籠の中から五名の清右衛門の姿は消えている。

裏門から惣門へ駕籠が抜けて行く途中で、清右衛門も駕籠から抜け出してしまうのであった。

駕籠から降りた清右衛門は、墓地の外れの寺男が住んでいる小さな家へ、いったん入り、その裏口へ出る。

細い石畳の通路をへだてて、正面に板塀《いたべい》がある。桟を二つ三つ外すと、板塀の一ヵ所が、ぽっかりと口をあける。

その向うへぬけると、そこはもう、清右衛門の家の裏手の、小さな風呂場の外になる。

このほかにも、まだ、いざというときの仕掛をしてあるらしい。

法成寺の寺男・伝造《でんぞう》は、清右衛門が世話をして、法成寺へ入れてやった男だ。

四十をこえた独り者の伝造へも、また、法成寺へも、清右衛門はぬかりなく手配りをしてあった。

以前は、

「わしの墓なんか、どこにあるか知ったものじゃあねえ」

なぞといっていた五名の清右衛門なのだが、羽沢の跡目をつぎ、元締となってから、自分とお浜の墓を法成寺へたてたりし、多額の寄進をしたものだ。

「お浜。帰ったよ」

清右衛門の声をきいて、お浜が裏手の戸を開けた。

「昨夜、河半へ泊った」

「ああ、使いが見えたよ」

「よし、よし。谷川さんは、どうしていなさる？」

「今日も、鏡餅と、にらめっこをしていなすった」

「ふうん……」

「いま、二階で寝ていなさる。昨日は、ちょっとの間、何処《どこ》かへ出ていきなすったがね」

「何処へ？」

「おれにきいたってわかりゃあしねえよ」

「お浜。ま、酒をつけておくれ」

「谷川さん、明日は染井へ帰んなさるそうだ」

「そうかい」

そのときだ。

表の戸口を叩く音がした。

合図の音だ。

お浜が出て行き、茶の間の清右衛門へ、

「助五郎だよ、入れていいかえ？」

と、声を投げてよこした。

「入れてやれ」

半場の助五郎は、清右衛門腹心の配下で、今日の見張りの四人の中に入っていた男だ。

「どうした？」

「元締。いま、元締が此処へお入んなすったようなので、引っ返そうとしますと、妙な奴が、この路地へ入って、此処を見張っているようでしたが……」

「おれの家を、か？」

「へい。そこで、あっしが近寄って行くと、すぐに身を返して、路地から出て行ってしめえました。いえ、ぬかりはありません。伊太郎がすぐに、相手にわからねえように、後をつけています」

子分の伊太郎が、清右衛門の家へもどって来たのは、それから一刻（二時間）ほど後のことであった。

半場の助五郎は、清右衛門の傍に、まだ残っていた。

「どうだった？」

「へい。たしかに見とどけましたよ、半場の兄《あに》さん」

「どこへ帰った？」

「それがさ。新堀端の、ほれ、松源寺という寺の前に、道をへだてて、三政という居酒屋があってね。あっしも前を通ったことが二、三度あるが、そこへ……」

「じゃあ何か、その居酒屋の亭主だ、とでもいうのか？」

「だって、店はしまっていましたぜ。しばらく、寺の門前の茶店へ入って様子を見ていたんだが、入ったきり野郎、出て来ねえ」

「ふうむ……」

「出て来ねえところを見ると、あの居酒屋の者にちげえねえとおもいますがね」

「なるほど……」

「ほかに人気《ひとけ》もねえようで……ひっそりとしていましたよ。もっと見ていようとおもったんだが、先ず、このことを元締のお耳へ入れておきてえとおもって……」

このときまで、だまって、助五郎と伊太郎のことばに耳をかたむけていた五名の清右衛門が、はじめて、

「伊太郎。ごくろうだったのう」

と、いった。

「元締。引きつづいて見張りをつけておきましょうか。そのほうが、いいとおもいますが……」

と、助五郎。

「そうさな……」

清右衛門は、しばらく考えていたが、傍の煙草盆を引き寄せながら、こういった。

「よし。その見張りの手配は助五郎。お前にまかそうじゃあねえか」

「合点です」

「明日からでいいぜ。場所柄、夜も昼も見張りつづけているわけにも行くめえから、そこのところは、お前がうまくしてくれればいい。つまりおれの後を此処までつけて来た奴と、別の奴とのつながりを見とどければいい。だが、おれが此処に住んでいることを知らねえ奴ということになると……」

「ですが元締。私は、元締の駕籠をつけて来たのではねえとおもいます。そんな奴は見えませんでしたぜ」

「そりゃあ、まあ、お前たちの見張りの眼を、くらましたともおもえねえが……さて、そこが

どうも、わからねえ。こいつは、もしやすると、香具師仲間の仕わざではねえかも知れねえな」

「奴は、きっと、元締がお帰んなさる前から、此処を見張っていたのじゃあございませんか……」

助五郎が、そういったとき、五名の清右衛門が、はっとなった。

「元締。なにか、おもいあたるふしでもおあんなさるので？」

「む……いや、別に……」

新しい煙草をつまみ、煙管《きせる》へつめはじめた清右衛門の老顔には、新しい緊張が生まれている。

お浜が、身を乗り出すようにして、

「元締。そいつは、もしや……？」

と、何か、いいかけるのへ、

「うるせえ!!」

めずらしく清右衛門が、女房を叱りつけた。

「お前は、だまっていろ」

「はい。すみません」

お浜も、めずらしく素直である。

助五郎と伊太郎は、おもわず顔を見合せた。

元締夫婦の胸の中に、自分たちの知らぬことがおもい浮かび、それを自分たちにきかせたくはない様子だということが、はっきりと二人にわかった。

それに清右衛門が、この古女房を怒鳴りつけたところなぞ、二人は一度も見たことがなかったし、お浜が、このように清右衛門へ素直な態度をしめしたのを見たのも、はじめてであった。

お浜は、

(いけないことを口に出してしまった……)

と、おもったからこそ、清右衛門に詫《わ》びたのである。

清右衛門と、お浜が同時に考えたのは、

(もしや、その男は、谷川弥太郎さんを見張りに来たのではないか……?)

このことであった。

弥太郎のことは、二人に、

「知り合いの浪人さんが泊っている」

とだけ、いってある。

あのことは、すべて内密にしてあったし、二人とも、弥太郎の顔を見てはいない。

いまの谷川弥太郎は、五名の清右衛門の、

〔秘密兵器〕

だともいえる。

(谷川さんのことだけは、おれの胸三寸に、かくしておきてえ)

と、清右衛門はおもっていた。

お浜にしても、弥太郎が、いまは老夫の仕掛人になっていようとは、おもってもみないだろう。

お浜は、弥太郎の過去につながる危機だと感じたのだ。

（だが、こうなったからには、助五郎だけには谷川さんのことを告げておいたほうがいいだろう）

そこで清右衛門は、二人が帰って行くとき、半場の助五郎だけに、そっと、

「夜ふけてから、お前ひとりで来てくれ」

ささやいたのであった。

半場の助五郎は、夜ふけてから、ふたたび、清右衛門宅へあらわれた。

「実は、な……」

と、清右衛門が助五郎へ酒をすすめながら、

「いま、ここの二階に泊っている谷川弥太郎さんのことだが……」

「へえ……？」

助五郎にしても、弥太郎のことを、

（いってえ、元締と、どんな関《かか》わり合いのある人なのか？）

腑《ふ》に落ちかねていたのである。

「実はな、助五郎……」

と、五名の清右衛門は、弥太郎のことを、すべてではないが、

「掻《か》い摘《つま》んで……」

助五郎へ語ってきかせた。

「なんとも、ふしぎな因縁で、あの人と関わり合ってしまったわけだが、いまとなっては、あ

の人を手放せねえ気もちになってきているのだよ、助五郎」

「ですが、元締。そんなことってあるもんでござんすかね。むかしのことを、みんな忘れちまうなんてことが……」

「それでいて、お前、おのが躰にたたきこんだ剣術は忘れていねえのだから恐ろしい」

「ほんとにねえ……」

「世の中には助五郎、おれたちにわからねえことが、いくらもあるようだのう」

「まったくで」

「谷川さんだけは、おれ一人が、そっと、このふところへ忍ばせておきてえ。そりゃあ助五郎、大した腕前だ。こんな心強い味方はいねえぜ……」

「へへえ……」

「だが、今日のことが気にかかってならねえ。お前だけには谷川さんのことを知っておいてもらいてえのだ」

「そこまで、元締がたのみにおもっておくんなさるのは、うれしくてなりませんよ」

「たのむぜ。それに……それにな……」

「え……?」

「谷川さんを、ついつい、仕掛人に引っ張りこんでしまったが……実は、あの人が、なんとなく、あわれにおもえてならねえのだ。五名の清右衛門ともあろうものが、とんだ娑婆気《しゃばっけ》を出して、お前は笑うかも知れねえが……」

「とんでもねえことで。そりゃ、あっしも、いま、元締から二階のお人の身の上をきいて……

こいつは、当人の身になれねえまでも、実に、気の毒なことだと……」

「お前も、そうおもってくれるかえ」

「へい、へい」

「まあ、そういうことだ。万事、よろしくたのんでおくぜ」

「できるだけのことは、させていただきますよ」

「できることなら、あの人に、忘れたむかしを取りもどさせてやりてえ、とも、おもわねえでもねえが、それが、あの人にとって、いいことか悪いことかも、おれには、わからねえのだよ、助五郎」

隠れ家

五名の清右衛門が、腹心の助五郎と語り合っている、ちょうどそのころであったが……。

〔三政〕の裏口から、政七が、そっとあらわれた。

昨日。政七は、松源寺の小坊主に教えられ、編笠の浪人が阿部川町の法成寺の横道を入ったところにある小さな家へ入って行くのを見とどけた。

それだけで、後は何もわからぬ。

今日になって……。

(ひょいと、あの浪人が出て来るかも知れねえ)

と、おもい、阿部川町へ出かけて見た。

そして、あの家のまわりを行ったり来たりしていると、どこからともなく妙な男が近寄って来たので、

（こいつは、いけねえ）

政七は、すぐに踵《きびす》を返し、まっすぐに〔三政〕へ帰って来た。

（あの、妙な男、只者ではねえ）

さすがに、もとは腕利きの盗賊だった政七だけに、政七を怪しんで近づいて来た半場の助五郎の隙がない身のこなしや、するどい眼の光りに気づいていた。

〔三政〕へ帰り着くまで、じゅうぶんに注意をしたつもりだし、後をつけられていたとはおもわなかったが、

（だが、念には念を入れよ、だ）

と、政七は、前に雲津の弥平次とおしまが住んでいた二階の部屋へあがり、障子を細目に開けて、外を見たが、別だん、怪しい人影を見出せなかった。

このとき実は、清右衛門の配下の伊太郎が〔三政〕へ入る政七を見とどけていたわけだが、その尾行が巧妙だったので、政七は、まったく気づかなかったのである。

それでも尚《なお》、

「念を入れた……」

のが、よかった。

翌日から〔三政〕へは、五名一家の見張りの眼が光ることになったのだから、この夜のうちに、政七が、

（このことを、いちおうは知らせておかなくては……）

と、雲津の弥平次の隠れ家へ出かけたことは、さいわいに、だれの目にもふれずにすんだのである。

政七は、月もない闇の中を、提灯《ちょうちん》もつけずに、ゆっくりと歩いた。

途中で、何度も立ちどまっては、尾行者の有無をたしかめた。

あの編笠の浪人は、弥平次へ手紙をことづけてよこしたのだから、

（弥平次どんに、害をする人ではねえらしい）

とは、おもうが、それにしても、浪人が入った家を見張っていた自分に近づいて来た妙な男は、

（どうも、気に喰わねえ）

のであった。

どちらにせよ、油断はならないと、おもった。

それから二刻（約四時間）ほど後に、政七は、渋江村の西光寺《さいこう》の近くまで来ていた。

日中、足にまかせて急げば、この半分の時間ですむ。

大川（隅田川）をわたってから、ようやく、政七はふところから畳んだ提灯を出して灯《あか》りを入れたのであった。

武蔵国・南葛飾《かつしか》郡・渋江村は、現代の東京都・葛飾区・四ツ木にあたる。

当時は、まったくの田園地帯であって、天台宗の西光寺は、かの親鸞上人《しんらんしょうにん》が関東を経遊した折、ここに止宿したとかで、由緒も古く深くむかしは三十余丁の寺領があったとかで、土地《ところ》で

は有名な寺だ。

引舟用水のながれにかかった橋をわたると、西光寺の裏手へ出る。

西光寺は、わら屋根の小さな寺で、境内もせまいが、見わたすかぎりの田圃《たんぼ》にかこまれてい、引舟用水に面した道には、茶店もあるし、飯屋もある。

引舟用水は、西光寺のまわりを、ながれめぐってい、その南側の松の木立の中に、西光寺が所有している小さな家があった。

家といっても、物置小屋を改造したようなもので、以前は此処《ここ》に、西光寺の田畑ではたらく百姓夫婦が住んでいたものだ。

いまは、木下村の百姓が西光寺の田畑へ来ているので、空家になっていたところへ、雲津の弥平次がこれを借り受け、おしまと共に移り住んで来たのであった。

これが、去年の十二月のはじめである。

それは、政七の手びきによるものだ。

〔三政〕ではたらいている小女《こおんな》のおかねの父親は、田原町の裏長屋に住む大工であるが、母親は木下村の百姓のむすめであった。

その母親の兄が、いま、西光寺の田畑の面倒を見ていることから、このはなしがまとまった。

雲津の弥平次は、

「日本橋辺の、さる大店《おおだな》の通い番頭なのだが、いま、病気にかかり、気長に養生をしなくてはならないので、店の主人のゆるしを得て、閑静な場所で、半年ほど暮したい」

というふれこみで、西光寺の小屋を借りうけたのであった。

西光寺へ、あいさつに出向いた雲津の弥平次は、どう見ても、

「大店の番頭」

であった。

つきそっているおしまも、それにふさわしい風体で、化粧の気配もなく、つつましくしていたので、西光寺では、

「いつまでも、おつかいなされ」

はじめから、二人に好意をもってくれたようである。

いま、政七は、この弥平次の隠れ家へやって来た。

政七が隠れ家の戸を叩いたとき、弥平次とおしまは酒をのんでいた。

もう八ツ（午前二時）をまわった、というのにである。

ここへ引き移ってから、二人は、ほとんど外へ出ない。

病気の養生というふれこみなのだから、そのほうがよい。

それに弥平次は、身の危険を感じていた。

自分の危急を未然にふせいでくれた谷川弥太郎に、

（もう一度、ぜひ、会いたい）

と、考えてはいるが、

（当分は、此処で、がまんをしていよう）

と、あきらめている。

弥平次自身は、死んだ釜塚の金右衛門の跡をつぐつもりは、すこしも無い。

それなのに、跡目を争う五郎山の伴助と土原の新兵衛のどちらかが、自分のいのちをねらっているらしい。

それは、つまり、彼らが二派に分れて、釜塚の金右衛門が残した〔盗みの組織〕をわがものにしようと暗躍していながら、どうも、うまく行かぬことがあると見てよい。

伴助派と新兵衛派の二つに分れた釜塚一味の盗賊たちは、もしも、雲津の弥平次が、

「おれが跡をつごう」

と、いえば、それぞれに伴助と新兵衛からはなれ、一つに合流するにちがいない。

それほどに、弥平次の人望は大きい。

それだけに、二派に分れていながらも、一味の盗賊たちは、

「できるならば、雲津の弥平次どんに跡をついでもらいたい」

と、ねがっている。

それでなければ、二つに割れた四十余名の盗賊同士が、ほんらいの〔盗《つと》め〕を忘れての、殺し合いがはじまるかも知れぬ。

これは、五名の清右衛門のような香具師《やし》の世界のことと、似ているようでいて、そうではない。

なんといっても、こちらは、お上の目をはばかる盗賊なのだ。

それだけに、五郎山の伴助と土原の新兵衛は、何よりも早く、弥平次に身を引いてもらいたいのだ。

それで弥平次が、はっきりと、

「おれは身を引く」

と、いったのだが、それでも尚、弥平次のいのちを彼らがねらっているのだとすると、四十余名の一味の者たちが、いまだに、まだ、弥平次の復帰をねがっていて、はっきりと態度を決しかねているのではないか……？

そうだとすれば、伴助にとっても新兵衛にとっても、先ず、弥平次の始末をして、一味の者に「もう、雲津の人はもどって来ない」ことを、はっきりと知らしめ、しかるのちに、二人が跡目を争わねばならない。

それでなくては、決着がつかぬことになる。


このごろの弥平次とおしまは、昼と夜が逆になってしまったような、暮しぶりであった。食べたいときに食べ、ねむりたいときに、ねむるのである。

〔三政〕の二階にいたときは、政七の商売に合わせ、食べたり寝たりしていたわけだし、それに、雲津の弥平次もおしまも、よく外出をしたものだ。

二人そろって雑司ヶ谷の鬼子母神《きしもじん》へ出かけたり、泊りがけで池上《いけがみ》の本門寺へ行ったりしたものだ。

だが、いまは二人とも、ほとんど外へ出ない。

弥平次のいのちが、何者かにつけねらわれていることは、たしかなことなのだ。

上越国境の谷底の、あの坊主の湯へ潜み隠れることを、弥平次は、いまも考えている。

おしまも、

「私も行って見たい……」

と、いう。

「だが、おしま。いま、出かけて見たところで、十里の山道が雪に埋もれていて、とてもとても、歩けたものではねえ」

「そんなに、雪が深いんですか？」

「そのころの、あの辺りを、おれは見たわけではねえが……坊主の湯の市兵衛どんにきいたのだ。雪のあるうちには、市兵衛どん父娘《おやこ》も、ほとんど外へ出ぬそうな」

この日も、夕飯をすまし、そのときにのんだ酒に酔い、二人はぐっすりとねむり、八ッすこし前に目ざめ、

「おしま、どうだ、もう一度、のみ直そうか」

「よござんすとも」

板の間に切った炉端へ出て、火を熾《おこ》し直し、酒をあたためたのであった。

「あたたかくなったら、おしま。やっぱり、二人して坊主の湯へ行こう。そして一年ほどは浮世ばなれのした暮しをするのもいいぜ」

「ほんとうですね？」

「ほんとうだ」

「じゃあ、約束しましたよ」

「いいとも」

そこへ、政七が来て、戸を叩いたのである。

合図の叩き方をきいて、弥平次が戸を開け、

「この時刻に、どうしなすった？」

「まあ、明日でもよかったんだが、こういうことは、早えうちに弥平次どんの耳へ入れておいたほうがいいとおもってね」

「さ、入っておくんなさい。いまね、二人とも寝そびれてしまい、いっぱい飲《や》っていたところなのだ」

「そいつはいい。さっそく、おれもいただこうか」

炉端へ来て、冷え切った躰《からだ》をあたため、熱い酒をのみながら、政七は、二日間の出来事を、あますところなく弥平次へ語った。

「松源寺の小坊主のいったことに、間ちがいがなければ、おれが後をつけて行った編笠の浪人……あの浪人は、前に弥平次どんからきいた、谷川弥太郎さんにちげえねえとおもうのだがね」

と、政七がいった。

「そうだろう。谷川さんにちがいないと、私もおもうよ、政さん」

雲津の弥平次には、自分を慕って〔三政〕の前へあらわれた谷川弥太郎の姿が、

（目にうかぶよう……）

であった。

それにしても、

（弥太郎さんが入って行ったという、阿部川町の家というのは、いったい何者の家なのか…

……？）

そして、

（その家を見ていた政七どんの傍《そば》へ寄って来た、妙な男というのは……？）

それらが、みな、谷川弥太郎と関係があるのだとすると、

（弥太郎さんは、いま、どんなことをして暮しているのか？）

急に弥平次は気がかりになってきた。

いつか、弥太郎が船宿〔よしのや〕へ残して去った手紙に、

「……私が、弥平次どのの傍にいることは、よくないことゆえ……」

と、あった。

さらに翌日。

弥太郎は、弥平次の後をつけていた日影の長次を、独断で、事もなげに斬って捨てたのち、松源寺の小坊主へ、またしても弥平次への手紙をよこした。

それには、

「……これよりは、二度と、お目にかかれるとはおもわぬ」

と、書いてあった。

それにもかかわらず、弥太郎が自分を慕ってくれる心情は、ひしひしと弥平次にわかっている。

谷川弥太郎——という姓名は、雲津の弥平次がつけたものなのである。

三年前のあのとき……。

正体の知れぬ侍たちの追撃から、弥太郎をかくまってやった数日間に、

（あの人とおれとの胸と胸とに通い合ったおもいは、いったい、何だったのか……？）

単に名付親だからというだけのものではない。

過去の記憶をすべて失ったとき、先ず、谷川弥太郎を襲ったのは、侍たちの〔殺人剣〕であった。

その危急を救い、おとろえきった躰に薬湯と食物をあたえてくれた最初の人が、雲津の弥平次だったのである。

これは、谷川弥太郎にとって忘れることができぬのも、当然であったろう。

その弥太郎の切実な心情が、弥平次へも通じてくる。これまた、当然のことといわねばなるまい。

政七は、翌日の昼すぎに帰って行った。

「お前さんにも、とんだ迷惑をかける……」

と、雲津の弥平次がいった。

「なあに……」

「いつから、店を開けなさるね？」

「明日からに、しようとおもう」

「念にはおよばねえことだが、これからは、出入りに気をつけて下せえ」

「わかった」

「それにお前さんが、此処へ来ることも……いまは足を洗った、お前さんによくねえことだ」

弥平次が、こういったときであった。

「なあ、弥平次どん……」

突然、政七の両眼がきらきらと光って、

「おらぁ、もう一度、お前と二人で盗《つと》めがしたくなってきた……」

低かったが、ほとばしるような口調でいったものである。

「ばかを、いいなさるな」

たしなめはしたが、われにもなく弥平次は狼狽《ろうばい》をした。

なぜだか、わからぬ。

強いていうなら、そのとき、弥平次の脳裡《のうり》に或る予感が疾《はし》ったからだ。

政七が帰ったあとで、弥平次はおしまへ、こういった。

「政さんは、妙に気が昂《たか》ぶっている。おれのおかげで、あの人は、いまの堅気の商売の中から、はみ出しそうになってきた。人の後をつけたり、様子をうかがったり……そんな、うす暗いまねをしているうち、あの人の、むかしの盗人《ぬすっと》の血がさわぎ出したらしい」

「それで、どうするつもり？」

「何を？」

「その、編笠の浪人さんのことですよ」

「谷川弥太郎……」

「もしそうだったら、ほんとうに、気の毒な、可哀相な……」

「おしま」

「え……？」

「お前に、たのみがある」

「なんなりと、いっておくんなさいよ」

「ひとりで、江戸へ行ってもらいたい。いろいろと、たのみたいことがある」

「よござんす」

おしまは、すぐに身仕度をした。

その間に、弥平次は手紙を書いた。

船宿〔よしのや〕の亭主・徳次郎へ、あてたものであった。

徳次郎だけは〔三政〕に弥平次がいたことを知っていたし、おしまの顔も見知っている。

だが、おしまのほうで〔よしのや〕へ出向くのは、今度が、はじめてなのである。

「夜になってしまったら、よしのやへ一晩泊めてもらえよ。いいか、決してむりをしてはいけねえ」

「わかりました。それで、よしのやの旦那には、私たちが此処に暮していることを知らせてもかまいませんかえ？」

この夜、おしまは、隠れ家へ帰って来なかった。

〔よしのや〕へ泊ったものと見える。

翌日の昼ごろに、おしまが帰って来た。

「やっぱり、昨夜は帰れませんでしたよ。それに、ちょうど御亭主が、外へ出ていなすったものだから……」

そういって、おしまは、背負って来た一抱えほどの風呂敷包みを弥平次の前へ置いた。

これは弥平次が、おしまへことづけた手紙で、よしのやの亭主・徳次郎へたのみ、買いととのえてもらった品々なのである。

中身は網代笠《あじろがさ》と僧衣一式であった。

「さ、やってくれ」

と、雲津の弥平次が、おしまの鏡台の前へ、すわりこんだ。

「やるって……何を？」

「きまってるじゃあねえか。おれのあたまを、まるめるのだよ」

「ま、まさか……」

「坊主に化けて江戸の町を歩こうというのだ。坊主に髷《まげ》があっては、どうにもならねえ」

「だって、お前さん。そのために、この網代笠を……」

「それが素人《しろうと》のあさましさというやつだよ。化け方に、すこしのぬかりがあると、てきめんに化けの皮がはがれてしまうものなのだ。さ、早く、鋏《はさみ》と剃刀《かみそり》を持ってきねえ」

「でも、惜しいねえ」

「ま、青々と坊主頭になったところも、存外いいかも知れねえぜ」

めずらしく、弥平次が冗談をいったものだ。

「まあ、いやな……」

「何でもいい。早くしねえか」

いい出したらきかぬ弥平次であった。

おしまは、顔をしかめながら仕度にかかった。

やがて、弥平次は鏡に映る自分の坊主頭を撫《な》でながら、

「や……若く見えるぜ」

「あれ、ほんに……」

「どうだ。まんざらでもなかろう」

「でも、私はいやですよ」

「ときに、おしま。よしのやの徳次郎さんに、この隠れ家のことをはなしたのか？」

「お前さんは、場合によっては隠しておくのも水くさいから、はなしてもいいと、そういいなすったけれど……よしのやの御亭主は、すこしも……」

徳次郎老人は、

「いま、弥平次どんは何処《どこ》へ？」

などと、おしまへ問いかけはしなかったそうな。

「さすがに徳次郎さんだね」

「帰りには舟を出してくれて、いいところまで乗ってお行きなさい、と、……それでね。水神《すいじん》の辺へ舟を着けてもらい、帰って来たんですよ」

その夜、雲津の弥平次は、寝ものがたりに、おしまへこういった。

「おれは明日の朝早く出かけるが、おそらく明日は帰れまい。いずれにしろ、心配はしねえがいい。おれのことよりも留守に気をつけてくれ。万が一ということもある。明日の夜は、西光寺へたのみ、泊めてもらうがいい」

「くれぐれも、気をつけておくんなさいよ」

「や……」

「どうしたの?」

「お前、ずいぶんと肥ってきたな」

「ばかばかしい。毎日、こうして、いっしょに暮していながら、いまさら、お前さん……」

「だって見ねえな。ほれ、乳房《ちち》が、こんなにふくらんできたじゃあねえか。前は、こんなではなかったぜ」

「ああ、もう……おもちゃになんか、しないでおくんなさいよ」

「いいじゃあねえか……」

弥平次の声が弾んでいる。

おしまは、それを感じた。

(この人は、谷川弥太郎に会えたら会うつもりで、江戸へ行くのだ。それが、この人の声を弾ませている……)

そう、おもった。

「お前さん。こんなに肥った女《の》は、いやになんなすった?」

「躰が弱かったというお前が、こんなに肥ってくれたのを、おれはよろこんでいる」

「妙なことに、こうして、ろくに外へも出ないくせに、食がすすんで仕方がないんですよ」

「食べて寝て、こうして、お前と抱き合って……人の一生なんてものは、突きつめて見れば、たったこれだけのことなのだがなあ……」

「そういわれれば、そうですねえ」

「ふ、ふふ。妙なはなしさ。おしま、もっとこっちへ来ねえ。えりもとから風が入るじゃあねえか」

「今夜は、ばかにやさしいのだねえ」

翌朝。

旅僧の姿になった雲津の弥平次は、網代笠に顔を隠し、江戸へ向った。

弥平次のふところには、昨日、おしまが徳次郎からことづかった手紙が入っている。

その手紙は、つぎのようなものであった。


いろいろと、めんどうなことになったらしくて、かげながら、案じている。

江戸へ出て来たら、うらしまから、よび出しをかけてもらいたい。

折入って、はなしたいことがある。

徳

やへい次どのへ

うらしまとは、浅草・茅町《かや》二丁目にある蕎麦《そば》屋のことだ。

雲津の弥平次が隠れ家を出た朝……。

谷川弥太郎は、まだ、浅草・阿部川町の五名の清右衛門宅にとどまっていた。

明日は、染井の植木屋の小屋へ帰ろうという前夜に、弥太郎は清右衛門と酒をのんだ。

いつもより量が多かったけれども、それが原因だったのか、どうか……。

翌朝になって、弥太郎は激しい下痢におそわれた。

すぐに医者が来て診《み》てくれたが、

「二、三日、しずかに寝ていなされ。間もなく癒《なお》る」

と、いうことであった。

それで、まだ、染井へは帰らずにいたのである。

元日からこの方、あたたかく、おだやかな日和《ひより》がつづいている。

雲津の弥平次は、小梅から本所へ入り、両国橋をわたった。

正月六日の、この日は、快晴でもあり、初卯《はつう》の日でもあったので、初卯詣《もうで》の人びとで両国橋の上は雑踏をきわめている。

木で造った嘯鳥《うそ》や御守札、それに柳の枝へ縁起の品々をつり下げた繭玉《まゆだま》を手にして、両国橋を東から西へわたって行く人びとは、亀井戸天神へ初卯詣をして来たにちがいない。

大川を行き交う屋形舟も多かった。

旅僧姿の弥平次のこころは、弾んでいる。

渋江村の隠れ家にひきこもり、一ヵ月も外へ出なかった弥平次だけに、こころも躰も弾むのは当然であったろう。

はじめ、弥平次は、政七から、くわしく聞きとった阿部川町の、谷川弥太郎がいるという家を見るつもりであったが、

（いや、弥太郎さんが消えて無くなるわけでもなし……先ず、徳次郎さんのはなしを聞こう）

と、おもい直した。

両国橋をわたり、北へ折れて柳橋をこえ、神田川に沿って左へ行けば、浅草御門外である。

浅草御門外の大通りを北へすすめば、金竜山・浅草寺《せんそう》の門前へ出るわけだが、この大通りをすこし行くと、両側が浅草・茅町二丁目になる。

茅町二丁目の西側、瓦町との境の角地に、蕎麦屋の〔うらしま〕があった。

〔手打ち・浦島そば〕の看板をかかげた、この店のあるじは弥八《やはち》といい、船宿・よしのやの亭主・徳次郎とは、

「ごく親しい間柄ゆえ、何かのときは、うらしまからよび出しをかけておくれ」

と、以前にも弥平次は、徳次郎から耳にしたことがある。

〔浦島そば〕へ入った旅僧姿の雲津の弥平次が、小女に、

「わしは、よしのやの御亭主の知り合いの者でござるが……」

いいかけるや、小女が、

「はい。うかがっております。さ、こちらへ……」

先に立ち、二階の小座敷へ案内してくれた。

それにしても、よく、はなしが通じているものである。

小女が去ると、でっぷり肥った亭主の弥八があらわれ、

「西光寺さまの、お坊さんでございますね」

「さようでござる」

と、弥平次は心得たものである。

「いま、よしのやさんを呼びに行っておりますので。ごゆるりと……」

「かたじけない」

「御酒《ごしゅ》を……あ、これはこれは、いけませぬことで……」

「いやいや……」

「蕎麦ならば、かまいませぬでございましょうな」

「はい。いただきまする」

「では、すぐに……」

弥八が、引き下って行った。

五十がらみの、なかなかに品のよい口のききようをする亭主である。

店がまえも、この二階座敷も、しゃれた小ぎれいな造りで、小女も行儀がよい。

落ちついていて、しずかな雰囲気《ふんいき》なので客も自然に、語る声もひっそりと、おだやかなものになるらしい。

下の入れこみの座敷には、かなりの客が入っていたようだが、すこしもさわがしくなかった。

やがて、太打《ふとう》ちの蕎麦が運ばれてきた。

朱塗りの小さな薬味箱に、大根をおろしたものと刻み葱《ねぎ》、七色とうがらしが入っている。

ちょうど、腹もすいていたので、弥平次はすぐに口をつけ、

「うまい……」

おもわず、つぶやいた。

（あっという間に……）

食べ終ると、それを見ていたかのように小女があらわれ、

「おかわりはいかがで？」

と、いう。

「さよう。では、たのみましょうかな」

弥平次は、そのもてなしぶりに感心をした。

この蕎麦屋が、よしのやの徳次郎の前身や現在の弥平次の稼業《かぎょう》とは、何の関係もないことは、弥平次が見て、すぐにわかった。

蕎麦を食べ終え、朱塗りの湯桶《ゆとう》に入った熱い蕎麦湯をのんでいると、

「待たせたねえ」

徳次郎が入って来るや、弥平次の坊主頭を呆気《あっけ》にとられてながめ入った。

「ずいぶんと、おもいきったものだね、弥平次どん」

「まあ、別に、どういうこともありませんがね」

「おどろいたよ」

と、徳次郎が、あがって来た小女に、酒を注文した。

「どうだね、この蕎麦は？」

「うまかった……」

「二年ほど前に、此処へ店を出したのだよ」

「ちっとも知りませんでしたよ」

「ここの亭主というのはね。飯田町の仲坂稲荷《いなり》の下にある東玉庵で、ずっと、はたらいていた男さ」

東玉庵は、江戸でも屈指の蕎麦屋で、弥平次も三度ほど行ったことがある。

〔磯浪《いそなみ》蕎麦〕と名づけた上品な蕎麦を、むしろ料亭のかたちで食べさせ、庭も座敷も立派なもので、蕎麦をつかって、いろいろに工夫した料理も出す。つまり、蕎麦を会席ふうに食べさせるのである。

「なるほど……」

その東玉庵で腕をふるっていただけに、この〔浦島そば〕の亭主・弥八の好みがうなずけようというものだ。それでいて東玉庵のように気取ったところはすこしもない。

弥八は欲のない男らしく、東玉庵で一生はたらくつもりでいたらしいが、

「ふと、おもいたち、自分の店をもったわけさ」

徳次郎は、弥八が東玉庵にいたころからの知り合いで、弥八が、浅草の茅町へ店を出すについてはずいぶんとちからになってやったものと見える。

「ま、この店なら安心をしていていいのだよ、弥平次どん」

小女が、酒を運んで来ると、徳次郎が、

「呼ぶまでは、かまわないでおくれ」

「はい」

小女は、去った。

「どうだね、弥平次どん」

「酒は、まあ、やめておきましょうよ」

「ところで、江戸に居てはあぶねえというに、何の用事で、しかも、そんな姿をしてまで、出て来なすったえ？」

「それよりも、私に用事というのをきこうじゃありませんか」

「うむ……」

うなずいた徳次郎の盃《さかずき》へ、弥平次は酌をしてやった。

七十をこえた老人とはおもえぬほど、徳次郎の酒の飲みっぷりは矍鑠《かくしゃく》としている。

「実はね、去年も押しつまってからだが……倉沢《くらさわ》の与平《よへい》が、うちへやって来てね」

「与平が……」

「そうさ。ぜひにも、お前さんに会わせてくれといって、どうにもきかねえのだ」

倉沢の与平も、亡き釜塚の金右衛門の配下である。

四十前後の、分別のある男で、それだけに盗賊としては地味なのだが、四十名の配下の者たちは、

「与平どんは、たのみになる人だ」

と、おもっている。

小頭の弥平次と、そのつぎに五郎山の伴助・土原の新兵衛の二人をのぞいて、倉沢の与平は釜塚一味の中でも重立った男なのだ。

その与平が〔よしのや〕へ、ひそかにやって来て、徳次郎に、

「ぜひとも、雲津の小頭に会わせておくんなさい」

たのみこんだという。

徳次郎は、そのとき、

「むだだよ」

と、いった。

「弥平次どんは、これからは独りばたらきの身になりたい、と、いっている。釜塚一味は、お前がたがいいようにすればいいのだ」

「ですが、そうは行かねえので……」

与平は、懸命に、

「そりゃあ、雲津の小頭が身を引きなさるのなら、あとは、伴助どんと新兵衛どんの、どちらかが跡目をつぐのが当然なのだが……そこが、うまく行きません。そこのところは、お前さんも、よくご存知のはずじゃあございませんか」

「そりゃあ、まあ……」

「ここだけのはなしでござんすが、伴助どんと新兵衛どんをのぞいたら、ほかの者は、みんな、雲津の小頭がもどって来てくれることをねがっているんでございます」

「そうらしいな……」

「小頭が、もどってくれねえと、血なまぐさいことになりますんで……」

「ふうむ……」

「実はね。もう、二人ほど死んでいるのでございますよ」

と、倉沢の与平が、急に声をひそめて徳次郎にいったそうな。

その二人の盗賊は、一人が五郎山の伴助派で、一人は土原の新兵衛派だ。

「私だって、いつなんどき殺《や》られるか、知れたものじゃあございませんので……」

与平は、伴助にも新兵衛にも与《くみ》していない。

ひたすらに、雲津の弥平次の復帰をねがっているのである。

「このままにしておいたら、釜塚一味は、もう、めちゃめちゃになってしめえます」

だから、なんとしても弥平次に会いたい、と、与平はいうのだ。

「そうですか……」

弥平次も、釜塚一味の盗賊が二人も暗殺されたときいて、これは容易ならぬことになった、と、おもった。

（おれだけが、ねらわれているのじゃあねえ）

のである。

これは、五郎山の伴助と土原の新兵衛が、それぞれに刺客を放ち、一人ずつでも相手方の勢力を、

「済《な》し崩し……」

にしようとうごきはじめているのではないか。

（たしかに、そうだ）

と、雲津の弥平次はおもった。

「それもさ、お前さんが何処かへ消えてしまったものだから、伴助も新兵衛も血眼《ちまなこ》になりはじめたらしい」

と、徳次郎がいう。

「もしや、お前さんにめいわくをかけているのでは?」

「そりゃあ、伴助も新兵衛も、わしなら弥平次どんの隠れ家を知っていると見きわめをつけ、手を変え、品を変え、わしから聞き出そうとしたよ」

「そいつは、どうも……実は徳次郎さん。いま、私は……」

「おっと、いまのお前さんの隠れ家のことは、なまじ、この耳に聞かねえほうがいい」

「え……?」

「耳に入ってしまうと、うるさく付きまとって来る伴助や新兵衛を誤魔化さなくてはならねえ。そうなると、どうしても、あいつらの眼に、わしの素振りが怪しく感じられるにちげえねえ。あいつらも、ただの鼠ではないからね」

「さようで」

「だから、いっそ、聞かねえほうがいいのだよ」

「よくわかりました」

「ところで、どうだね弥平次どん。倉沢の与平に会っておくんなさるかえ?」

弥平次は沈黙した。

(会ったところで仕方がねえ。伴助も新兵衛も、どうしてうまく事をおさめることができねえのか……おれはただ、独りきりになりたいといっているだけなのに……)

だが、しかし、

(おれが身を引いたがために、かえって釜塚一味が二つに割れ、勢力を争うことになり、二人も殺された。これからも、また殺される者が出て来るだろう……）

それを考えるとき、

（捨ててはおけない……）

気もちになってくる。

釜塚一味の盗賊たちが、いずれも自分を慕っていてくれることは、よくわかっている。

これまでに一度として弥平次の指図に背くことなく、

（死んだお頭と、おれの手足のようになって……）

忠実に〔盗《つと》めばたらき〕をしてくれた連中なのである。

その連中が、血なまぐさい仲間同士の殺し合いに巻きこまれるのかとおもうと、やはり、

（与平に会って、はなしだけはきいておきたい）

と、おもった。

「ようござんす。与平に会わせておくんなさい」

弥平次は、徳次郎にきっぱりといった。

それに、このままで行くと、よしのや徳次郎にまで、

（迷惑が、かかりかねない）

と、弥平次はおもった。

「そうか。会ってくれるかえ。それはありがたい。倉沢の与平も、きっとよろこぶだろうよ。

そうと決まったら早えがいい。弥平次どんの都合は？」

「いつでも、よろしゅうございますよ」

「では……明後日《あさって》の八ッごろ、じゃあいけないか？」

「かまいません」

「よし。では、そのとき、此処へ来て下せえ」

「わかりました」

徳次郎と与平とは、すぐにも連絡《つなぎ》がとれるようになっているらしい。

「さっそく、与平に、お前さんのことばをつたえたいから、わしは、これで……」

「いろいろと、めんどうなことばかり……」

「なんの、なんの。わしはね、弥平次どん。いつぞやもいったとおり、この世に、何の未練もねえのだから、いつなんどき、どんなことになろうとも心残りはねえのさ。そのことだけは、おぼえておいてもらいたいね」

「ありがとうございます」

「では、明後日……」

と、腰をあげかけた〔よしのや〕の徳次郎が、しわだらけの老顔を弥平次へさしつけるようにし、

「ほんとうはねえ……」

「え……？」

「お前さんが、盗めの世界から、すっかり足を洗ってくれるといいのだがね」

そういわれて弥平次は、このときまで、おもいもつかなかったことを徳次郎から指摘されたような気がした。

「お前さんが足を洗ったとなれば、五郎山の伴助も土原の新兵衛も、考え方がちがって来るとおもうのだがねえ。やつらは、お前さんが盗めの稼業をやめねえかぎり、気も落ちつかねえことだろうし、いつなんどき、釜塚一味へもどって来るかとおもうと……」

「なるほど……」

「わしはね、お前さんが足を洗って、わしの船宿を、おしまさんと一緒に引き受けてくれると、うれしいのだがねえ」

はじめてきく、徳次郎のことばであった。

「そ、そいつは……」

「まあ、一度は考えて見ておくれ。もし、お前さんが、その気になってくれるなら、わしはきっと、伴助や新兵衛を納得させて見るつもりだがね」

「そこまで、私のことを……」

「なあに、わしには女房も子も、身内の者も、だれ一人いるわけではねえ。お前さんが好きだからさ」

こういって、徳次郎は座敷から出て行った。

（おれが、いま、足を洗う……）

いつかは、そうするつもりだった弥平次なのだが、いま、おもいきって堅気になるつもりには、まだ、なっていなかったのである。

雲津の弥平次が〔浦島そば〕を出たのは、九ツ半（午後一時）ごろであったろう。

とりあえず、弥平次は、浅草・阿部川町の、谷川弥太郎がいるという家を、

（見ておきたい）

と、おもった。

網代笠に顔を隠し、旅僧の姿で道を歩いていると、

（なんだか、いつものおれと、ちがうような気がする……）

のであった。

坊主あたまが、

（ばかに、寒い……）

のである。

弥平次の顔に浮いた苦笑は、すぐに消えた。

先刻の、徳次郎の、

「足を洗っては、どうか？」

そのことばが、耳にこびりついてはなれない。

その、足を洗うということから生まれた連想のほうが、急に、弥平次の脳裡でふくれあがってきたのであった。

それが、どういうものか……というと、まだ、はっきりしたかたちをとってはいない。

いないが、しかし、

（もし、おれが、できるだけ早く、足を洗い、おしまと一緒に船宿を引き受け、徳次郎とっつぁんを親ともおもい、仲よく暮して行くとすれば……そのつもりなら、その前に、おれが仕てのけてもいいことがある）

このことであった。

では、その、

「仕てのけること……」

とは何か……？

それは、釜塚一味の紛争を、

（おれが、片をつけてもいい）

と、弥平次がおもいはじめたことである。

これは、いままでの弥平次が、考えても見なかったことである。

弥平次は、ひたすらに休養を欲していた。釜塚一味にいて自分が背負うべき責任から逃れ、おしまと共に一年ほどは、ゆっくりと休み、自分の心身に〔盗《つと》め〕への精力をたくわえてから、独りばたらきの盗賊として、

（五年ほどを稼《かせ》ぎ、それから足を洗う道を見つけよう）

そのつもりであった。

その考えが、いま、急激に変りつつある。

（こうなったら、何事も一気に片をつけてしまい、一時も早く、足を洗ったほうがいいかも知れねえ）

むろん、現在の釜塚一味の紛争の始末をつけるのは、なまなかのことではない。

それは弥平次も、覚悟をしなくてはなるまい。

〔よしのや〕の徳次郎は弥平次が足を洗う気なら、うまく、はなしをつける、といった。けれ

ども、弥平次には弥平次の、別の仕様がないでもない。

雲津の弥平次は、新堀川沿いの道を左へ切れこみ、阿部川町の南端から、法成寺の前へさしかかった。

向うから、弥平次と同じような旅僧がやって来て、こちらへ笠の内から目礼を送り、両手を合せ、すれちがって行った。

弥平次も、僧侶《そうりょ》としての礼を返した。

以前、釜塚の金右衛門の片腕として、盗めばたらきをしていたころ、弥平次は二度ほど、僧侶に変装をして一味の盗賊たちと連絡をとったことがある。

だから、すこしもあわてなかった。

風が出て冷たい。日が翳《かげ》ってきた。

ちょうどこのとき、谷川弥太郎は、清右衛門の家の二階の寝床の上へ起きあがっていた。

すこし前に帰宅した五名の清右衛門が、二階へあがって来たからである。

「谷川さん。ぐあいはどうですね？」

「もう、大丈夫です。めいわくをかけてしまいました」

「いやいや、とんでもない。ゆっくりと泊っていて下さいよ。あなたがいてくれると、婆さんのきげんがいい」

「ですが、明日にでも、染井へ帰ろうとおもいます」

「独り暮しのほうが好きですかえ？」

「はっきりと申して、そのほうが……」

「気楽だ、と、おっしゃる？」

「まあ……」

自分には何事にも素直な弥太郎を清右衛門は好もしそうにながめて、

「ときに、谷川さん……」

「はあ……？」

「近いうちにね。また一つ、仕掛をたのみたいのですがね」

弥太郎が、無言でうなずく。

（今度は、だれを殺せというのか……？）

であった。

清右衛門のことだから、どうせ、この世に、

（生きていても害を為《な》すような、悪い男にちがいない）

と、弥太郎は信じきっていた。

「それで？」

「いや、もうすこし、間のあることだ。それまではゆっくりとしていて下さい。これからわしは、また用事で出かけなくてはならない。いずれ、染井のほうへ、わしのほうから出向きましょうよ」

「わかりました」

それから五名の清右衛門は階下へ行き、そこに待っていた半場の助五郎ほか四人の配下にまもられ、家を出た。

まだ、日中のことだし、それに五人もの男たちにまもられているので、清右衛門は法成寺への〔ぬけ道〕からでなく、表口の格子戸を開け、細道を通って、法成寺前の通りへ出たのである。

法成寺の真向いに、万福寺という寺があり、この寺の惣門《そうもん》の両側に、数軒の茶店がならんでいる。

その一つへ、雲津の弥平次が入って茶をたのみ、

(さて、どうしたものか……)

政七からきいた法成寺と小間物屋の間の細道をながめながら、

(うまく、弥太郎さんが出て来てくれればいいのだが……そうはうまく行くまい)

熱い茶を一口、二口すすったときであった。

細道の突き当りの、件《くだん》の家の格子戸が開き、六人の男たちが出て来るのを、弥平次は見た。

(や……あれは、何だ?)

網代笠の中で、弥平次の両眼の光りが、するどく凝《こ》った。

清右衛門を中にして、五人の男たちが、これをまもるようにしながら、新寺町の大通りへ出て行く。

こちら側の茶店の亭主などが、清右衛門へ親しげにあいさつをするのへ、いちいち石名の清右衛門がうなずき、笑いかけるのを、弥平次は見のがさなかった。

(よし!!)

とっさに、弥平次が肚《はら》を決め、茶代を置いて立ちあがった。

ここで、ぼんやりと谷川弥太郎が出て来るのを待つよりも、弥太郎が隠れているという家から出て来た男たちの後を、

（つけてみよう）

と、おもいたったのだ。

（そうすれば、いまの弥太郎さんが、どんなことをして暮しているか……それも、わかるにちがいない）

からである。

いずれも一癖ありげな男たちを見て、

（うかつに、あの家へ弥太郎さんを訪ねて行かなくて、よかった）

と、弥平次はおもった。

（どうも弥太郎さんは、とんでもねえところへ入りこんでしまったようだ。これは何だな、三年前のあのとき、むりをしてでも弥太郎さんを、おれの手もとから、はなさねえでおけばよかった……）

そこまで、谷川弥太郎へ対する弥平次の愛情は育《はぐく》まれていたのである。

弥平次は、清右衛門たちの尾行を開始した。

新寺町通りの南側を、清右衛門たちが行く。

弥平次は、わざと北側へわたり、大通りをへだてて後をつける。

新寺町通りとよばれているだけに、この大通りの両側は、ほとんど寺院と、その門前町なのである。

旅僧姿の弥平次は、だれにも怪しまれることがなかった。

弥平次の躰へ、熱い血がめぐりはじめてきている。

五名の清右衛門たちは東本願寺前から、田原町、三間町、諏訪《すわ》町を経て、浅草の御蔵前を、先刻、弥平次と徳次郎がはなしこんでいた〔浦島そば〕の前を通り、柳橋をわたり、両国橋へ出た。

いうまでもなく、両国の料亭〔河半〕へ行くためには、すこし遠まわりの道順なのである。

しかし、にぎやかな通りをえらび、

「いざというとき、どうにでもなる」

だけの用意をしてある道すじを行くのが、もっとも安全なのだ。

こうして……。

雲津の弥平次は、清右衛門たちが〔河半〕へ入るのを見とどけたのである。

そして清右衛門たちは、弥平次の巧妙な尾行に、まったく気づかなかった。

〔河半〕は、本所の回向《えこう》院・門前にある。

淡く夕闇がただよって来はじめ、人通りがはげしくなってきた。

(この、河半という料理屋は、たしか……?)

雲津の弥平次の、記憶がよみがえった。

弥平次も、江戸で何度も盗めをした盗賊だけに、江戸の暗黒街については、相応にわきまえている。

(たしか、この両国一帯をたばねていた香具師の元締で、羽沢の嘉兵衛という人が、この河半

のあるじだったときいた）

　このことである。

（その羽沢の嘉兵衛は、三、四年前に殺された、とも、きいたおぼえがある）

　こうなると、いま、河半へ入って行った男たちの正体が、弥平次にも、おぼろげながら、

（わかってきた、ような……）

　気がしてきた。

　嘉兵衛が死んだあと、その縄張りを引きうけ、元締になったのはだれなのか、そこまでは弥平次も、まだ知っていない。

　だが、阿部川町の家から、男たちにまもられて出て来た老人を、

（ただものではねえ）

　と見ていた弥平次だけに、

（もしやすると、あの爺さんが、いまの元締かも……？）

　そうおもった。

　五名の清右衛門は、見たところ、風采《ふうさい》もあがらぬ、地味な老人だが、さすがに雲津の弥平次の眼はくもっていない。

（すると、弥太郎さんは、あの香具師仲間と、何やら、つながりをもつようになっていたのか……？）

　これは、容易ならぬことだ。

　谷川弥太郎の剣の冴《さ》えを、わが眼に見知っている弥平次だけに、弥太郎の剣と香具師の元締

とがむすびついたとき、それが、どのような結果を生むか、まざまざと、目にうかぶような気がした。

(もしやすると弥太郎さんは、金ずくで人を殺《あや》める仕掛人になっているのでは?)

急に、弥平次は居ても立ってもいられなくなってきた。

雲津の弥平次は、すぐさま身を返し、両国橋をわたり返した。

足の運びも、速い。

このときまで、おもってもみなかった情熱が、弥平次の五体を駆り立てていた。

(おれは、あのひとの名づけ親なのだ。あの若い身空で、香具師なぞに関わり合いをもったら、どんなことになるか……弥太郎さんは、それを知らねえ。なにしろ、三年前のあのときからさかのぼった二十何年のことを、あの人はすっかり忘れてしまっているのだものな。世の中の暗い仕くみについちゃあ、あの人はまるで、赤ン坊のようなものなのだから……)

網代笠の中で、弥平次の眼の色が変っていた。

弥平次は、まっすぐに阿部川町へ引き返したのである。

そのころ……。

谷川弥太郎が身仕度をととのえ、編笠を手に二階から下りて来て、清右衛門の女房お浜に、

「もし……」

「あれ、お出かけですかえ?」

「染井へ帰ります」

「だって、明日帰ると……」

「先刻、清右衛門どのには、そういったが、これから帰ります」

「おや、まあ……」

「近いうちに、また出て来ます。そのようにおつたえ下さい」

「そうですか、それなら、まあ……そのかわり、ほんとうに近いうち、出て来ておくんなさいよ、谷川さん」

「はい」

「気をつけてね」

「大丈夫です」

「これを、ね……」

と、お浜は煎《せん》じ薬を弥太郎へわたし、

「妙なものを食べちゃあいけませんよ」

「はい」

いかにも素直である。

お浜は、なんとなく、泪《なみだ》ぐましい気もちになってきていた。

谷川弥太郎が清右衛門の家を出て、新寺町の通りを去ってから間もなく、両国の〔河半〕から子分の伊太郎がやって来て、お浜へ、

「元締は今夜、河半へお泊りになるとのことでござんす」

と、いった。

「そうかえ、御苦労さん。おい、伊太郎。ついでに食事《おまんま》をして行きな」

「そうでござんすか。相すみません」

「そのかわり何もないよ。まあ、一本つけてやろう」

「こいつは、どうも……」

と、伊太郎があがりこみ、茶の間の隅へすわった。

お浜は、台所へ立った。

そのとき、おもての格子戸が開く音がし、

「ごめん下され」

と、男の声がした。

雲津の弥平次であった。

弥平次は網代笠をぬぎ、坊主頭の顔貌《がんぼう》を、むき出しにしていた。

弥平次の声をきいて、茶の間の伊太郎が腰をあげかけたのへ、台所からもどって来たお浜が、目顔で、

(おれが出るよ)

と、いった。

「どなたさんだえ?」

声をかけて出て行ったお浜が、旅僧姿の弥平次を見て、

「おや……?」

いぶかしげに、ひざをつき、

「何の御用で?」

「こちらに、谷川弥太郎殿と申されるお人がおられましょうな？」

あくまでも声はおだやかなものだったが、ぬきさしならぬ迫力をおびている。

だが、さすがに五名の清右衛門の古女房だけあって、

「いいえ！」

お浜は、びくともせず、平然とかぶりを振ったものである。

その瞬間に、お浜は、

（もしや、このお坊さんは、谷川さんのむかしに関わり合いのある人ではないだろうか？……

それならば、谷川さんのためになるかも知れないが……？）

と、おもった。

しかし、清右衛門から、

「谷川さんのことは、決して他へもらしてはならねえ」

きびしく、釘《くぎ》をさしこまれている。

「いないはずは、ないのだが……」

いいさしたとき、雲津の弥平次の両眼がきらりと光った。

（あっ！　いけない！）

危険を感じ、身を引こうとしたお浜の腕をぐいとつかんだ弥平次が、草鞋《わらじ》ばきのまま飛びあがって来て、お浜のくびすじを手刀で撃った。

「う……」

気をうしなって、ぐったりと倒れかかるお浜のうしろから、

「こ、この野郎」

ふところの短刀《あいくち》を引きぬき、伊太郎が猛然と弥平次へ突きかけて来た。

「む!!」

飛びちがうように身をかわした弥平次の左脚が、伊太郎の股《また》をすくった。

「あっ……」

よろめく伊太郎へ、弥平次が体当りをくわせた。

伊太郎の手から、短刀がはね飛んだ。

「畜生……」

懸命に立ち直ろうとする伊太郎のひ腹へ、にぶい音をたてて弥平次の拳《こぶし》が沈んだ。

「むう……」

失心して倒れ伏した伊太郎を尻目に、弥平次は二階へ駆けあがって行った。

二階の、どこにも谷川弥太郎はいなかった。

十五分ほどの時間の差が、二人を会わせなかったことになる。

それにしても、あれほど物事に慎重な雲津の弥平次が、おもいきったことをしてのけたものである。

「弥太郎さんは、いねえ」

つぶやいて、弥平次は舌打ちをし、すぐに二階から下りて行った。

お浜は、まだ、ぐったりとなっている。

伊太郎は、微《かす》かにうめきつつ、もがいていた。

弥平次は、外へ出た。

近所では、だれも、この家の中のさわぎに気づいていないようだ。

網代笠をかぶり、弥平次は風のように細道を出て行った。

伊太郎が起きあがったのは、それから間もなくのことだ。

先ず、お浜を介抱し、いのちに別状がなかったことをたしかめると、

「すぐに帰って来ますから、おかみさん。後を、しっかり戸締りして、待っていておくんなさい」

「早く、河半へ知らせておいで」

「あっしが此処にいながら、とんでもねえことになっちまって、元締に合せる顔がねえ」

「おれだって、あの始末だ。あの坊主にはお前なぞ、歯が立つものじゃあないよ」

「それにしても、あの野郎。どこのどいつだ」

「いまさら、怒ったってはじまらない。さ、早く元締へ……」

「合点です」

伊太郎は、鉄砲玉のように飛び出して行った。

伊太郎が、両国の〔河半〕へ駆けつけたとき、夕闇は夜のそれに変りつつあった。

五名の清右衛門は、折しも、客をひとり送り出すところであった。

離れ屋から庭づたいに奥へ行くと、そこの塀《へい》に設けられた潜門《くぐりもん》がある。

この門の傍には、かならず、五名一家の子分が〔河半〕の名入りの袢纏《はんてん》を着て、客室から見えぬように神経をくばりながら見張りについている。

客は、頭巾に顔を隠した、立派な風采の武家である。

面体はわからぬが、落ちついた態度といい、でっぷりとした躰つきといい、五十前後に見える。

清右衛門が、阿部川町の家から〔河半〕へもどると間もなく、この武家があらわれ、何やら、離れ屋で二人きりの密談をかわしていたようだ。

潜門から外の細道へ出た武家を、これも頭巾をかぶった侍二人が待ちうけていた。

細道を出たところに、町駕籠《まちかご》が一つ、待機している。これは、五名の清右衛門の手配《てくばり》と見てよい。

「では、たのんだぞ」

と、潜門を出るとき、その武家が振り向き、清右衛門にいった。

清右衛門は、

「松波様。まあ、おまかせ下さいまし」

と、こたえた。

武家は、うなずき、潜門の外へ出て行った。

清右衛門は、潜門の傍にいた子分へうなずいて見せ、離れへもどった。

子分は、潜門を細目に開け、二人の侍にまもられた武家が町駕籠へ乗るまで、見とどけていた。

清右衛門が離れへもどったとき、伊太郎が駆けつけて来た。

「元締。大変なことに……」

と、伊太郎が語るのを、清右衛門は白いものがまじった眉毛ひとつ、うごかさずに聞き終え、

「なあに、それなら別だんに、大変でもねえ」

と、いった。

「ですが、元締」

「こうして、お前もぴんぴんしているのだし、うちの婆さんも生き返ったというのなら、格別のことはねえ」

「ですが、元締。どういたしましょう？」

「そうさな」

清右衛門は煙管《きせる》へ煙草をつけながら、

「だがのう、伊太」

「へい」

「このことは、だれにもいうのではねえぞ。わかったな」

「承知いたしました」

「その坊主は、いうまでもなく、只の坊主ではねえだろう」

「まったく……強えのなんのって……」

「そんなに、強かったか？」

「ええ、もう……口惜《くや》しくて口惜しくてたまらねえ」

「お前の短刀《あいくち》を、そんなにうまくさばいてのけたのだからな」

「面目ねえことで……」

「お前な、御苦労だが、半場の助五郎をさがして、此処へ来るようにつたえてくれ」

「阿部川町の、おかみさんは、どうなさいますんで？」

「大丈夫だ、放っておけ」

「そ、そりゃ、いけません」

「なあに、その坊主が、お浜に仇《あだ》をするくれえなら、そのとき殺《や》っているよ。もっとも、お前もそうなりゃあ、こうして生きてはいられなかったろうがな」

「へ、へい……」

「心配するな。阿部川町のほうはおれにまかせて、早く、助五郎を呼んで来ねえ」

「わ、わかりました」

伊太郎は、すぐに出て行った。

その後で、五名の清右衛門は、むずかしい顔つきになり、煙草を吸いつづけている。

その日も夜ふけてから……。

雲津の弥平次が、渋江村の隠れ家へ帰って来た。

「よく帰って来ておくれだった」

おしまが弥平次へすがりつくようにして、

「心配で……もう、心配で……」

「なあに、たいしたことはない」

「疲れていなさるねえ」

「ああ、ちょいと、まいった。何しろ、お前。足がナマになってしまっているからねえ」

おしまは、すぐさま風呂の仕度にかかった。

この隠れ家の土間には、鉄砲風呂が据えつけてあり、薪《まき》をくべると、すぐに湯がわきたつのは便利であった。

湯にあたたまって出て来た弥平次へ、おしまは熱い酒をすすめておき、その間に台所へ出て、饂飩粉《うどんこ》を練ってのばしたものを、千切り取って、これを味噌汁の中へ打ち込み、あり合せの野菜と共に煮えたぎったものを鍋《なべ》ごと炉端へ運んで来た。

二合ほど、熱い酒をのんだ弥平次は、

「うまい、うまい」

と、むさぼるように三杯も食べ終え、

「ああ、もう……たまらない」

炉端へ、ぐったりと身を横たえてしまった。

さすがに疲れ切っていたらしい。

おしまは、炉へ薪を入れてから、弥平次の躰をもみほぐしにかかった。

〔三政〕の二階で暮していたころ、おしまは、近所に住む豊《とよ》の市《いち》という座頭《ざとう》に按摩《あんま》の術の手ほどきをうけている。

それもこれも、弥平次のためにしたことであった。

病弱だったおしまが、一刻（二時間）もの間、男の躰をもみほぐして倦《う》まぬのは、弥平次への愛情から出たことはいうまでもないが、それだけに躰が丈夫になってきたからであろう。

弥平次は、

「ああ、いい気もちだ……肉と骨とが、ばらばらになってしまうような気がする……」

とか、

「気が遠くなりそうだよ、おしま……」

などと、いっていたが、そのうちに、ぐっすりとねむりこけてしまった。

それでも尚、おしまは、もみつづけていた。

寝床へ、弥平次の躰を運ぼうともせず、そのまま、もみつづけている。

空が白みはじめたころ、おしまは搔巻《かいまき》をかぶり、炉端で、弥平次の躰を抱くようにして、ねむっていた。

翌日、弥平次は、昼近くなって、ようやくに目ざめた。

おしまは、すでに目ざめてい、風呂をたてておいてくれた。

「ありがとうよ」

と、弥平次は湯にあたたまって、炉端へもどり、おしまが出してくれた茶をすすりながら、こういった。

「すまねえが、おしま。おれは、これから、すこしばかり、はたらかなくてはならないよ」

「お盗めを、するんですかえ?」

「いいや……」

「では……?」

「やはりね、おれは、死んだ釜塚のお頭の後始末をしようとおもう」

「だって、お前さん……」

「坊主の湯へ湯治に出かけることも、あきらめたよ」

「けれど、どうして……？」

「まあ、きいてくれ。いや、その前に、昨夜《ゆうべ》の礼をいっておかなくては……ありがとうよ。おかげで、すっかり疲れがとれたようだ」

「なんですねえ、そんなこと……」

「実は、な……」

と、雲津の弥平次は、昨日の出来事を包み隠さずに、おしまへ語った。

「わかりましたよ」

おしまは、すぐに、

「お前さんが乗り出さないと、死人が増えるばかりだから……そうなんでしょう？」

「そのとおりさ。盗めの世界も、人の世界だ。だから、煎じつめれば、ほかの堅気の暮しをしている人たちとも、大仰《おおぎょう》にいえば将軍さまから大名、武家方とも同じことなのだ。おれも、おれのしなくてはならねえことを、しておきたいのだよ」

「ええ……」

「死んだ釜塚の金右衛門お頭が、よく、いっていなすったが……」

「え……？」

「人間の世の中は、どこもかしこも、乞食《こじき》と泥棒のあつまりだってね」

「まあ……」

「笑っちゃあいけねえ。道理なところもねえわけじゃあねえ」

「ほんとうにねえ……」

笑いかけたおしまの顔が、急に、凍りついたようになった。

「おしま、どうした？」

「お前さん……」

おしまが叫ぶようにいって、弥平次へ、しがみついてきた。

このとき弥平次は、〔三政〕で暮していたころのおしまが、自分のことを、

「旦那」

そうよんでいたのが、いつの間にか、

「お前さん」

と、かわったことに気づいたのであった。

「死んじゃあ嫌ですよ、お前さん……」

おしまが、うめくようにいった。

煮こごり

翌日の朝、雲津の弥平次は、またしても旅僧に化け、渋江村の隠れ家を出た。

出がけに、

「そうさなあ……」

と、弥平次は、鏡のように冷たく晴れわたった空を仰ぎ、しばらく考えていたが、

「おしま。おれの見込みでは、桜《はな》が散るまでには、片をつけたいとおもう。うまく行けば、夏ごろに坊主の湯へ出かけられようが……それにしても、谷川弥太郎さんのことがあるし、まあ、当分は、お前も、じゅうぶんに気をつけていてくれ」

　おしまに、そういった。

「わかりましたよ」

「いつなんどき、帰って来るか知れないが、まあ心配はしないがいい。おれも雲津の弥平次だ。めったにあぶねえ橋は渡らないつもりだよ」

「あい……」

「おれの留守中に、何かあったときも、決して、三政へ行ってはいけねえ。もし、どうしてもというときには、よしのやの爺《とっ》つぁんのところへ行け。いいな？」

「あい」

「行って来るよ」

「気をつけておくんなさいねえ」

「此処《ここ》から出るなよ」

「わかっています」

弥平次は、この日。

　まっすぐに、浅草・茅町二丁目の〔浦島そば〕へ行った。

　約束の時刻には、すこし早かったが、

「よしのやの御亭主へ、わしがまいったことをおつたえ下され」

と、いうと、一昨日来たときの小女《こおんな》が、のみこみ顔にうなずき、弥平次を二階座敷へ案内して、

「いま、使いを出します」

「たのみまする」

「はい、はい、はい」

蕎麦《そば》のもてなしをうけ、弥平次が半刻《はんとき》ほど待っていると、
よしのやの徳次郎老人があらわれ、

「早かったのう」

「間もなく、倉沢の与平が此処へ来る」

といった。

「いろいろと、すみませんね」

「なんの……ときに弥平次どん。こころが決まったかね？」

「ええ。なんとか……」

「それじゃあ、いずれ、おしまさんと一緒に、わしが船宿を引き受けておくんなさるのだね？」

「ありがとうございます」

「よし、きまった。こ、こんな、うれしいことはねえよ、弥平次どん」

「ですが、いつ、と約束はできません」

「もっともだ。たのしみがふえたのだから、わしも長生きがしたい気もちになってきたよ」

やがて……倉沢の与平が〔浦島そば〕へあらわれた。

よしのや徳次郎は、

「それでは、わしは帰ろう。二人で、とっくりとはなし合うがいい」

「すみません。もしかすると今夜は……」

「うちへ泊るがいい。そのときは、そのままの姿でやって来なさるがいいよ。わしのほうで、うまくしておこう」

「おねがい申します」

「では、ごめんよ」

与平が両手をつかえて、

「よしのやの旦那。なんとも此度《このたび》は、ありがとうございました」

ていねいに礼をのべるのへ、

「いいよ、いいよ」

徳次郎はうなずきながら、二階座敷から出て行った。

「小頭《こがしら》。お久しぶりで……」

与平が、いかにもなつかしげに、

「今日が日を、私あ、どんなに待っていましたことか……」

と、いった。

倉沢の与平は、小柄で細身の弥平次にくらべると背も高く、肉づきもよいが、弥平次同様、見たところは、どの町の片隅にもいるありふれた中年男にすぎない。

顔貌《がんぼう》も平凡なものだし、ことばづかいも、ごくおとなしいのである。

「与平。困ったことになってしまったねえ……」

そういって、弥平次は手を出し、

「お前の煙草入れを貸しておくれ」

「へい」

与平が腰から煙草入れを取り、弥平次へわたした。

「小頭。どうしても、もどってはおくんなさらねえので？」

「そのことよ」

「よしのやの旦那から、おききなすったかと思いますが……」

「きいた。きいたからこそ、こうして、お前と会う気になったのさ」

うまそうに煙草のけむりを吐きながら、弥平次が、

「このままでゆくと、五郎山の伴助と土原の新兵衛、双方の殺し合いが重なるばかりだとおもうがね」

「ですから小頭。ぜひとも、もどっていただきてえのです。そうして釜塚の跡目をついでおくんなさいまし。おねがいです、小頭」

「だがなあ、与平。いま、おれがもどったとしても、伴助と新兵衛は、とても承知すまいよ」

「いいえ、ですが……」

と、激しくかぶりを振って与平が、

「伴助どんと新兵衛どんは別にして、ほかの連中は、みんな、小頭がもどっておくんなさるの

を待っているんでござんす。そうなりゃあ、みんな、伴助・新兵衛の手もとをはなれ、小頭の手の下で、一つになるので……」

「実はな、与平。おれは一度か二度、殺されかけているのだよ」

「な、なんですって……」

倉沢の与平が、愕然《がくぜん》となった。

「日影の長次が、去年の秋に、おれの後をつけて来て、殺された」

「えっ……」

「長次を斬ったのは、おれにも、ちょいと関《かか》わり合いのある人でね」

与平も、長次が殺害されたことは耳にしていた。

日影の長次は、土原の新兵衛と以前から親密だった盗賊で、彼が釜塚の金右衛門の手下となったのも、新兵衛の口ききがあったからだ。

だから、長次だけは新兵衛と共に、雲津の弥平次の復帰をのぞんでいない。これは、たしかなことであった。

与平は、こういった。

「小頭。私がきいたのは、五郎山の伴助方に殺されたと……」

「土原の新兵衛が、そういいふらしたのさ。それをきけば伴助も怒る。だまってはいまい。新兵衛のほうは伴助の所為《せい》にして味方を煽《あお》りたてるというわけで……それで双方が殺し合い、二人が死んだのだろうよ」

「そ、そんなことがあったのでしたか……ちっとも知らねえことだった」

「与平。だからな、おれがもどったとあれば、他の連中はおれのところへあつまってくれたにしろ、伴助と新兵衛は別のところから手をのばし、おれを殺そうとするだろうよ」

「別のところ、と、いいますと？」

「たとえば金ずくで……」

「仕掛人をたのむとでもいいなさる……？」

「そうさ」

声もなく、与平はうなずいた。

あり得ること、だったからであろう。

「そこでな、与平」

「え……？」

「おれも、こうなっては捨ててもおけなくなってきた。むかしから、おれが手塩にかけて一人前の盗《つと》めばたらきができるようにしてやった者も十を越えるし……それが二つに割れて殺し合ったりしたのでは、たまったものではない」

「まったくで……」

「それにな。おれは、つとめて身を引こうとしているのに、この件がおさまらねえかぎり、おれも枕を高くしてねむれねえことになる」

弥平次は、煙管で灰吹きを叩いた。その音にちからがこもっているのを、与平は知った。

「与平……」

いいさして、弥平次がごろりと横になり、手まくらをして寝そべり、

「お前も横になったらいい」

「とんでもないことで……」

「なあに、かまわねえ。そうしろ。こうしたはなしは、のんびりとするものだ。そのほうが、いい知恵も出る。さ、横になれ、横になれ」

「へえ。では、ごめんを……」

いわれるままに弥平次とならんで寝そべった与平は、これから弥平次が何をいい出すのだろうか、と、かたずをのんだ。

「おれはな、与平……」

と、雲津の弥平次の低い声の調子が、急に変った。

これまでの、おだやかでいてやさしい情のこもった声ではなく、抑揚のない、冷たい鋼《はがね》のような声で、

「こうなったら、こっちから仕掛けたほうがいい」

と、いったのである。

「小頭……仕掛ける、と、いいますと？」

「五郎山の伴助と土原の新兵衛に、あの世へ行ってもらうのさ」

「えっ……」

「それが、いちばんいい」

倉沢の与平も、これには相当の衝撃をうけたようだ。

いや、与平自身としては、これまでに何度も、

(いっそ、伴助と新兵衛が死んでしまえばいいのだ)

おもったことがある。

(おれにできることなら……)

ひそかに、伴助・新兵衛を、

(殺《や》ってしめえてえ)

とさえ、夢想したことさえあったほどだ。

しかし小頭の弥平次の人柄を、よく知っているつもりの与平であっただけに、この、おもいきった弥平次のことばに、おどろいたのもむりはなかったといえよう。

「小頭。そりゃ、ほんとうに……」

「お前。おれを助けてくれるか」

じろりと、弥平次に見られたときには、与平ほどの男の背すじが寒くなった。

雲津の弥平次の眼には、蛇のような殺気が光っていたからである。

このような小頭の眼の光りを、与平は、

(これまでに、見たことがねえ)

のであった。

「どうだね、与平」

「やります」

きっぱりと与平が、

「やっつけましょう、小頭」

と、俄然《がぜん》、昂奮《こうふん》しはじめたのにひきかえ、弥平次は、いつものおだやかな口調にもどり、

「よし」

と、いった。

「小頭。それは、どんな手段《てだて》で、おやんなさる……？」

「お前は、伴助と新兵衛が、いま住み暮している場所を知っているかえ？」

「いいえ」

「そうだろうな。お前とおれとの間柄は、伴助も新兵衛も、よくわきまえているはずだから、めったに居どころを明かすわけはない」

「そのとおりで」

「だが先ず、二人の居どころを突きとめなくては、はなしにならない。そうだろうが……」

倉沢の与平は、ちょっと考えこんでいたようだが、

「そいつは、ひとつ、私にまかせて下さいませんか」

と、いった。

「何か、当てがあるのか？」

「新兵衛と伴助には、腹心の者がついています。そのあたりから、うまく、二人の隠れ家を探って見ましょう」

「日影の長次が死んだからには、いまの土原の新兵衛の腹心の者というと……坂本の伊助か？」

「そのとおりで……」

「以前、伊助は、お前とも親しかったようだね」

「そのとおりです」

「いまは?」

「御存知のように、私は新兵衛にも伴助にも味方をしてはおりません。ただもう、小頭に、もどっていただきたいと、そればかりを念じていました。ですから……」

五郎山の伴助派の者たちも、土原の新兵衛派の盗賊も、倉沢の与平へは、

(うかつに近寄れねえ)

と、おもっているらしい。

それでいて、

(なんとか与平さんが、小頭をよびもどしてくれるといい)

そうおもっているらしい。

雲津の弥平次がもどって来てくれるなら、両派は一丸となってはたらくのである。

もどって来ないのなら、伴助か新兵衛を一味の〔お頭〕に押し立てるため、血で血を洗う争いに突入するのも、

(やむを得ない)

と、いうわけであった。

土原の新兵衛の〔片腕〕といわれる坂本の伊助は、三十がらみの、盗賊としても相当の技倆《ぎりょう》をもっている男で、これが〔よしのや徳次郎〕を介して、

「月に二度ほどは、与平どんと会いてえ」

と、いって来ている。

与平は、

「つい、十日ほど前にも、伊助と会いましたよ」

と、いった。

「おれのことを、何か、いっていたかね？」

「なんとかして、もどってもらいたいと、そういっていました。そして、小頭の隠れ家のことを、しきりに知りたがっていたが、私も知ってはいないことだし……」

「なるほど」

「ですが、小頭。お前さんのはなしをきいて見ると、伊助にも、うっかり、こころをゆるせません。そんな気がしてきました」

「うむ……」

弥平次も、そうおもった。

「それで、与平。五郎山の伴助のほうには、当てがあるかね？」

「こっちは、むずかしい。ですがね、小頭。私は、伴助の女を知っていますよ」

「女だと……」

「へい。もと、王子稲荷の門前の、扇屋で座敷女中をしていましたおふさという女で……」

五郎山の伴助は、おふさを情婦にするや、これに金をあたえ、巣鴨《すがも》・追分の、中仙道の街道すじへ笠屋の店を出させた。

小僧を一人に、老婆を一人、雇い入れておふさに商いをさせ、自分が江戸へ来たときには、此処へ滞留するのが例であったそうな。

「どれくらい、前からだ?」

「へい。釜塚のお頭が亡くなる一年ほど前からです」

「いまも、そこに、いるかな?」

「いねえにしても、糸口はつかめましょうよ」

「うむ……それにしても、お前ひとりで、それだけのことに手がまわるかね?」

「さて……ですが、うっかり他の者はたのめません」

いって、倉沢の与平は、ふところから胴巻を出し、

「中に、八十両ばかりあります」

と、いう。

「どうしたのだ?」

「亡くなった釜塚のお頭が、相州・藤沢の盗人宿《ぬすっと》へ隠しておいた金ですよ。あの盗人宿は一時、私があずかっていましたのでね」

「そうだったな」

「ですから、この金は亡くなったお頭からあずかっていたのも同様です。小頭が、いいように、つかっておくんなさいまし」

「ふむ……」

「いざとなって、新兵衛と伴助を殺すとき、仕掛人をたのむとしても、先立つものは金です」

「うむ……」

弥平次は、自分の手で、二人を殺すつもりでいたが、それにしても、

（与平と二人きりでは、どうにもならねえ……）

のは、知れている。

新兵衛と伴助のうごきを探ったり、見張ったりするためには、

（あと、二人ほどは……）

必要なのだ。そのこころあたりは弥平次にもある。

いま、弥平次は、六十両ほどの金をおしまへあずけてあるが、それだけでは、いささか心細かった。

仕掛人を雇えば、一人につき、少なくとも二十五両から三十両は支払わねばなるまい。

仕掛人をたのむことを、弥平次は考えていないでもない。そのほうが、

（手っ取り早い……）

となれば、そうするつもりだし、このほうにも、こころあたりがある。

「よし。それではともかく、この金をあずかっておこう」

「小頭。そうして下さいまし」

と、与平はいさみ立ち、

「とりあえず、五郎山の伴助の女のところから、さぐりをかけて見ましょう」

「そうか。くれぐれも気をつけてな」

「大丈夫です」

浅草茅町二丁目の〔浦島そば〕の二階座敷で、雲津の弥平次と倉沢の与平が密談をかわしているころ、両国の料亭〔河半〕の離れに、五名の清右衛門と半場の助五郎が向い合っている。

「どうだ、助五郎。何か、手がかりでもつかめたかえ?」

「さ、それが……」

「その坊主というのは、いったい、どこのだれなのか……?」

「元締の住居《すまい》のまわりをききこんで歩いたのでござんすが……」

「ふむ、ふむ……」

「あの日。万福寺の門前の茶店に、その旅の坊主らしいのが休んでいたそうでござんす」

「ほう……」

「それが、どうやら、元締が住居を出なすった前後のことらしいので」

「見張っていやがったのか……」

「へい。そうだとおもいます」

「どうも、阿部川町も、あぶねえことになってきた」

「あねさんは、どうなさいます?」

「それがさ、あの婆あ、こっちのいうことをききやあがらねえ」

舌打ちと苦笑が同時であった。

「おれはな、いっとき、この河半で寝泊りさせようとおもったのだが、いっかな承知をしねえ」

「怖くないのでござんすかね?」

「二度と、あんなへまはやらねえと、威張っているよ」

「へへえ……」

「ま、考えて見れば、阿部川町のほうが安全なのだ。おれがいなくとも、いざとなったときには婆さん一人で、どのようにも逃げられる仕組がしてあるからな」

「それはそうですが……」

「こうなれば、何処《どこ》へ行ったって同じことさ。見つけよう、ねらいをつけようとおもっている奴らがいれば、どうしたって見つけられるものだ。それよりも助五郎」

「へい？」

「例の、新堀端の三政とかいう居酒屋のほうは、どうなった？」

「見張っていますが、別だんのことはござんせん。亭主の野郎は、おとなしく商売をしておりますし、怪しい者の出入りもないようで」

「ふうむ……」

「いっそのこと、三政のおやじを引っさらって来て、痛めつけて見てはどうなので？」

「急《せ》くなよ、これ……」

「そうでござんすか……」

「ま、めんどうだろうが、もう少し見張っていてくれ」

「合点でござんす」

「あ、それから助五郎。お前、すまねえが……」

と、いいさしてから、清右衛門は口をつぐみ、何やら考えこんでいるようであったが、

「む。やっぱり、行ってもらおうか」

「どこへ、で？」

「谷川さんのところへさ」

「では、すぐに……」

「そうしてくれ。あのな、今日でなくともいい。明日中に、河半へ来てもらいたいと、わしからのたのみだ。こう、つたえてくれ」

「承知しました」

半場の助五郎は、身仕度をして〔河半〕を出て行った。

これから染井へ行けば、帰りには日が暮れてしまう。

提灯《ちょうちん》の用意もして行かなくてはならぬ。

助五郎が、染井の植木屋へ着いたとき、谷川弥太郎は小さな机の前にすわって、書物を読んでいた。

助五郎が清右衛門のことばをつたえると、

「わかった」

弥太郎は短くこたえたのみである。

なんとなく、助五郎は、

（取りつく島もねえ……）

感じがした。

「では、これで。ごめん下さいまし」

「清右衛門どのに、よろしく」

「はい。つたえますでござんす」

がらんとした小屋の中を見まわして、助五郎は、

（いったい、このお人は、何がおもしろくて生きていなさるのか……）

と、おもった。

弥太郎は敏感に、助五郎の意中を察知したらしく、

「酒はあるが、このようなところでのんでも、うまくもおもしろくもあるまい」

と、いい、こころづけを紙に包んで助五郎へ、

「帰りに、好きなところで、のんで下さい」

と、わたした。

植木屋を出てから、助五郎は紙の中を開けて見た。

中に二分《にぶ》、入っていた。

この金高は、庶民の半月の暮しが立つほどのものである。

（気前のいいお人だ……）

金ずくからではないが、若い浪人にしては、

（おもいのほか、さばけたお人だ……）

助五郎は、弥太郎に好意をもったようである。

夜ふけて……。

仮眠から目ざめた谷川弥太郎は、小屋の台所の隅に置いた戸棚の中へ手を入れ、何やら、皿

のものを取り出した。

しんしんと凍りつくような寒夜であった。

いつも食事をする飯屋〔釘《くぎ》ぬき屋〕から買って来た煮魚を、たっぷりかけた煮汁と共に深目の皿へ入れたのを、昨夜から戸棚へ入れ放しにしておいたものである。

煮魚は汁と共に凍りつき、煮こごりになっている。

弥太郎は、これが好物である。一度、食べ忘れた魚がこうなっているのを口にしてからのことだ。

冷たい煮こごりに、冷たい酒で、弥太郎は、この日、二度目の食事を終えた。

翌朝。谷川弥太郎は、五ツ（午前八時）ごろに目ざめた。

昨夜から寒気がきびしかったが、朝になると灰色の空が重おもしく、

（これは、雪になるのではないか……）

と、おもわれた。

ともかく、

（今日は、清右衛門どのに会わねばならぬ）

のである。

弥太郎は顔を洗い、ふさ楊子《ようじ》で歯をみがくと、すぐに身仕度をし、植木屋の小屋を出た。

いつものような着ながしではなく、旧臘《きゅうろう》に、お浜にたのんでととのえてもらった着物と羽織に黒っぽい袴《はかま》をつけ、きちんとした姿であった。

浅めの編笠をかぶり、弥太郎は手に小さな岡持《おかもち》を提げている。

岡持は、食物を運ぶための、蓋つきの浅い桶《おけ》のようなもので、この中に、いつも食事をする〔釘ぬき屋〕から魚や漬物、飯までも入れて、弥太郎自身が持ち運びをするのだ。

「変った、おさむらいさんだ」

と、釘ぬき屋の亭主が、

「それでも、おとなしくて、品がよくて、おれたちに、ちっとも高ぶったところを見せねえ」

弥太郎に好意を抱き、弥太郎専用の岡持や重箱なども用意してくれたのである。

染井の植木屋から、上富士前町の飯屋〔釘ぬき屋〕までは、わけもない道のりであった。

王子権現への往還に出ると、北側が上富士前町で、わら屋根の小間物屋や笠屋、古着屋などがたちならぶ中に、百姓家もまじっている。

こうした一角に〔釘ぬき屋〕があった。

町なみのうしろは、いちめんの田畑と木立がつらなっていて、まるで田舎の宿場町のような感じがする。

道をへだてた南側は、大和・郡山《こおりやま》十五万余石、松平時之助の宏大な下《しも》屋敷の土塀《どべい》が、それこそ、

「どこまでも……」

というかたちで伸びていた。

〔釘ぬき屋〕は朝五ッに店を開け、夕飯どきの客が引いた夜の五ッ（午後八時）には、店を仕舞ってしまうのが常であった。

亭主の五郎吉《ごろきち》は、四十がらみの元気がよい男だ。

女房おますも、でっぷりとした大女であって、夫婦の間には、今年で十六歳になった勘吉《かんきち》をかしらに、四人の子がいる。

勘吉も父親をたすけ、釘ぬき屋の板場で、味噌を擂《す》ったり、魚を焼いたりしていた。

日中は、通行の人びとの飲食。夕暮れになると、近辺に散在する大名の下屋敷の中間小者《ちゅうげんこもの》などが酒をのみに来たりする。

ほかに、飯屋も居酒屋もないではないが、このあたりでは〔釘ぬき屋〕が、もっとも繁昌をしているそうな。

五名の清右衛門が、いつであったか、谷川弥太郎に、

「このあたりの大名屋敷へ、足をふみ入れねえほうが、ようござんすよ」

と、いったことがある。

大名の下屋敷というものは、別邸であって、殿さまが見えることはめったになく、屋敷内の家来の人数も少ない。

公邸ともいうべき上《かみ》屋敷にくらべると、だから気楽なものだ。

そこで、下屋敷につめている渡り中間たちが、夜になると中間部屋を博奕場《ばくち》にしてしまうのである。

近年は、大名屋敷の中間部屋と博奕は、

「切っても切れぬもの……」

になってしまった。

博奕場には、裏門から種々雑多な人間たちが出入りをする。

だが、屋敷の家来たちは、

「見て見ぬふりをする……」

のが、常識となっている。

中間部屋からは、家来たちに、しかるべく〔鼻薬〕を効かせてあるし、それに、中間どもをきびしく取り締ったりすれば、

「勝手にしやがれ!!」

と、気の荒い彼らは、さっさと出て行ってしまう。

それというのも、彼ら渡り中間は、口入れ屋を通じて大名屋敷へ雇われているのだから、どうしようもないのだ。

中間は、大名にとっても武家にとっても、必要欠くべからざるものだ。

足軽といえば、苗字もあり、大小の刀も帯し、いわば〔下士官〕のようなものだが、中間となると紺《こん》看板（紺色に染めた袢纏《はんてん》のようなもの）に梵天帯《ぼんてんおび》をしめ、木刀一本を差しこむという、最下級の奉公人なのである。

これが大名の場合、領国では、領内の村方や町方から奉公をする者が多いが、江戸屋敷でつから中間ともなると、とても国もとからは呼びつけられない。

大名・武家方の労働力は、彼ら中間が中心になっているのだから、どうしても人手不足となる。

諸国の大名は、一年置きに、領国から将軍家ひざもとの江戸へ出て来て、一年を滞在する掟《おきて》がある。

これは天下をおさめる徳川将軍に、大名たちが〔忠誠〕のしるしを見せるためのもので、これを、

〔参勤《さんきん》〕

と、称する。

こういうわけで、江戸では、中間を口入れ屋を介して雇い入れる。

Aの大名屋敷が気に入らなければ、Bの大名家へ雇われればよい。

渡り歩いても、文句はいわれぬ。

だから彼らを〔渡り中間〕とよぶのである。

さて……。

谷川弥太郎が〔釘ぬき屋〕へ着いたとき、朝飯の客が引いたあとだったので、二組ほどの客が、食事をしているだけであった。

〔釘ぬき屋〕へは、大名屋敷の渡り中間も酒食にあらわれるけれども、酔って乱暴をはたらくことなど、ほとんどない。

そういう連中は、他の居酒屋へ行ってしまう。

〔釘ぬき屋〕は、いまの亭主の五郎吉で、三代目だという。

初代のころは、上富士前町も、

「いまのように、にぎやかな道すじではなかったようで……」

と、五郎吉が弥太郎へ語ったこともあった。

このように古い店であるから、それなりに貫禄《かんろく》というものがあって、無頼の渡り中間などは、

「てっ。おもしろくもねえところだ」

と、遠ざかってしまう。

よし、また、そうした乱暴者があばれたりすれば、亭主・五郎吉に、つまみ出されてしまう。

五郎吉は度胸もあるし肚《はら》もすわっていて、なかなかに、

「たのもしい……」

男なのである。

「お早う」

と、入って来た谷川弥太郎を、

「いらっしゃいまし」

迎えたのは、小女のおみちであった。

おみちは、五郎吉の妹のむすめだそうだ。

妹夫婦が疫病《えきびょう》にかかり、相次いで亡くなったのち、五郎吉は姪《めい》のおみちを手もとに引きとったのである。

そのとき六歳だったおみちが、いまは十七歳になり、もう一人の、これは近くの巣鴨町から雇い入れたおまさと共に、一日中、一所懸命にはたらくようになった。

「いつものように、朝飯を……」

と、弥太郎がおみちへいった。

「はい」

化粧の気もない、小麦色の肌に、処女《おとめ》の凝脂《ぎょうし》が照っている。

小柄だが、かたく引きしまった、おみちの躰《からだ》には若い精気がみちあふれている感じであった。

双眸《りょうめ》は、くろぐろと大きく、鼻の先が上向いているのも愛らしい。

だが、このような容貌の娘は、現代ならばともかく、その当時にあってはとうてい〔美女〕の標準とはならない。

「昨夜、煮こごりを食べた。うまかった」

と、弥太郎がいうのへ、

「そうでございますか……」

おみちが、うれしそうに、

「じゃあ、今日も、持ってお行きなさいますか？」

「いや、今日は帰れぬだろうから、やめる」

煮こごりというものも、弥太郎は、おみちに教えられたのである。

「先生。いらっしゃいまし」

と、板場で、亭主の五郎吉の声がきこえた。

「いつものように……」

と、弥太郎が、また、いった。

入れこみの一隅へすわった弥太郎へ、

「お酒は？」

と、おみちがきいた。

このまま、植木屋の小屋へ帰るときは、弥太郎が酒をのむこともあるからだ。

弥太郎は、かぶりを振った。

「はい」

うなずいて、おみちは板場のほうへ去った。

（清右衛門どのは、どのようなはなしをするのだろうか……？）

人を殺《あや》めることかも知れなかった。

やがて……。

大根の熱い味噌汁に、葱《ねぎ》入りの煎《い》り卵、漬物などがはこばれてきた。

その漬物は、沢庵《たくあん》を細く切ったものへ切り胡麻《ごま》をふりかけたもので、他の客には出ない。

それだけに、五郎吉が弥太郎を好意の眼で見ていることが、よくわかる。

それでいて、必要以外のことは、ほとんど口をきかぬ谷川弥太郎なのである。

なんといっても、この〔釘ぬき屋〕のおみちだけに、自分の小屋へ来ることをゆるしていた。

弥太郎は、この小屋には食事をするための用意がととのっていないのだから、弥太郎自身が岡持を提げてもどるだけでは、事が足らぬこともあった。

過去の記憶が、まったくもどらず、しかも、いまの弥太郎は、五名の清右衛門の依頼で人を殺害してしまっている。

大気の中に、ふわふわと、たよりなく浮かんでいる自分の足は、まるで、

（大地を踏んでいないような……）

おもいがしてならなかった。

隠れ家を、他人に知られることは、実に危険であったが、おみちをはじめ、釘ぬき屋の夫婦にならば、安心をしてよいと、おもった。

弥太郎は、おみちにはじめて隠れ家の在処《ありか》を教えたとき、

「私が此処に住んでいることを、だれにも、いわないでほしい」

と、それだけをいった。

おみちは、

「なぜ……?」

とも、きき返さなかった。

おそらく、おみちは五郎吉夫婦にだけは、弥太郎の隠れ家のことを語ったものと考えてよい。

だが、五郎吉夫婦は弥太郎に対し、一度も、隠れ家のことについてふれたことはなかった。

朝飯をすました谷川弥太郎は、

「では……」

だれにともなく、いって、釘ぬき屋を出た。

勘定は、まとめてはらうことにしてある。

依然、寒気はきびしい。

たれこめた灰色の雲の層はいよいよ厚く、うす日も洩れていない。

釘ぬき屋を出たとき、弥太郎は編笠をかぶりかけたが、急に、おもいついたかのごとく、かぶるのをやめて手に持った。

この正月二日に、新堀端の居酒屋〔三政〕を見に出かけたときも、おもいたったことで、

（おれのいのちを、つけねらっていたやつどもを見たい）

それには、編笠で、こちらの顔を隠さず、相手がこちらを見つけるのを待つよりほかに方法がないからであった。

上越国境の山林や崖道《がけみち》で、自分へ斬りつけて来たという侍たちは、

（まさしく、私の……）

弥太郎の過去と、むすびついていることは、たしかなことと見てよい。

五名の清右衛門は、道を歩くとき、絶対に、

「顔を見せては、いけませんよ」

と、弥太郎に、くどいほど念を入れた。

だが、そのようなことをしていたのでは、いつまで経っても自分の過去はわからぬ。

（いまの私が、このように生きているのも……）

ひたすらに、自分の過去を知りたいという情熱があればこそである。

（あのとき、私は、追われていた……）

ようにおもう。

（私は何処からか、あの、坊主の湯に近い山道まで逃げて来て、其処《そこ》で、追手に見つけられ、斬りかかられた……）

のではないか。

あのあたりが、上州と越後の国境だとすると、

（私は、越後の方から上州へ出ようとしていたのか……？）

または、

(関東か、上州から越後へぬけようとしていたのか?)

なのである。

道行く人びとは、寒そうに肩をすくめ、足を急がせていた。

いつも編笠をかぶって道を行く習慣が、身についてしまった谷川弥太郎だけに、笠をぬいで歩いているうち、知らず知らず、うつ向きがちになるのを、どうしようもなかった。

「あ……」

向うから来る男の躰に、弥太郎は打ち当った。

小さな荷物を背負った商人らしい男は、旅姿でもないのに、笠をかぶっていた。

笠をかぶったまま、脇目をつかいながら歩いていたので、男は弥太郎に打ち当ったらしい。

「ごめん下さいまし」

笠の内から弥太郎を見ておいてから、はじめて、男は笠をぬぎ、

「これは、とんだ粗相を……」

ていねいに、あたまを下げた。

この男が、倉沢の与平だとは、むろん、谷川弥太郎の知るよしもなかった。

倉沢の与平にしても、この若い侍が、まさかに、小頭・雲津の弥平次と、

「深い、関わり合いのある人……」

だとは、おもいもよらない。

与平は、この朝、巣鴨の追分にある五郎山の伴助の隠れ家をさぐりに出て来たものである。

谷川弥太郎は、与平にうなずき返し、すれちがって行った。

与平は、すぐに笠をかぶった。

そして、松平時之助・下屋敷の塀に沿い、左へ曲って行った。

その道をどこまでも行き、突き当って右へ行けば、すぐに巣鴨・追分であった。

弥太郎は笠をかぶろうともせず、駒込から本郷へかかり、加賀百万石・前田家の豪壮な、朱塗りの表門前をすぎ、本郷三丁目へかかった。

はらはらと、雪が舞い落ちて来たのは、このときである。

弥太郎が、それに気づき、編笠をかぶろうとしたとき、本郷二丁目の方からやって来た中間が、一人、笠をかぶる前の弥太郎の顔を見て、はっと立ちすくむかたちになったのだが、そのとき弥太郎は編笠へ顔を隠してしまっていたので、これに気づかなかった。

「あれは……？」

おもわず、つぶやいた中間が遠ざかって行く弥太郎の後ろ姿を見つめ、

「あれは、たしかに……」

もう一度、つぶやいた。

一目で、どこぞの大名屋敷の渡り中間と知れる屈強の三十男であった。

合羽《かっぱ》を着て、手に笠を持っているのは、どこかへ使いに出たものであろうか……。

「よし」

中間は、うなずいた。

決意が、するどく両眼にやどった。

そして、この中間は谷川弥太郎の尾行を開始したのである。

と、いうことは……。

弥太郎が、両国の料亭〔河半〕へ入ったのを見とどけたことになる。

いっぽう、弥太郎が〔河半〕へ着くと、すでに、五名の清右衛門は例の離れ屋で、待っていた。

「よく、出て来て下さいました」

清右衛門が、にこにこと弥太郎を迎え入れた。

この夜、谷川弥太郎は〔河半〕へ泊った。

夕暮れ前に、雪は熄《や》んでしまった。

翌日の午後おそく、弥太郎は〔河半〕を出て、隠れ家へもどった。

染井の隠れ家へ着いたとき、とっぷりと暮れていて、小屋の中には、おみちが運んで来た煮こごりの一皿が置いてあった。

飛ぶ雪

それから三日ほど後になってからのことだが……。

中仙道の、巣鴨・追分にある居酒屋〔山市《やまいち》〕で、もう一刻（二時間）も、ゆっくりと酒をのみつづけている倉沢の与平を見ることができる。

晴れてはいるが、風の強い日の午後である。

与平は、むろん、堅気の風体であった。

はじめて、此処《ここ》へ来て酒をのんだとき、

「ときどき、板橋宿へ商いの用事があって、此処をよく通るのだが、こんなに、おいしい酒をのませてくれようとは、おもいませんでしたよ」

などと、与平は〔山市〕の亭主へ愛想のよいことをいい、すっかり、

「なじみになって……」

しまったのである。

中仙道は、江戸から信州を経て木曽の山中をぬけ、近江《おうみ》から京都へ至る百三十五里二十二丁。いうまでもなく五街道の一つで、東海道とならぶ当時の日本の大幹線だ。

江戸の日本橋から神田・本郷を経て巣鴨から板橋へかかる。この板橋が中仙道の第一の宿駅になっている。

こういうわけで、巣鴨・追分のあたりも種々雑多な人通りが多く、したがって店屋も軒をつらねている。

街道の東側は、大名や旗本の下屋敷がつらなり、西側が町家であった。

〔山市〕は、街道から西へ切れこんでいる〔枡形横丁《ますがたよこちょう》〕という道と街道との角地にあって、北どなりが笠屋の店である。

この笠屋こそ、倉沢の与平が、

「ねらいをつけている……」

店なのだ。

すなわち、五郎山の伴助が、情婦おふさに商売をさせている店なのである。

与平は〔山市〕のなじみになってから、すこしずつ、笠屋の様子をさぐり出しにかかった。

笠屋の内に、伴助がいるかどうかは、まだ、わからぬ。

おふさは二十七、八の、どう見ても美《い》い女とはおもえぬが、なかなか商売気があり、昨日、
与平がおもいきって、

「笠を一つ、下さい」

と、店先へ入って行ったときも、

「おやまあ、いらっしゃいまし」

愛嬌《あいきょう》よくもてなした。

小僧一人に老婆を相手に、一日中、きりきりとはたらいているらしいが、妙に、近所づきあいから遠ざかるようなところもあるそうな。

おふさは地味なつくりの、痩《や》せた背の高い女で、小鼻の右脇に黒子《ほくろ》があった。

おふさの笠屋は、間口二間ほどの小さな店だ。

「軒下へ吊《つる》し出した菅笠《すげがさ》の看板へ〔いろいろ〕と書きしるしてあり、店先から土間いっぱいに、菅笠・竹の子笠・編笠などのほか、道中合羽や番傘も置きならべてある。

店の奥は、おそらく、部屋が二つに台所であろうが、わら屋根の高さを見ると、

(どうも、中二階の部屋が一つ、あるらしい)

と、わかった。

もしも、五郎山の伴助がいるなら、その中二階にちがいない。

このごろは伴助も、それから土原の新兵衛も、船宿〔よしのや〕へは、

「ぱったり、顔を見せなくなったよ」

と、亭主の徳次郎が、雲津の弥平次と与平に、そういっていた。

居酒屋の亭主にいわせると、

「男が来ていねえともいえめえよ。あの女が、となりの笠屋を店ごと買いうけ、ここへ移って来たのは……そうさ、一昨年《おととし》のいまごろだったかなあ。それから、いままでに二度か三度、おれは、笠屋の裏手から男が出て来たのを見たよ。

一度は朝早く、そのつぎは夕方だったかなあ。小柄だが、でっぷりと押しのきいた躰《からだ》つきの男だったなあ。

そうさ、四十がらみの、身なりもきちんとしていて……顔つきは、どうもよくわからなかったよ」

だという。

これ以上のことを、いま、きき出すことはできなかった。

（かえって、こっちが怪しまれる……）

からである。

この日。

倉沢の与平は、ゆるりと酒をのみ、腹も充分にこしらえ、

「おいしかった、おいしかったよ。ありがとう」

こころづけもぬかりなく、亭主へわたし、自分が〔山市〕の亭主や小女に好意をもたれてい

ることを、あらためてたしかめてから、居酒屋を出た。

今夜は〔よしのや〕で、雲津の弥平次と会うことになっている与平だ。

（さて……これから先の探りを、どうやってすすめたらいいものか……ひとつ、雲津の小頭の知恵を借りなくてはなるまい）

と、おもいながら与平は、加州家・下屋敷の横道を東へとり、上富士前町の通りへ出て右折した。

「おや……？」

向うからやって来る浪人に、与平は見おぼえがあった。

（そうだ。この間、このあたりで、余所見《よそみ》をしていたおれが、ぶつかったお人だったっけ……）

若い浪人……すなわち谷川弥太郎が〔釘ぬき屋〕から出て、染井の方へ遠ざかって行くのを見送りながら、倉沢の与平は、

（へへえ……変った浪人さんだ。岡持を提げていなさる。まさか、あの飯屋の出前持ちをしているわけでもあるまいが……）

苦笑をうかべたが、それだけの関心にすぎない。

すぐに与平は、淡く夕闇が下りてきはじめた道を急ぎ出した。

（あの居酒屋の亭主のことばによると……笠屋から出て来た男の年恰好、躰つき、まさに五郎山の伴助にちがいない）

と、見てよい。

雲津の弥平次は、

「伴助が、たしかにいるとなれば、おれが殺《や》る」

と、一昨日の夜に会ったとき、与平にいった。

「仕掛人をたのむのは、わけもないことだが、できるだけは他人の手を借りずに、おれとお前だけでやってのけたい。そのほうがいい」

「私も、そうおもいます」

与平も賛成した。

（そうだ。おもいきって夜ふけに、小頭と二人で忍びこんで見るか……何しろ、ぐずぐずしてはいられねえことだ。伴助がいれば見つけられる。見つけられたら殺《や》ってしまえばいいのだ）

であった。

伴助が不在なら、盗賊として年期の入った弥平次と与平の侵入に、おふさや小僧・老婆が気づくはずはない。

その点、与平には自信がある。

本郷へ出て、まっすぐに船宿〔よしのや〕へ与平が向っているころ、谷川弥太郎は植木屋の小屋へもどり、火鉢へかけた鉄瓶《てつびん》の中へ、酒の徳利を沈ませている。

釘ぬき屋でも軽くのんで来たが、今夜は、小屋でゆっくりと酒をのみ、食事をするつもりだったのである。

岡持の中には魚や汁、飯などが入っていた。

（明日は、清右衛門殿に会わねばならぬ、約束の日だ）

明日の夕暮れ前に、両国の〔河半〕へ行くと、おそらく、その夜のうちに五名の清右衛門は、弥太郎が殺す相手の所在を知らせるにちがいない。

「わしが手引きをするつもりですよ」

と、清右衛門はいい、そのとき仕掛の報酬の半金二十両を、弥太郎へわたした。

大金である。しかし、いまの弥太郎には、

「つかいみちもない……」のだ。

弥太郎が独りきりの酒をのみはじめたとき、植木屋の庭の茂みへ忍びこんで来て屈《かが》み込み、小屋から洩れる灯《あか》りを凝《じっ》と見つめた男がいる。

この男は、三日前に……雪が降り出した本郷三丁目の通りで、編笠をかぶりかけた谷川弥太郎の顔をすれちがいざまに見かけ、

「あれは……?」

おもわず、つぶやいた中間ふうの三十男であった。

それから、この男は弥太郎の後をつけ、両国の〔河半〕へ入って行く弥太郎の姿を見とどけていたはずだ。

その男が、いま、植木屋の庭の片隅にある弥太郎の隠れ家を見張っている。

男は今夜、中間の風体をしていない。

黒っぽい筒袖の着物の裾を端折り、柿色の手ぬぐいで顔を隠していた。

どれほどの間を、男は庭の茂みに屈みこんでいたろう。

四半刻《しはんとき》（三十分）ほどではなかったろうか……。

男が立ちあがった。

ひろい植木屋の庭を突っ切り、男は道へ出た。

月もない夜であった。

冷えこみが、今夜も強《きつ》い。

「いたか？」

男に声をかけて、木立の中から道へあらわれた侍がいる。

一人、二人……合せて五人であった。

「たしかに、おりますよ」

「一人きりだな、為造《ためぞう》」

「へい」

為造とよばれた男が、うなずき、

「今夜、おやりなさいますか？」

と、きいた。

「む……」

うなずいた侍が、他の四人と顔を寄せ合い、しばらく、ささやき合っている。

覆面をしている五人は、羽織・袴《はかま》の、きちんとした姿で、どう見ても浪人ではなかった。

「どうなさいます、みなさま方」

為造が、五人へ声をかけた。

「よし、殺《や》ろう」

「いま、すぐに？」

「うむ」

別の侍が、

「為造。植木屋のほうは大丈夫だろうな？」

「そっちは、私が見張っておりますよ。ですが、みなさま方、早いところ、殺っておしまいにならねえと……」

「わかっている」

「では、こう、おいでなせえまし」

「よし」

為造が、五人の侍を案内し、ふたたび、植木屋の庭へ潜入したころ、船宿〔よしのや〕では、雲津の弥平次と倉沢の与平が語り合っていた。

雲津の弥平次は、与平の報告をきき、さらに、

「私は、こうおもうのですがね」

と、語った与平の考えを、じっくりとききを終えるや、

「うむ」

大きく、強く、うなずいた。

「小頭。では……？」

「よし。やって見よう。お前のいうとおりだ。五郎山の伴助が、もしも、その笠屋の屋根裏にでもいるのなら、そこは伴助だ。いくら、おれたちがうまく忍びこんでも、気がつくにちがい

ない」

「ですから、お前のいうように、気づかれたら殺《や》ってしまえばいい」

「わかっておくんなさいましたか？」

「おもえば、簡単なことだったよ。そこに気がつかねえのが人間のあさましさというやつだ。よしまた、伴助がいねえとする。いねえのに、女が気づいたとしてもだ。そのときは逃げてしまえばいいのさ」

「ですが、女だけに気づかれてはまずいとおもいますよ」

「なぜ、ね？」

「そうなれば、女のやつが伴助に告げ口をします。すると伴助にしてみれば、ただの泥棒だとはおもわねえ。そうなりゃあ、もう、笠屋へは寄りつきますまい」

「そこだよ、与平」

　と、弥平次が、にんまり笑った。

「え……？」

「そうなれば、女が伴助へ、告げ口をしに出かける後をつければいいのさ」

「な、なるほど」

「で、いつ、やろうかね？」

「こうと決まったら……」

「早いがいいね」

「そのとおりです」

「では明日の夜……」

「わかりました」

それから二人は、めんみつな打ち合せに入ったのであった。

さて……。

染井の植木屋の隠れ家では……。

酒をのみ終え、食事にかかった谷川弥太郎が、

(や……?)

箸《はし》をとめた。

切長の両眼が、さらに細くなり、針のごとく光った。

弥太郎は、音もなく右手の箸を置き、左手の茶わんを膳の上へ置いた……その左手が、そろりと大刀へかかって、しずかに引き寄せる。

このとき、覆面の五人の侍は、いずれも羽織をぬぎ捨て、刀の下緒《さげお》をたすきにまわし、大刀をぬきはらい、谷川弥太郎の小屋を取り囲んでいた。

小屋の出入口は、一つであった。

谷川弥太郎の大刀は、加賀の国の住人・辻村兼若《つじむらかねわか》が鍛えた銘刀で、長さ二尺四寸五分。先反《さきぞり》気味の、弥太郎にとっては手ごろなものだ。

兼若の大刀を、

「あんまり悪い刀《もの》ではないということですよ。ま、差してみて下さい」

と、買ってくれたのは、五名の清右衛門であった。

小屋は、二間から成っている。

表の戸を開けると、そこは三坪ほどの土間になってい、小さな竈《かまど》も据えつけてあり、炊事のための流し場もあった。

土間からあがると二坪の板の間で、板戸の向うが六畳の部屋だ。

いま、弥太郎が酒をのみ、食事をしている場所は、奥の六畳である。

裏手に戸口はないが、六畳の部屋には窓がついていた。

すっと立ちあがった弥太郎が、行灯《あんどん》の灯りを吹き消し、窓際へ身を寄せ、障子を細目に開け、外を見た。

闇の中に、ぱっとうごいたものがある。

弥太郎は兼若の一刀を腰へ帯し、板戸を開けて、板の間へ出た。

板の間から土間へ下りる。

草履も、落ちついて履いた。

それから弥太郎は、表の戸の戸締りを外した。

暗い闇の底で、弥太郎は、ふわふわとうごいているように見えたが、その動作に寸分の隙もなく、また速かった。

もしも、外にいた侍たちのほうが一瞬早く、戸を蹴破《けやぶ》って土間へなだれこんで来ていたら、すこしは情況も変っていたろう。

だが……。

敵は、一瞬、遅れた。

戸締りを外しておいて谷川弥太郎は、心張棒《しんばりぼう》を左手につかみ、これで、こじ開けるように戸を押しひらいたものである。

すべりのよい戸は、音をたててひらいた。

「あっ……」

戸外の闇の中に、機先を制された敵の声がきこえたとき、早くも弥太郎は土間を蹴って外へ躍り出していた。

あわてて、戸口の左側に身を寄せていた敵の一人が、

「うっ……」

うめき声のような気合を発し、棒立ちになって弥太郎の背中へ大刀を打ちこんだが……。

すでに遅かった。

躍り出して、身をひねりざま、弥太郎が兼若の一刀を抜き打った。

「うわ……」

胴から腰へかけて薙《な》ぎはらわれた敵が、刀を放り落し、がっくりと両ひざをついた。

「出たぞ!」

「それっ……」

「早く、早く……」

叫びかわしつつ、弥太郎のまわりを取り囲んだ四人の敵へ、

「名乗れ」

弥太郎が、いつになく鋭い声で、

「名乗れぬというなら、私を殺す理由をいえ」

こたえはなかった。

必殺を期した四つの刃《やいば》が、じわじわと包囲の輪をせばめて来るのみだ。

弥太郎は背を屈め気味にし、右手の大刀を提げたままで、

「おぬしたちは、私の……私の身許《みもと》を知っているのか……知って、いるらしいな？」

押し殺した口調になったが、こたえのないのを知るや、だらりと下げた大刀の切先《きっさき》をすこしずつ上げてゆきはじめた。

もはや、

（いかに問うたところで、はじまらぬ……）

と、感じたからであろう。

弥太郎の刀の切先が上るにつれて、左足が徐々に後ろへ引かれてゆく。

「たあっ！」

弥太郎の右側に肉薄して来た一人が、猛然と踏みこみ、正眼から下段へ移した刃を大きくまわし、すくいあげるようにして斬りつけた。

敵もなかなかに、心得ている。

このような攻撃を仕掛ければ、たとえ、かわしたにしても、弥太郎の躰は向うへ大きく泳ぎ、待ち構えた三つの刃の餌食《えじき》になる。

ところが……。

くるりと廻った弥太郎の躰が、まるで板戸でも倒したかのように、いま攻撃をかけた敵の側面へ倒れかかって来たではないか……。

斬られて倒れたのではない。

薙ぎはらって来た敵の手もとへ、われから倒れこんで来たのである。

敵の一刀は、むなしく闇を切り裂いたのみであった。

「あっ……」

狼狽《ろうばい》し、向き直って体勢をととのえようとした敵は、地に倒れつつ斬りはらった弥太郎の刃に左脚を切断されてしまった。

たまぎるような悲鳴が起った。

「うぬ!!」

残る三つの刃が、適確な目標をとらえることもなく、むだに閃《ひらめ》いた。

はね起きた谷川弥太郎は、その彼らの刃の閃きの中へ、ものもいわずに飛びこんで行った。

立場が、いまや反対のものとなった。

襲われた弥太郎が、むしろ、襲いかかるかたちになったわけだ。

刀身と刀身が嚙《か》み合う凄《すさ》まじい音が起った。

「鋭《えい》!」

と、はじめて弥太郎の気合声が起った。

一人の刃を叩き落した弥太郎は、身をのけ反らせて差しぞえの脇差の柄《つか》へ手をかけたそやつを追わずくるりと身を転じ、いまや自分の側面から斬りつけようとしている別の敵の右腕を、すぱりと切って落した。

「ぎゃあっ……」

転倒したその敵を振り向きもせず、弥太郎が、

「退《ど》け」

前面に、それでも必死に立ちふさがった敵へ迫ると、

「あっ……」

敵は、たまりかねて後退する。

弥太郎は、身をひるがえし、植木屋の茂みを突っ切り、走り出した。

「に、逃げた……」

「お、追え……」

無傷の二人が、それぞれにいってはみたが、それも口先だけのことである。

二人とも、完全に闘志をうしなってしまったらしい。

脚を切断されたのと、腕を切り落された別の二人が、あたりをころげまわって苦しんでいる。

為造とよばれる男が、闇の底から駆けあらわれ、

「い、いけねえ。植木屋の連中が起き出して来ましたぜ」

「そ、そうか」

「早く、二人を……」

重傷の二人を無傷の二人が背負い、木立の中へ逃げた。

為造は、はじめに弥太郎の一刀を胴に受けて即死した侍を背負い、これも懸命に逃げ出して

いる。

植木屋の人びとが、小屋の前へ恐る恐る近寄って来たときは、なまぐさい血のにおいと、切り落された右腕と左脚が残されているのみであった。

それから、しばらくして……。

一人の死体と二人の重傷者を背負った三人を、染井から北へ六、七町ほど行った西ヶ原村に近い林の中に見ることができる。

重傷の二人は、おびただしい出血のため、すでに気をうしなっているようだ。

「早く……為造、早く……」

「そ、そんなにいわれたって……こ、これじゃあ、どうしようもねえ」

「だまれ。早く来い」

「へ、へえ……」

林を突きぬけると、前に土塀《どべい》が長々と横たわっていた。

どこぞの大名の下屋敷であろうか……。

「早く、早く……」

土塀の一隅に、小さな潜門《くぐりもん》があって、そこへたどりついた侍が、門の戸を叩いた。

「拙者だ。松本だ。早く……早く、開けてくれい」

戸を叩き、その侍が声をかけた。

潜門の戸が、内側からひらいた。

「さ、早く……」

一同が、ころげこむように、潜門の中へ入ると、入れちがいに門の中から出て来た侍が其処《そこ》に立ち、凝とあたりの気配をうかがっている。

木立も、闇も、しずまり返った。

しばらくの間、立ちつくしていた侍が潜門の中へ消えた。

門の戸が、微《かす》かなきしみをたてて閉った。

そのとき……。

松林の中に身を屈めていた黒い影が立ちあがり、音もなく、土塀へ近寄って行く。

谷川弥太郎であった。

弥太郎は、わざと植木屋の庭から逃げた。

そして、後から逃げ出して来た曲者《くせもの》どもを道の向うの木立の中から見ていて、此処まで後をつけて来たのだ。

（ここは、だれの屋敷なのか……？）

いまは、わからぬ。

しかし、これは明日になって、この近くのだれにきいてもわかることであった。

いずれにせよ、

（この屋敷にいる侍たちが、おれを殺しに来た！……）

のであった。

去年の秋に……。

新堀川沿いの夜の道で、弥太郎は侍を一人、斬殺している。

これは、五名の清右衛門にたのまれて仕掛けたものだから、斬った相手の身分も名も知らなかった。

清右衛門から指示された日時と場所にあらわれた侍を、間ちがいなく斬殺しただけであった。

その侍と、今夜、弥太郎を襲った五人の侍たちと、何か関係があるのだろうか……。

(いや、あるとはおもえぬ……)

のだ。

やがて、弥太郎は土塀から離れて歩き出した。

(さて……これから、どうしよう?)

五名の清右衛門の家を訪ねることが、もっともよい、と、おもった。

それも夜が明けぬうちに、である。

弥太郎の着ているものは、斬った侍たちの返り血にぬれているだろう。

それを見とがめられぬうち、清右衛門の家へ行かねばならない。

(だが、あの植木屋は……たしか、清右衛門どのの知り合いのはずだった)

それならば、いちおう、小屋へもどって見てもよいのではあるまいかと、弥太郎は、おもい直した。

染井村の植木屋(植吉)のあるじは、吉十《きちじゅう》といい、六十前後の老人で、弥太郎は一度、庭を歩いている姿をちらりと見かけたことがある。

植木屋の小屋へ来る前には、これも清右衛門の口ききで、目黒村の小さな寺の物置小屋のようなところに住んでいたのだが、

「どうも、ここでは何かにつけて不便だから……」

と、清右衛門が染井へ移してくれた。

そのときに、清右衛門は弥太郎へ、こういった。

「植吉のあるじは、私の古い友だちでござんすから、安心をしていて結構ですよ。口をききたくなければ、植木屋のだれとも口をきかずともいいように、たのんでおきます。谷川さんの、お好きなようにお暮しなせえ」

だから弥太郎は、そのとおりにしている。

〔植吉〕には、若い者も女中もいるようだが、彼らのほうからは、決して弥太郎の小屋へ近づかなかった。

小屋の両側に、こんもりとした木立があって、その向う側に植吉の母屋《おもや》が見える。

もっとも弥太郎は、その大きなわら屋根をのぞみ見ただけで、傍《そば》へ近寄ったことは一度もなかった。

植吉の人びとに、庭や外の道で出合ったとき、弥太郎は黙ってあいさつをする。

向うも、好意のこもったあいさつをするが、口をきいたことはない。おそらく、あるじの吉十から、そのように念を押されているのであろう。

五名の清右衛門と吉十とは、よほどに深い関わり合いがあると見てよい。

（よし……）

谷川弥太郎は、こころを決め、植木屋の小屋へ帰ってみることにした。

植木屋の柵《さく》の前へもどって来ると、あたりは静寂そのものだ。

あれだけの斬り合いも、このあたりでは何の反響もよばなかったらしい。

〔植吉〕のほかに、染井には、いくつもの植木屋がある。

だが、いずれも宏大な敷地をもっていて、商売がら木立は深いし、道端の茶店などにいても、植木屋の敷地内の物音など、めったにきこえるものではなかった。

弥太郎は柵を乗り越え、植吉の庭へ入った。

だれも、出て来る気配がない。

小屋へ近づいて行った。

小屋から灯りがもれている。

小屋の灯りは、弥太郎が吹き消したはずであった。

谷川弥太郎は、戸口で立ちどまり、辻村兼若の鯉口《こいぐち》を切った。

小屋の中から、

「もし……谷川さんでございますね」

声がかかったのは、このときである。

声には、おぼえがなかった。

すると、

「わしは、ここのおやじでございますよ。安心なすって、お入りなさいまし」

と、いう。

戸を開けて、まさに〔植吉〕のあるじ・吉十が煙草を吸っている姿を、弥太郎は見た。

「これは……」

弥太郎は軽く頭を下げた。

あれだけ斬り合ったのだから、植吉の人びとが、

（気づかぬはずはない）

のである。

吉十は老人ながら、がっしりとした大きな体格で、頭も、その顔の造作もすべて大きい。

それでいて、煙管《きせる》を持っている手の指は細《ほ》っそりとしていて、いかにも繊細な感じがする。

弥太郎には、それが異様におもえた。

「谷川さん。おもてにこぼれていた血は、みんな消してしまいましたよ」

「それは、まことに、申しわけないことを……」

「なんの。あなたがお悪いのではありませんよ」

「身におぼえのないことで……」

「ははあ……」

このとき弥太郎は、侍たちの後をつけてたしかめた、西ヶ原の屋敷のことを吉十に打ち明け、

（あの屋敷がだれのものか、きいてみよう？）

と、おもったが、

（いや、別に急ぐこともない。この植木屋のあるじを、私は、まだよく知っていないのだから……）

すぐに、おもいとどまった。

「これから、どうなさいます？……ここに、おいでになるのはかまいませぬが、また今夜のよ

うに、あなたの身が危ないようなことになっては、と……」

と、吉十がいった。

「そのとおりです。この上の御迷惑を、おかけしてはならぬ」

「いえ、こっちのことはかまいませぬがね……」

むろん弥太郎は、明日にも、この小屋を出て行くつもりであった。

新しい棲家《すみか》は、五名の清右衛門がさがしてくれるであろう。

すると、吉十が、

「もし、この近くにいたほうがいい、と、おっしゃるなら、わしが、よい隠れ家を知っておりますがね。そこなら大丈夫だ。これから、あなたが出入りに気をおつけになればのことだが……」

と、いった。

「それは、どこに？」

「この近くですよ」

と、吉十が探るような眼の色になり、弥太郎を見つめた。

弥太郎も、いますこし、このあたりに住んでいたいと考えている。

そして、あの屋敷のことを、

(ぜひとも、探って見たい)

のである。

「近くと申されるのは？」

「谷川さんも、よく御存知の場所でございますよ」

「私が知っている……？」

「さようさ」

「どこです？」

「谷川さんが毎日、御飯を食べに行きなさるところですよ」

「釘ぬき屋……」

「そのとおり。あそこの裏側は、わしの地所でね」

「さようか……」

「それに、釘ぬき屋の亭主とは、古い知り合いでございますよ」

「それは、はじめてうかがいました」

「釘ぬき屋の裏に、こんもりとした木立がございましょう、あの中に、番小屋があります。いまは、だれも住んではおりませぬがね」

「そこへ、入れて下さる……？」

「おいやでなければね」

「かたじけない」

「では、そう決めますかね？」

「明日、外に用事もあるので、清右衛門どののところへまいらねばならぬが……」

「それは、ちょうどいい。三日ほどは五名の元締のところへ泊っておいでなさいまし。その間に、うまく隠れ家をこしらえておきましょうよ」

五名の清右衛門が、自分をあずけたほどの植木屋・吉十なのだから、ここは、

(まかせておこう)

と、弥太郎はおもった。

「では、よろしく、おねがいを……」

「引きうけました」

吉十の声は、たのもしくきこえた。

「しばらくは、釘ぬき屋の裏にいなすったがようございます。それで何事もない様子なら、いつなんどきでも、此処へおもどりなすったらいい」

「わかりました」

それにしても、植吉と釘ぬき屋とが古い知り合いだとは、おもいもかけぬことであった。

それというのも、これまでに、釘ぬき屋の亭主夫婦も、また、時折は岡持を提げて小屋へあらわれるおみちも、

(そのことには、すこしもふれなかった……)

からである。

「谷川さん。今夜は、ともかく、わしのところへお泊りなさいまし」

と、植木屋吉十は、煙草入れを取って立ちあがった。

翌朝、四ツ(午前十時)ごろに、弥太郎は(植吉)を出た。

昨夜は、植吉の母屋でねむった。

母屋は、大きなわら屋根の、がっしりとした造りで、むかしは、このあたりの名主の住居だったそうな。

「なんでも、権現さま（徳川家康）が、江戸へお入りになったころに建ったものらしい、と、きいておりますがね」

と、吉十がいった。

土間が二十坪もあって、大竈が据えつけてある。

使用人も、かなりいるらしいのだが、母屋の内はひっそりとしていた。

弥太郎は、奥の九畳の間へ案内された。

「ここなら大丈夫。ゆっくりとおやすみなさいまし」

吉十が去ったのち、おさくという老婆があらわれ、弥太郎の世話をしてくれた。

おさくは一言も口をきかぬ。

あとできくと、唖《おし》であった。

朝になって、弥太郎が植吉を出るとき、

「今朝は、此処で御飯をあがったのだから、釘ぬき屋へはお立ち寄りになりませんね？」

吉十が、念を押すようにいった。

「そのとおりです」

「そのほうがようございます。谷川さんが留守のうちに、わしのほうから釘ぬき屋へはなしを通しておきましょうよ」

「おねがいしましょう」

それで弥太郎は、釘ぬき屋の前を素通りすることにした。

〔釘ぬき屋〕の油障子は、閉ったままであった。

身を切るように冷たい風が吹いている。

この日、弥太郎は五名の清右衛門から、

「暮れ前に、河半へ来て下せえましよ」

と、いわれていた。

しかし、弥太郎は浅草・阿部川町の清右衛門の家を訪ねることにした。

もしも、植吉のあるじから念を押されていなかったら、釘ぬき屋へ立ち寄り、あの、西ヶ原の屋敷のことをきいていたろう。

本郷から上野山下《やました》へ出たとき、雪が落ちてきはじめた。

弥太郎は、植吉を出るときから編笠をかぶっている。

(今日は、清右衛門どのの手引きで、人を一人、斬らねばならぬやも知れぬ……)

谷川弥太郎なのである。

阿部川町へ着くまでに、弥太郎は尾行の者がいるかいないかを、じゅうぶんにたしかめた。

まわり道もしたし、足を速めて細道から細道をぬけもした。

こうして、清右衛門の家へ着くと、

「おや……ばかに早うござんしたね」

清右衛門は、まだ家にいた。

お浜は大よろこびで、

「お腹《なか》は空いていませんかえ？」

とか、

「寒いから、熱いのをつけましょうかね？」

とか、しきりに弥太郎をもてなしたがる。

「まあ、あとでいい」

と、五名の清右衛門が、お浜を制し、

「谷川さん。二階へ、ちょいと……」

立ちあがり、先へ、二階へあがって行った。

清右衛門は、きびしい顔つきになってい、それは、めったにお浜の前で見せたことがないものであった。

お浜は気をのまれ、いつものように、いさましいことばが出て来なかった。

火の気もない二階の部屋で向い合うと、すぐに清右衛門が、

「谷川さん……昨日、人をお殺《や》んなすったね」

断定的にいった。

さすがに、するどい。

弥太郎は、うなずいた。

「やはり、ね……」

「どうして、わかりました？」

「勘だけのことですよ」

「ふうむ……」

「だれを、お殺んなすった？」

「そのことだが……」

「どのことで？」

「私にも、わからないのです」

「わからない……？」

「急に、襲われた」

「植木屋の小屋をですかえ？」

「そうです」

と、弥太郎は、昨夜のことを語りはじめた。

すべて、つつみ隠さずにである。

そして曲者どもの後をつけ、あの西ヶ原の屋敷の潜門の中へ彼らが吸いこまれて行ったのを見たところまで語ると、

「ちょっと……」

清右衛門が手をあげて弥太郎を制し、一瞬、両眼を閉じ、何やら考えていたようだが、

「おや……」

小窓の障子を開けて見て、

「こりゃあ、だいぶんに降って来ましたぜ」

といった。

雪である。

風に吹きまくられ、舞い躍るように雪片が飛んでいた。

清右衛門は、窓の障子をしめた。

「そこのところを、もう一度、くわしく、はなしてみて下さい」

「そこのところ……？」

「その、屋敷のことを……」

「私は、だれの屋敷か、まだ知りません」

「いえ、その屋敷がある場所のことだ。染井の植木屋から、どの道を通って行ったのです？」

弥太郎は、くわしく語り直した。

弥太郎が語り終えたとき、五名の清右衛門は、何か、とまどったような……そして不安そうな、暗い表情を隠そうともしなかった。

（どうしたのか……？）

弥太郎の胸も、さわぎはじめる。

「ほんとうに、その屋敷へ、谷川さんを襲った侍たちが入って行ったのですね？」

「そのとおり」

「ふうむ……」

清右衛門は、せわしなく息を吸っては、吐いた。

それが弥太郎の目には、異様に見える。

かつて、清右衛門が見せたことのない乱れ方であった。

「どうかしたのかえ?」

階下で、お浜の声がした。

「いつまで、火もないところで何をしていなさるんだ?」

「火を持って来い」

と、清右衛門が、いい返した。

「何だって?」

「火を持って来いというのだ。早くしねえか、ばか!!」

「あいよ」

と、声がおとなしくなった。

すぐに、お浜が泥行火《どろあんか》へ火を入れ、運んで来た。

小さな泥行火だが、すぐに熱くなるし、この上へふとんを掛けてひざを入れると、なんともいえずに暖かい。

炬燵《こたつ》よりも、火力が強く感じられることは、この正月、この清右衛門の家に暮した弥太郎が、すでに承知していることだ。

お浜は、じろじろと二人の顔を見まわしてから、階下へ去った。

去るとき、だれにともなく、お浜が、

「雪が、ひどくなってきたよ」

と、いった。

「うるせえ婆あだ」

清右衛門が、しずかにいう。

「元締」

「え……？」

「どうしました？」

「その屋敷のことですがね」

「うむ……？」

「おそらく、その屋敷は、土岐丹波守《ときたんばのかみ》様の下屋敷にちげえねえ」

うめくような、清右衛門の声であった。

「土岐、丹波守……」

といえば、北国に十万石を領する譜代の大名である。

弥太郎も、江戸へ来てから、いろいろの書物を読んだ。過去のすべてを忘れてしまったのに、文字だけは忘れていないのが、ふしぎにおもえてならぬ。

したがって武鑑《ぶかん》も読んだ。〔武鑑〕は、幕府の諸役職から諸大名の姓名、本国、家系、知行高、居城から江戸藩邸の所在地、さらにおもな家臣の姓名までも記したもので、大小数種の書物が、発行されている。また、変動があるたびに、新しく刊行される。

土岐丹波守の名を、弥太郎は〔武鑑〕で見知っていた。

〔武鑑〕で見知ってはいても、それが弥太郎の過去の記憶とむすびついたわけではなかった。

（土岐……丹波守……？）

その土岐家の下屋敷へ消えた侍たちが、

(私の小屋を襲い、私を、ひそかに殺そうとした……)

のである。

これは、いったい何を意味するのか……?

「清右衛門どのは、このことを何とおもわれる?」

おのずから、谷川弥太郎の声もあらたまった。

清右衛門は、しばらくの間、こたえなかった。

行火のふとんへ、のしかかるような姿勢になり、清右衛門の眼は、向い合っている弥太郎の胸もとのあたりを凝視していた。

「清右衛門どの……」

「む……」

「あなたのおもうことを、きかせて下さい」

「谷川さん。わしは、ね……」

「いって下さい」

「やはり、土岐丹波守様と谷川さんとは、以前、何かの関わり合いがあったのではないかと、そう、おもいますよ」

押しころしたような、低い、つぶやきであった。

「やはり……」

「そうとしか、おもえねえ」

「すると、私は……」

「谷川さんは、前に、土岐様の家来衆から、いのちを狙われるような……そんなことが、あったにちげえねえ、と、わしはおもう」

今度は、弥太郎がだまりこんでしまった。

おどろきや、恐怖ではない。

（もし、それが本当ならば、ようやくに……）

忘れ果てていた自分の過去への糸口が、ほぐれかかってきたことになる。

その、烈しい昂奮《こうふん》が、却《かえ》って弥太郎を沈黙させてしまったのであろうか……。

清右衛門も、だまっている。

その様子も、異様だといえぬことはない。

弥太郎の過去を知る糸口を得たのなら、清右衛門は、もっと乗気になって、

「さっそく、土岐の下屋敷を手下の者に探らせましょう」

ほどのことは、いい出すはずなのである。

それが、深くしわを刻ませた顔を、むしろ暗く曇らせ、弥太郎と共に、だまりこんでしまった。

だが、いまの弥太郎は、そうした清右衛門を不可解におもう余裕とてなかった。

そのとき、ふたたび、お浜が二階へ顔を見せた。

「いつまで、何をしていなさるのだ。谷川さんは、お腹が空いているだろうに……」

たまりかねたようにいうお浜へ、先刻の様子から見て清右衛門が「うるさい」と、叱りつけるかとおもわれたが、

「いま、下りて行くよ」

意外に、しずかな口調で、

「お浜。酒の仕度をしておいてくれ」

と、いった。

「すぐに下りておいでよ」

お浜が去ってから、清右衛門が顔をあげ、弥太郎を見た。

弥太郎の視線は、空間にさ迷っている。

「谷川さん……もし、弥太郎さん」

「う……」

はっと清右衛門へ視線をとめ、弥太郎が夢からさめたようになった。

「清右衛門どの」

「先日、おねがいをした仕掛のことでございますがね」

と、清右衛門は、まったく別のことをいい出した。

(そうだ。そのことで、私は今日、清右衛門どのと会うことになっていた……)

のである。

それを、おもい出した。

「仕掛……そうでしたな」

「今夜でございます」

「む……」

「お気が、すすみませんかね？」

「いや……」

弥太郎は、強くかぶりを振った。

惑乱のおもいを断ち切るかのように、であった。

「わかっています」

きっぱりと、弥太郎がいった。

清右衛門が、わずかにうなずき、

「谷川さんも、どうやら一人前の仕掛人におなりなすったようだ」

このとき、清右衛門の乾いた唇へうすい笑いがうかんだようであった。

「まだ、ずいぶんと間があることですよ、谷川さん。下で、ゆっくりと熱いのをあがってから、この行火でぐっすりとおねむりなさるといい」

「はあ……」

「その、土岐さまの下屋敷のことでございますがね……今夜のことを終えてから、わしも、ゆっくりと考えてみましょうよ」

「おねがい、いたす」

「ようござんすとも」

こういったとき、五名の清右衛門は、いつもの彼にもどったようだ。

「さ、下へめえりましょう」

先に立ち、清右衛門は二階から下りて行った。

それでも、しばらくの間、谷川弥太郎は其処をうごかなかった。

酒をのみ、昼餉《ひるげ》をすました谷川弥太郎が、二階の部屋へあがって行くのを見送ってから、

「行ってくるよ」

五名の清右衛門は、お浜に、

「別に、どうということはあるめえが、二階に気をつけていてくれ」

といった。

「どうかしたんですかよ?」

「よけいなことは、きかなくてもいい」

「きいとかなくては、気のつけようがねえ」

と、お浜はふて腐れた。

清右衛門は鼻先で笑い、秘密の通路から家を出て行った。

二階の弥太郎は、物音ひとつたてなかった。

お浜は、たまりかね、八ツ半(午後三時)ごろ、そっと二階へあがって見た。

弥太郎は泥行火のふとんの中へ下半身を入れ、うつ伏せになっていた。

「もし……もし、谷川さん……」

低くよんでみたが、弥太郎のこたえはなかった。

(ねむっていなさる……)

と、おもい、お浜は階下へ去ったが、そのあとで弥太郎が、むっくりと半身を起した。

躰は疲れているのだが、目は冴《さ》えて、とうてい眠る気にはなれぬ。

それでいて弥太郎のこころは、自分でもふしぎなほど、落ちついていた。

弥太郎も、

（おそらく、あの屋敷……土岐丹波守の、私は家来だったにちがいない）

と、感じ出している。

いるが、しかし、その記憶は全くよみがえらぬ。

（私は、土岐家の人びとに、いのちをねらわれるような所業をしたのらしい。それで逃げた。逃げて、追われて、あの上越国境の山中で斬り合った……）

そして、昨夜も、土岐家の侍たちに襲われた……。

いずれにせよ、

（私の将来《ゆくて》には、もはや、のぞみもないようだ……）

と、いまこそ弥太郎は、おもい知った。

（こうなれば……）

しずかに、しずかに弥太郎の左手が、傍の辻村兼若の一刀を引き寄せた。

（この一刀よりほかに、もはや、私のたのみにするものはなくなったようだ……）

そのようなおもいが、ひしひしと胸にせまってくる。

そのおもいは、どうしようもないものであった。

昨日までは、失われた自分の過去を突きとめることにより、新しい人生が眼の前へひらけて来るような予感がしないでもなかった。

（これから、私はどうしたらよいのか……）

半場の助五郎が、清右衛門の家へやって来たのは、それから間もなくのことであった。

「谷川さんは、二階でござんすか？」

という助五郎へ、

「何の用だえ？」

「いえ、元締の伝言がございますんで……」

「おれが取り次ごう」

「いえ、そいつは……」

助五郎は閉口した。

お浜の強烈な男ことばにかかっては、歯がたたぬ。

「元締が、直《じか》に、谷川さんへつたえろ、とのことで……」

返事のかわりに、お浜は舌打ちをもってこたえた。

「ごめんなすって……」

助五郎はくびをすくめ、お浜のうしろをすりぬけ、二階へあがって行った。

「もし……」

弥太郎へ、よびかけた半場の助五郎が声をのんだ。

そのときのことを助五郎が（河半）へもどり、五名の清右衛門へ、こう告げている。

「そりゃあ、谷川さんの顔つきが同じでいて、同じではねえ。もともと、あのお人の顔色は、あまりよくはねえのですが……それにしても、へえ、何といったらいいのか……まるで、幽霊のように血の気がござんせんでしたよ。それでいて別にどうということもなく、落ちつきはらって、こっちを見てお笑いなすったが……その笑いの凄《すご》いのなんの、おもわず、こっちは……」

「おいおい、助五郎。大仰なことをいうな」

「いいえ、ほんとうのことなんで……」

と、いうわけだ。

助五郎は、谷川弥太郎へ、

「元締が申します。今夜は何処《どこ》へも出ずに、此処で、お待ち下さいますように、とのことで……」

「今夜、何処へも出ずに……」

「へい」

「よし、わかりました」

今夜の仕掛は、何かの事故で延びたらしいと、弥太郎には、すぐわかった。

「今夜は、もしやすると元締はお帰りにならねえとか……」

「さようか……」

「それで、ひとつ、階下《した》のあねさんを、よろしくおねがい申します」

「む。わかった」

「では、これで……」

「御苦労」

階下へ来て、助五郎が、

「元締は今夜、帰らねえかも……」

いいかけるのへ、お浜は、

「いちいち、ことわるにはおよばねえと、元締につたえろ」

と、切り返したものだ。

その夜、五名の清右衛門は、やはり帰宅しなかった。

翌朝になり、半場の助五郎が様子を見に来た。

お浜は、

「お帰り」

と、きめつけた。

「へ……いえ、その……」

「元締が様子を見て来い、と、いいなすったのだろう」

「さようで……」

「それも、おれがことじゃあねえ、谷川さんの様子を見て来い、と、いわれたのだろう」

「え……まあ……」

「谷川さんは、おれがあずかっている。心配をしねえがいい。さっさと帰れ」

「それは、どうも……」

助五郎は、這《ほ》う這うの体《てい》で帰って行った。

弥太郎が目ざめたのは、その後である。

昨夜は、ぐっすりとねむれた。

おぼろげながら、自分の過去が浮きあがりかけてきている。

それは明るいものではなく、白刃の閃きと血の匂いがたちこめたものであった。

だが、その過去を、

（知りたい!!）

と、おもう欲求は、さらに激しさを加えてきたようだ。

知ったところで、どうやら、希望が生まれそうにもない。

だから、ひたすらに知りたいという欲求が一種の本能と化して、弥太郎の肉体へ新しいちからをあたえたかのようにおもわれる。

知るためには、

（これしかないようだ……）

と、弥太郎は兼若の一刀を抜きはらって見た。

青白く、冷たく、深い光りを沈ませている刀身を、このときほど、

（こころ強い!!）

と、感じたことはなかった。

お浜は、二階から下りて来て、朝餉の膳に向った弥太郎の食欲におどろいた。

これほどに弥太郎が食欲を見せたことも、めずらしい。

食後の茶をのみながら、

「腹が空いていたので……」

と、弥太郎が、はにかんだように笑った。

こういうところが、お浜には、

(たまらない……)

のである。

(谷川さんは、ほんとうに純なところがあるお人だ)

お浜は弥太郎が、よく食べてくれるので、うれしかった。

(うめえのだか、うまくねえのだか、さっぱりわからねえ面《つら》をして箸をうごかしている元締より、膳ごしらえの仕甲斐《しがい》があろうというものだ)

であった。

そして、この夜も、清右衛門は帰って来なかった。

こうして谷川弥太郎は、二夜を清右衛門宅に泊した。

この間に、雪は降ったり熄《や》んだりしている。

その夜が明けたとき、雪は熄んでいた。

しかし、依然として、空は灰色の布をはりつめたように重く、暗く、曇っていて風が強かった。

五名の清右衛門が帰って来たのは、その日の昼すぎになってからである。

「谷川さんを、放っておいて、どこへ行っていなすった?」

すぐに、お浜が喰ってかかるのを、清右衛門は、じろりと白い眼で見やったのみだ。

すぐに、清右衛門は、弥太郎がいる二階へあがって行った。

弥太郎は、行火のふとんに、今日も埋もれている。

「もし……もし、谷川さん」

「あ……」

弥太郎は、まどろんでいたらしい。

清右衛門が部屋へ入って来て、傍へすわりこむまで、ねむりからさめなかった。

あれほどに勘がするどい弥太郎にしては、めずらしいことであった。

「お帰りか」

半身を起した弥太郎へ、しわの深い老顔をさし寄せて来た五名の清右衛門が、

「今夜、仕掛けていただきましょう」

と、ささやいた。

「今夜……」

今夜の五ツ（午後八時）ごろまでに、

「私が迎えにまいりますが……もし、来られないときは、半場の助五郎を迎えによこします。よろしゅうございますね？」

と、清右衛門は念を入れた。

「わかりました」

「それまでは、いつものように、ゆっくりと休んでいて下さいまし」

「うむ……」

「雪でも雨でも、今夜は仕掛けていただきますよ。そのつもりでいて下さいまし」

いい置いて、立ちあがった清右衛門は部屋を出て行きかけたが、

「もしやすると、一人ではすまねえかも知れませんが……かまいませぬかえ？」

「二人……？」

「いいえ、三人になるかも知れません」

「私ひとりで、三人……」

「さようで。ですがもし、助太刀が要るとおっしゃるなら、他に、いねえわけでもございませんがね」

「元締は、どちらがよいのです？」

「と、おっしゃるのは……？」

「いや、私ひとりで仕掛けたほうがよいのか、どうかということです」

「いうまでもねえことだ」

と、探るような眼つきで弥太郎を見まわしつつ、

「谷川さん一人で、やっていただければ、この上もねえことでございますよ」

「失敗《しくじ》って、私が討たれたときのことを、考えておいでか？」

今度は、清右衛門が、無言で、うなずいた。

そのうなずきは、何を意味しているのだろう……？

いうまでもなく、五名の清右衛門は、谷川弥太郎の剣の冴《さ》えを、じゅうぶんに見知っている。

それなのに、尚も、弥太郎の失敗を考えているというのは、今夜、仕掛ける相手が、非常に、

（手強《てごわ》い……）

ことになるではないか。

しかも、相手は三人に増える可能性がある。

もちろん、三人ならば、弥太郎へ支払う仕掛料も三倍になるわけだが、この場合は金高の有無は問題でない。

弥太郎は、

（金がほしくて……）

人を斬るのではないからだ。

おそらく、相手は武家と見てよいだろう。

「わかっておられるのなら、それでよい」

と、弥太郎はいった。

清右衛門も、それ以上のことは何もいわぬ。

「では谷川さん。いずれ、のちほど……」

かるく頭を下げ、清右衛門は部屋から出て行った。

下りて来た清右衛門は、

「行ってくるぜ」

と、お浜に、

「それから、夕飯のときに、谷川さんへ酒をのませてはいけねえ。いや、のめといっても、のむまいがね」

「ふうん……」

「わかっているな?」

「わからない」

「わからなければ、それでいい」

清右衛門は、秘密の通路から出て行った。

両国の〔河半〕へもどるつもりらしかった。

清右衛門が出て行ってから間もなく、またしても雪が降りはじめた。

お浜は、そっと二階へあがって見た。

夕飯の惣菜《そうざい》について、

「何か、食べたいものがありますかえ?」

と、弥太郎に尋《き》いて見た。

「なんでも、結構です」

「いってみて、おくんなさいよ」

「おもいつかぬ……」

こういって弥太郎が、うすく笑った。

「これから、ねむります。夕方に起して下さい」

「また、降って来ましたよ。風邪をひかないようにね」

「ありがとう」

ちょうど、そのころ、雲津の弥平次は、左衛門河岸の船宿〔よしのや〕を出た。

あれから弥平次は、

（すぐにも、五郎山の伴助を殺《や》る）

つもりでいた。

ところが、当日の朝になって巣鴨・追分の笠屋へ案内をするはずの倉沢の与平が激しい下痢におそわれた。

「こ、こんなときに、申しわけがありません」

よしのやの奥の小部屋に寝たっきりになって、与平は、苦しみながらも、しきりにわびた。

「小頭。こんなことは、いままでになかったことで……」

「なあに、かまわねえよ。お前の躰《からだ》がよくなってからでいいのだ。別に事急ぎをしているわけではねえ」

「すみません」

「ゆっくり、やすんでくれ」

近くの町医者に診せたところ、さほどの重態ではない、ということだ。

寒い日々を巣鴨へ行き、笠屋を探るために居酒屋の〔山市〕で、ずいぶんと酒をのんだりしたのが祟《たた》ったのであろうか……。

この日。

弥平次は、まだ病床についている与平へ、

「しばらく、隠れ家へ帰っていないから、ちょいと行って来る。明日の昼すぎにはもどって来るよ」

と、いいおき、よしのやを出たのであった。

今日の弥平次は、旅僧の姿ではない。

あたまは坊主頭だけれども、よしのやの亭主・徳次郎老人がととのえてくれた町人ふうの衣類を身につけ、あたまへは頭巾をかぶり、裾を端折って紺の股引《ももひき》に下駄。傘をさして出て行った。

〔よしのや〕の出入りには、じゅうぶんに、

(気をつけなくてはいけない)

のである。

いつ、どこから、五郎山の伴助や土原の新兵衛がさし向けた仕掛人の眼が、

(おれや与平を見ているかも知れねえ)

からであった。

弥平次は〔よしのや〕を出るときまでは、与平や徳次郎にいいおいたとおり、

(家に待っているおしまの顔が見たくなった……おしまも、さぞ、心配していることだろう)

と、渋江村の隠れ家へ一夜、泊って来るつもりだったのである。

だが、よしのやを出て、風に吹き飛んでいる雪の路上を歩みはじめた瞬間に、

(む……)

弥平次の脳裡《のうり》に、ひらめいたものがあった。

それは、雲津の弥平次の勘ばたらきというもので、

(これから、五郎山の伴助を殺りに行こう。何だか、うまく行きそうな気がする)

と、直感したのであった。

理屈ではない。

このような雪の日なら、おそらく伴助が、

（その隠れ家に引きこもっているにちがいない）

それもあったろう。

もっともそれは、笠屋に伴助が住んでいるならば、であるが……。

むろん、弥平次は、

（おれ一人でいい）

と、おもったのだ。

巣鴨・追分の笠屋については、倉沢の与平が、くわしい絵図面を書いてくれたし、中へ入って見たわけではないけれども、笠屋の内の間取りも、

（およそ、つかめている）

のだ。

「かえって、おれ一人のほうがいい……」

ような気もする。

倉沢の与平は、これまでに何度も、笠屋のまわりへ出没していることだし、

（もしやすると、伴助に気取られているかも……？）

知れないのである。

（よし!!）

と、弥平次はふところへ右手を入れ、奥深くへ忍ばせてある短刀《あいくち》を、つかんでみた。

その感触が、

(いいぞ……)

弥平次の直感を自信に変えた。

雲津の弥平次ほどの盗賊になると、思考や決断が頭脳だけではたらくのではなく、躰全体の感能や生理と密接にむすびついている。

これは、野や森の中に棲《す》む動物たちとおなじようにするどく、ほとんど狂ったことがない、といえよう。

弥平次は、雪の中を何処へともなく消えて行った。

晴れている日ならば、まだ空もあかるく、人通りも多い町すじに、ほとんど人影が絶えている。

現代とちがって、雪や雨にくずれた泥濘《ぬかるみ》の道は、江戸や大坂のような大都会においても、想像がつかぬほどにひどくなってしまう。

よほどの用事がないかぎり、人びとは外出をせぬ。

そして、夕暮れが来た。

五名の清右衛門の家では……。

谷川弥太郎が、黙念と夕餉《ゆうげ》の膳についた。

「今夜、お出かけですかえ?」

と、お浜。

「たぶん……」

「元締の用事で？」

「と、いうことになりましょう」

何かいいかけたお浜が、口をつぐんだ。

お浜も、うすうすは気づいていた。

五名の清右衛門の稼業《かぎょう》が、どのようなものか、それは、じゅうぶんに心得ているだけに、

（どうやら今夜、谷川さんは仕掛をしなさるらしい……）

と、お浜は直感している。

それにしても、ここ二日ほどの谷川弥太郎は、さすがのお浜も近づきがたいものを、ただよわせていた。

（恐ろしい……）

とさえ、おもう。

青白いというよりも、真珠色に光沢を沈ませた若い弥太郎の顔は、この正月に見たときよりも、むしろ、お浜には生き生きとして見えるほどだ。

それがまた、なんとなく気味がわるいのである。

切長の両眼の光りが凝っていて、口のききようが、重おもしい。

以前の弥太郎の、たよりなげな、さびしそうな口調ではない。

（谷川さんは、お変りなすった。どんなことがあったのか知らないが……）

なのである。

夕飯を終えると、また、弥太郎は二階へあがって行った。

お浜は落ちつかなかった。

(よせばいいのに……)

と、怒っていた。

(なんで元締は、谷川さんのような人に、仕掛をさせるのだ……)

その怒りである。

(いざとなったら、元締は、どんなことでもしてのける人だから……)

尚更《なおさら》に、弥太郎のことが案じられるのだ。

長年つれそって来ていて、お浜は清右衛門の肚《はら》の内が、

(どうしても、わからなくなる……)

ことがある。

そもそも、品川で女郎をしていた自分を手もとへ引きとり、女房にしてくれた、ということすらも、いまだに、すっきりとのみこめない。

女として、

(可愛がってくれたことなど、一度も、おぼえがない)

のであった。

それは、躰を抱かなかったという意味ではない。

若いころ、清右衛門の腕に抱かれていても、お浜は突然、肌身が寒くなることがあった。

清右衛門という男の中に潜んでいる底知れぬ冷たさを感じるからであった。

それは、たがいに肌身を温《ぬく》め合うことがなくなり、年をとった現在でも消えてはいない。

五ツごろ、半場の助五郎が、秘密の通路をぬけて、清右衛門の家へあらわれた。

助五郎は、裏手の戸を叩き、

「おかみさん、おかみさん……」

と、よんだ。

お浜が台所へ出て来た。

「助五郎かえ?」

「へい。元締の使いで、谷川さんをお迎えにめえりました」

「そうかえ……」

「ここへ、およびなすって下さい」

「わかったよ」

二階へあがって来て、

「谷川さん。元締の迎えが来たんですがね」

と、お浜がいうのへ、

「さようか」

すでに弥太郎は身仕度をととのえていた。

お浜は、こころみに、

「何処へ行きなさるんで?」

尋いてみたが、

「わかりません」

弥太郎のこたえは、まことに、あっさりとしたものだ。

お浜とすれちがい、弥太郎は先に下りて行く。

谷川弥太郎と半場の助五郎が裏手から出て行くとき、お浜は、たまりかねたように、

「助五郎。谷川さんをたのむよ」

と、声をかけていた。

うなずいた助五郎の顔が闇の中で、緊張に強張《こわば》っているのを、お浜は知った。

「谷川さん。こちらです」

先へ立つ助五郎について行きながら、弥太郎は瞠目《どうもく》した。

この秘密の通路を、弥太郎は、今夜はじめて知ったのである。

(なるほど。これだけの用心をしていたのか、清右衛門どのは……)

であった。

弥太郎は、かねて清右衛門が指示し、二階の戸棚の中へ入れておいてくれた衣類を身につけていた。

黒っぽい木綿筒袖の着物の下に股引をはき、足袋に下駄。饅頭笠《まんじゆうがさ》をかぶり、合羽を着た。刀は辻村兼若の大刀のみを腰に帯びている。

助五郎も、弥太郎同様の身仕度で、これは刀無しであった。

彼は、そのかわり妙なものを腰に下げている。それは、ひとにぎりほどの革袋であって、そのくせ、中身はかなりの重味をもっているらしい。

もっとも、それは助五郎の合羽の下に隠れていたので、弥太郎は気づいていない。

清右衛門の家の風呂場の外に、法成寺との境の板塀がある。

助五郎が、塀の下に隠れている桟を外すと、塀の一部が口を開けた。

向うへぬけて、塀の隠し戸を閉め、桟を掛ける。

「さ、こちらへ……」

助五郎は細い通路を先に立ち、寺男の家の裏口へ立った。

裏口の戸を叩くと、内側から開いた。

寺男の伝造が、うなずいて見せ、二人を中へ入れた。

「ここで、ちょっと、待っていておくんなさいまし」

と、いい、助五郎が部屋を突っ切り、今度は表の戸を開け、外へ出て行った。

四十男の伝造は独り者である。

「おあがりなさいまし」

と、弥太郎にいった。

弥太郎が下駄をぬぎ、部屋へあがると、その下駄を伝造が取りあげ、表口のせまい土間へ持って行く。

それから、熱い渋茶を出してくれた。

弥太郎は無言である。饅頭笠をかぶったままだ。

間もなく、半場の助五郎がもどって来た。

「さ、ようござんす」

「む」

二人が出て行くとき、伝造が助五郎へ、

「今夜は積りそうだ。お気をつけなせえ」

ささやいた。

「ありがとうよ」

助五郎は神妙にこたえる。

雪が闇の中に乱れ飛んでいる。

強い風であった。

助五郎は風除《かぜよ》けをつけた提灯《ちょうちん》を持ち、法成寺の墓地へ入りこみ、惣門《そうもん》へ向った。

惣門についている潜門《くぐりもん》から二人が出たとき、門の扉が内側から音もなく閉った。

いつの間にか、寺男の伝造が後からついて来ていたのである。

新寺町の大通りを北へ、二人が突切って行くときも、人影ひとつ見えなかった。

「こちらでござんす」

助五郎は、本蔵寺と東国寺の間の道を北へ切れこんだ。

このあたりは、びっしりと大小の寺院がたちならび、その間に、武家屋敷が、ひとかたまりずつ在った。

助五郎は、どこまでも北へすすんで行った。

このとき弥太郎が、

「元締は？」

と、尋いた。

「へえ……」

すこしの間、だまっていてから助五郎が、

「待っておいでなせえます」

「河半に、ではないようだな」

「さようで……」

いいさした助五郎が、がらりと口調を変え、

「お寒くはございませんか？」

と、いったものだ。

海禅寺と曽源寺の間の道を突きぬけると、日中なら前面には、ひろびろと入谷《いりや》田圃《たんぼ》が見わたせるはずであった。

木立と田地を吹きぬけて来る風は、いよいよ強く烈しい。

助五郎は、田圃道を左へ曲って行った。

突き当りに、こんもりとした木立がある。

その中へ、助五郎は入って行った。

「早かったな」

木立の闇の底で、五名の清右衛門の声がした。

清右衛門も、弥太郎・助五郎と同じような身仕度をしていた。

「谷川さん。ようございますね」

と、清右衛門は念を入れてきた。

弥太郎が、うなずいた。

「やはり、仕掛ける的は三人になりましたよ」

弥太郎が、うなずく。

「お一人で、やって下さいますかえ？」

うなずいた弥太郎が、合羽をぬいだ。

「こちらへ……」

と、清右衛門が弥太郎を誘《いざ》なった。

木立の中を行き、木立が切れた。

細い道の向うに、土塀が見えた。

屋敷である。民家とはおもえぬが、旗本屋敷でもなく大名の下屋敷でもないようだ。

「ここですよ」

と、清右衛門がいった。

「ここ、とは……？」

「その道へ、仕掛ける的が三つ、出て来ます」

「ふうむ……」

「三人とも、さむらいで……しかも手強い」

「いつごろ……？」

「さて……間もなくかとおもいますが……明け方になるかも知れねえ。それは相手しだい。いずれにしろ、私たちは、この木立の中で待っていなくちゃあなりません」

そういった清右衛門が、

「助五郎……」

よびかけて、眴《めくば》せをした。

半場の助五郎は道へ出ると、土塀に沿って何処かへ去った。

「谷川さん。今朝、河半のほうへ、染井の植吉から使いが見えましてね。今夜の仕掛をしたら、そのまま、まっすぐに、上富士前町の釘ぬき屋とかいう飯屋へ行き、裏の戸を叩いてくれれば、万事、うまくゆくようにしてあると、いってきました。その飯屋を、あなたは知っているとか……」

清右衛門のささやきに、弥太郎は「知っています」と、こたえた。

「お帰りなさるときの仕度は、してありますから、安心をしていて下さいまし」

清右衛門は、そういってから、

「私も助五郎も、お手つだいはいたしませぬよ」

念を入れてきたものである。

弥太郎は、うなずいた。

木立の外に風が鳴っている。

道には、いちめんに雪が飛んでいて、それが木立の中へ吹きこんできた。

それから、どれほどの時間がたったろう。

弥太郎は木の幹に寄りかかって立ち、清右衛門は、しゃがみこんでいた。

「冷えて、かなわねえ」

と清右衛門が、つぶやいた。

「元締。家へ帰ったらいかがだ。躰に毒ですよ」

「谷川さん……」

何か、おどろいたように清右衛門が弥太郎を見上げた。何かいいかけて、後のことばが出ないらしい。

「それとも、この仕掛は、どうしても元締が、その眼で見とどけなくてはいけないのですか？」

「む……」

「そうらしいな」

「なにしろ、仕掛の金が大きいのでね。もし、相手が三人ならば、谷川さんのほうへも、それだけのことを……」

「どちらでも、よいことだ」

「谷川さん」

「なんです？」

「この仕掛が終ったら、当分は、めんどうなことをお願いしねえつもりですよ」

そういった清右衛門の口調が、妙に、しみじみとしたものに変っていた。

「もし、もし……」

と、木立の外で声がしたのは、このときである。

半場の助五郎が駆けもどって来ていた。

「いま此処《ここ》へやって来ます。三人でござんす」

助五郎は木立へ飛びこんで来て、清右衛門と弥太郎へ告げるや、ぱっと身をひるがえし、またも外の道へ出て行った。

すぐに、助五郎の姿は見えなくなった。

谷川弥太郎は饅頭笠を除《と》り、下駄をぬぎ捨て、兼若の大刀を抜きはらい、道に面した木蔭へ立った。

土塀の曲り角から、提灯の灯りが三つ、烈しい雪の中を、こちらへ近寄って来る。

弥太郎の心身は、水のごとく澄みきって、一点の邪念も起らなかった。

われながら、こうしたときの自分の平静さが、ふしぎにおもわれてならぬほどだ。

そろりと、弥太郎の躰がうごいた。

つぎの瞬間……。

猛然と、谷川弥太郎は木立から道へ躍り出していた。

だれの声か、

「あっ……」

と、叫んだ。

乱れ飛ぶ雪の中に四つの躰が、まるで、ぶつかり合うようにゆれうごき、それが、ぱっとはなれたとき、一つの人影が声もなく路上へ倒れ伏した。

弥太郎ではない。

弥太郎は大刀を下段にかまえて立っている。

残る二人も傘を投げ捨て、抜刀していた。

「何者だ!!」

一人が、するどく誰何《すいか》した。

むろん、弥太郎はこたえぬ。

「油断するな」

その侍が、後の一人に声をかけた。

後の一人がうなずき、あたりに目をくばる。

それは、谷川弥太郎の奇襲に対して、この二人が、まだ充分に余裕をもっていることをしめしている。

とっさのことで、はじめはおどろいたろうが、彼らはすぐさま抜き合せ、一人を斬って捨てた弥太郎がつけこむ隙をあたえていない。

(む…できる)

と、弥太郎は感じた。

約二間の間合いを置いて相手を見つめているわけだが、雪と闇で、二人の相手の顔はさだかでない。

落ちた三つの提灯のうち、二つの灯りは消えたが、残る一つが、弥太郎の背後でめらめらと燃えあがった。

それでも、相手の顔は、よくわからぬ。

わかっているのは、正眼に構えた前の侍の腕前が、

（なみなみではない……）

ことのみであった。

後方の侍は、刀を提げたままでいる。

せまい道のことで、もしも二人の侍が同時に弥太郎へ攻めかかるとしたら、一人は木立へふみこんで迂回《うかい》し、弥太郎の背後へまわりこまねばならぬ。

「よいか？」

と、後のが前の侍に声をかけた。

落ちついている。

前のも、

「大丈夫」

と、こたえた。

そして、正眼の刀をぱっと上段にかまえ直した。

その振りかぶった刀の下へ、谷川弥太郎が兼若の一刀を下段にかまえたままの姿勢で、するするとつけこんで行った。

当然、前の侍の大刀は風を巻いて弥太郎の頭上へ打ちこまれた。

刃《やいば》と刃が嚙《か》み合う凄《すさ》まじい音がきこえた。

打ちこまれた一刀を、弥太郎の刀が下からはねあげたのである。

「う……」

飛び退る侍の胴を弥太郎が薙《な》ぎはらった。

びゅっ……と、弥太郎の一刀は闇を切り裂いたのみだ。

うしろの侍が木立へふみこみ、弥太郎の側面から、

「うぬ!!」

刀を突き入れて来た。

谷川弥太郎の躰が、くるりとまわった。

突きをかわされた侍が道へ飛び出し、

「曲者《くせもの》。名乗れ!」

叱咤《しった》しつつ、弥太郎の背後へまわった。

「むう……」

と、微《かす》かに弥太郎はうなった。

土塀を背にして、彼は、いまや不利な体勢とならざるを得ない。

背を屈《かが》め気味にして、弥太郎は大刀を小脇へ側《そば》めるように構えた。

ふしぎな構えであった。

「や……?」

これを見て、弥太郎の背後へまわった侍が、不審の声を発したようである。

同時に……。

弥太郎は、身をひねりざま、前方の侍へ切りこんでいた。

ななめに身を倒すような姿で、見方によっては、何かよろめいているようなかたちで肉薄し、

「鋭《えい》!!」

はじめて気合声を発して、弥太郎が突きを入れた。

「ぬ!!」

打ちはらった侍の一刀は空を切った。

突いた刀を引いて、その刀が弥太郎の頭上で一回転するや、うなりを生じて相手の頭上へ打ちこまれた。

「あっ……」

かわしたが、かわしきれなかった。

侍は横びんを切り裂かれ、足もとを乱した。

背後の侍が、これを救わんとして、弥太郎の背中へ刀を打ちこもうとうごきかけた。

そこへ……。

何か鋭い音が、つづけざまに起った。

短く笛が鳴ったような……そんな音がきこえたとおもったら、

「わあっ……」

弥太郎の背後から襲いかかろうとした侍が左手に顔を押え、ぐらりとよろめいた。

谷川弥太郎が、背後の侍へ片手なぐりの一刀を浴びせかけておいて、それには見向きもせず、横びんを切られた侍へ襲いかかった。

「あっ……あああっ……」

もはや、悲鳴に近い。

息をつく間もない弥太郎の攻撃であった。

いったん乱れた体勢を立て直す間がなかった。

侍の刀が音をたてて道へ放り出された。

侍は、くびすじの急所を、弥太郎に深く切り割られ、くずれ折れるように伏し倒れている。

すべては一瞬のことだ。

振り向きざま、弥太郎が背後の侍へ立ち向った。

侍は、何か、しきりにわめきつつ、大刀を振りまわしている。

それが、当初の自信ありげな様子とは、まったく別人のように見えた。

(…………?)

不審におもったが、ためらっている場合ではない。

容赦なく、弥太郎がつけ入って必殺の一刀を送りこんだ。

「うぬ!!」

怒気を発し、侍が必死で刀を揮《ふる》い、弥太郎の刃《やいば》を打ちはらった。

細い弥太郎の躰が、侍とぶつかり合うようにしてもつれた。

二人の躰が入れかわり、二合、三合と打ち合ったかとおもうと、そのまま刀身を合わせ、鍔《つば》迫《ぜり》となる。

「おのれ、おのれ!!」

弥太郎と刃を合わせ、押し合っている侍の顔が、すぐ目の前だ。

侍の顔は、血みどろになってい、目鼻立ちもわからぬほどであった。

弥太郎が切った傷ではない。

だが、弥太郎はそれと気づく余裕もなかった。

重傷をうけていながらも、侍のちからは物凄《ものすご》い。

刀身をぐいぐいと押しつけ、これを受けとめている弥太郎の刀の鍔が、まるで割れてしまいそうにおもえた。

もとより弥太郎は、非力である。

剣技はすばらしいが、強力《ごうりき》のもちぬしではない。

ところが、手負いの侍の腕力はおどろくべきもので、

「うぬ。この……きさま、よくも……」

と、侍は猛烈に、弥太郎を押しまくり、弥太郎は土塀へ背中を押しつけられてしまった。

（もう、いかぬ。これまでか……）

弥太郎は観念した。

そのときだ。

うめくように、侍が、

「笹尾《ささお》……平三郎……きさま、よくも……」

と、いった。

弥太郎は、ぎょっとした。

（笹尾平三郎……とは、私の名か……？）

それなら、侍は弥太郎の過去を知っているわけであった。

(たしかに、この男は、私を知っている……)
顔と顔が擦《ふ》れ合うほどに接近し、刀身を合わせているのだ。
(知っている。この男は、私の顔を見知っている……)
だが、弥太郎は声を発することもできぬ。
呼吸は切迫し、全身のちからがぬけて行くようだ。
(だめだ、もう……)
ちからなく、弥太郎は両眼を閉じた。
相手の刃《やいば》が、自分の肩へざっくりと喰い込むことを覚悟してのことであったが……。
急に……。
弥太郎を圧倒していた侍のちからが消えた。
同時に、絶叫が起った。
弥太郎は前のめりに、ふらふらと道へ倒れた。
侍が急に倒れたものだから、ちからがぬけて弥太郎がのめったのである。
「旦那……」
叫んだ声は、半場の助五郎のものであった。
助五郎は弥太郎の腕をつかんで引き起し、
「大丈夫です。相手は殺《や》っつけましたぜ」
といった。
「う……」

「ごらんなせえまし」

見ると、うつ伏せに倒れた侍の背へ、短刀《あいくち》が深ぶかと突き立っていた。

「さ、早く……早く、旦那……」

弥太郎の腋《わき》の下へ腕をさしこみ、助五郎が力強く、木立の中へ引っ張って行きながら、

「よく、おやんなさいました」

と、いった。

木立の中には、五名の清右衛門が待っていた。

「よかった、よかった……」

さすがに、清右衛門の声がはずんでいる。

「おやんなすったね、谷川さん。よく、やってのけておくんなすった」

「う……」

わずかに、弥太郎はうなずいたのみである。ひとりでは立っていられぬほどに疲労が激しい。

それからしばらく後のことだが……。

雲津の弥平次は、巣鴨・追分の笠屋の裏手にあらわれていた。

〔よしのや〕を出て来たときのままの姿である。

街道沿いの家々は、いずれも戸をおろし、寝しずまっていたが、只一軒、笠屋の南どなりの居酒屋〔山市〕の油障子のみには、灯がにじんでいた。

雪は、ふりしきっている。

風はいくらか弱まったようだ。

こうした夜の、こうした場所の居酒屋は、かえって繁昌をするのである。

近辺に散在する大名の下屋敷の中間《ちゅうげん》、小者が、寒さをまぎらわそうと酒をのみに来るのであった。

いまも十人ほどの、そうした連中が〔山市〕で酒をのんでいるようだ。

雲津の弥平次は、あれからいままで、どこで時間をつぶしていたのか、それは知らぬが、倉沢の与平からきいた居酒屋〔山市〕の前を通ったとき、

(あ、これだな)

と、おもいはしても、中へ入ろうとはしなかった。

街道沿いも寝しずまっているが、裏手へまわると、あたりは、ほとんど木立と田畑がつらなってい、山市の店でのんでいる連中の声さえもきこえぬ。

五郎山の伴助の妾《めかけ》・おふさがやっている笠屋の真後ろは、寺の墓地になっていた。

笠屋の、表からも裏からも灯りは洩れていない。

弥平次は、裏の戸口へ身を寄せた。

傘をすぼめ、ゆっくりと戸口の傍《そば》へ立てかけた。

坊主あたまへ頭巾をかぶってはいるが、別に顔を布でおおうこともしなかった。

それから弥平次は羽織をぬぎ、これを軒下の釘《くぎ》へ掛けた。

それから、ふところの短刀《あいくち》を引きぬき、戸口へ屈みこんで、何かやりはじめた。

それも、ごく短い間のことだったし、弥平次は物音ひとつたてぬ。

立ちあがった弥平次が雪下駄をぬぎ捨て、これを、立てかけておいた傘の下へ、きちんとそ

ろえて置いた。

戸に手をかける。

すーっと、戸が開いた。

どこをどうしたものか、弥平次は短刀の刃先ひとつで、戸締りの仕掛を外してしまったのだ。

細く開いた戸の中へ、するりと弥平次の躰が消えた。

そして、また、戸が閉った。

台所の土間に立ったまま、雲津の弥平次は、しばらくうごかなかった。

屋内の闇に眼を慣らすのと、自分の侵入を、

（だれかに気づかれたか、どうか……？）

を、たしかめるためであった。

弥平次の感応は、しだいに、研ぎ澄まされてゆく。

台所の向うに部屋があり、障子ごしに、軽いいびきがもれてきている。

おそらく、これは倉沢の与平がいった小僧のものであろう。

同じ部屋に、手つだいの老婆もねむっている、と見てよい。

土間をあがった板敷きの右手に、二階への段梯子《だんばしご》が掛かっている。

これは、気をつけぬといけない。

いかに身の軽い者でも、これをのぼると、かならず軋《きし》むものだ。

段梯子の下まで来て、弥平次は、しばらく考えていた。

段梯子の上の、二階の部屋からも、これは、かなり大きいいびき声がきこえてきた。

その、いびき声を耳にした瞬間、弥平次のこころは決まった。

弥平次はうなずき、短刀をつかんだ右手へ手ぬぐいを巻きつけ、上をにらんだ。

つぎの瞬間……。

闇の中で、幅のせまい段梯子を雲津の弥平次が、矢のように駆けあがった。

「だれだ……？」

いびき声が熄《や》んで、男の声がきこえたのと同時に、弥平次は板戸を蹴倒《けたお》して二階の部屋へ躍りこんでいた。

板戸にも二ヵ所、桟が掛けてあったのだが、弥平次は凄まじい勢いで戸を蹴破ったのである。

物凄い音がした。

「ああっ……」

おおいをかけた行灯《あんどん》の、淡い灯影《ほかげ》に、ふとんをはねのけて半身を起した男の姿が見えた。

「て、てめえ。雲津の……」

叫んで、枕もとの脇差へ手をのばした男の躰へ、弥平次は狼《おおかみ》のように飛びかかった。

「きゃあっ……」

と、女の悲鳴がきこえたのと、男の絶叫が起ったのは、同時であった。

男は、まさに、五郎山の伴助であった。

弥平次の細い躰が、伴助の肥体へめり込んだように見え、物もいわずに弥平次は二度、三度と短刀を伴助の躰へ突き入れておいてから、ぱっとはね退いた。

伴助に添い寝をしていた女……おふさの、たまぎるような悲鳴が、またきこえたとき、早くも弥平次は段梯子を駆け下りていた。

瞬時のことだが……。

物凄い絶叫と悲鳴をきき、階下でねむりこんでいた小僧と老婆が板の間へ飛び出したのと、雲津の弥平次が段梯子を駆け下りて来たのとが同時であった。

「うわ……」

「ど、ど、泥棒……」

と、小僧も老婆も、腰をぬかしてしまったようだ。

ものもいわずに、弥平次は裏手へ飛び出した。

立てかけてあった傘と、羽織も下駄も落ちついて手に取り、

「あっという間に……」

細い道をへだてた向う側の墓地へ走りこんだ。

その、すぐ後で、居酒屋の〔山市〕からも、近所の家からも、

「どうしたのだ、笠屋さん……」

「火事か？」

「泥棒か……？」

人びとが、さわぎながら道へあらわれた。

もう、弥平次は何処にも見えなかった。

五郎山の伴助は、急所を三カ所も突き刺され、即死していた。

妾のおふさは、無傷であったが、近所の人びとに介抱されるまで、気をうしなっていたので

ある。

「こ、これは、大変なことだ」

人びとは、息をのんだ。

いっぽう、雲津の弥平次は墓地を駆けぬけると、畑道を南へぬけ、武家屋敷がならぶ巣鴨原町へ出た。

いつの間にか、弥平次は返り血のついた着物を裏返しに着ていた。この着物は裏表とも着られるように仕立ててあるのだ。それから羽織を着て、ふところに用意しておいた新しい足袋にはき替えた。

下駄をはき、傘をさし、畳み提灯に灯りを入れ、弥平次は悠々と歩いている。

そして弥平次は、まわり道をしながら、松平時之助・下屋敷の土塀に沿って東へぬけ、上富士前町の通りへあらわれた。

あたりは、寝しずまっている。

風は、ほとんど絶えていたが、雪は霏々《ひひ》として降りつづいていた。

飯屋の〔釘ぬき屋〕も、疾《とっく》に戸をおろしていた。

(や……)

釘ぬき屋の前を行きすぎたとき、弥平次が、はっと立ちどまった。

(だれか、来る……)

弥平次は、とっさに提灯の灯りを吹き消し、松平屋敷・南面の土塀へぴたりと身を寄せた。

闇の、雪の中から提灯もつけぬ人影が一つ、道へ浮き出して来た。

弥平次は呼吸をつめ、ひっそりと其処《そこ》にたたずんでいる。

弥平次は、土塀の裾へうずくまった。

人影が近寄って来る。

男である。

侍であった。

（あっ……）

と、おもった。

（谷川……弥太郎さんではないか……）

であった。

するどい弥平次の眼は、すでに闇になれきっていた。

侍は、飯屋〔釘ぬき屋〕と、右どなりの民家（この家は商売をしていないらしい）の間の路地へ入って行く。

弥平次は、しずかに土塀から離れた。

侍は、まさに谷川弥太郎であった。

あれから、五名の清右衛門は、

「助五郎、たのむぜ」

と、弥太郎を半場の助五郎へ托《たく》し、

「谷川さん。わしのほうから連絡《つなぎ》をつけます。それまでは凝《じっ》と、隠れていておくんなさい」

「わかりました」

「では、助五郎。急げ」

木立を西へ駆け抜けたところで、

「さ、こうおいでなせえまし」

助五郎が、弥太郎の腕をつかんで走り出した。

清右衛門は、二人を見送ってから、何処へともなく姿を消した。

この夜、清右衛門は阿部川町の自宅へ帰らなかった。

助五郎は、入谷田圃をぬけて、金杉上町・裏にある安楽寺の西側にある空地へ入って行った。

塀がめぐっていて、門もある。その門の扉を押すと、すぐに開いたが、中には家が建っていない。

庭の名残りらしい石組も残ってい、いろいろな木も植えてあったが、家は火事にでもあって焼けてしまったのだろうか。

その空地に……。

町駕籠《かご》が待っていたのである。

二人の駕籠舁《か》きは屈強の男と見えた。

「おい、たのむぜ」

助五郎の声に、

「合点です」

弥太郎を駕籠の中へ押しこむと、すぐに駕籠が浮きあがった。

それから駕籠は、根岸から谷中をぬけ、千駄木《せんだぎ》の坂をのぼりきって本郷・肴《さかな》町の通りへ出た。

すなわち駒込から本郷へわたる大通りで、弥太郎が染井の植木屋から五名の清右衛門のところへ来るときは、いつも、この通りを往復している。

半場の助五郎は、谷中あたりまで駕籠について来てくれたらしい。

「もう大丈夫でござんす。それじゃあ、あっしはこれで、ごめんをこうむります」

と、駕籠の外から弥太郎へ声をかけ、助五郎は別れて行った。

弥太郎が駕籠を出たのは、松平家の下屋敷の塀が左手に見えたときだ。

提灯で、その土塀を見た駕籠舁きが、

「旦那。この御屋敷で？」

と、駕籠の垂れをあげてくれた。

「む。ここでよい。提灯はいらぬ」

「さようで」

「帰って下さい。もう、大丈夫」

「では、ごめんを……」

駕籠は引き返して行った。

雪の夜ふけに、これだけの仕事をするのだから、

(常《なみ》の駕籠舁きではあるまい)

なのである。

五名の清右衛門からも、彼らに、たっぷりと金が出ているにちがいない。

今夜の仕掛については、清右衛門も、弥太郎へ、

「いのちがけで仕掛けておくんなさい」

といったが、事が終れば、これだけの用意をして、

（私の身の安全をはかってくれた……）

ことが、弥太郎にもよくわかった。

それに、もう一つ。

最後の敵に圧倒され、

（もう、これまでだ）

と、弥太郎が観念しかけたとき、半場の助五郎が敵の背後から襲いかかり、短刀《あいくち》で刺殺してくれた。

それも清右衛門が、計っていたことに相違ない。

弥太郎にも、

（仕掛けるのは自分一人だ）

と、おもわせておき、実行させる。

したがって敵も、闘う相手は弥太郎一人と、見きわめる。

そうしておいて、もしも弥太郎が危機にのぞんだときは、突如、助五郎を繰り出す。

これだけの用意をしたというのは、今夜の仕掛が清右衛門にとって、よほど大きな意味をもつものといってよい。入る金もなまなかのものではなく、そうした大金が、いまの清右衛門にとって、

（必要なのにちがいない）

のである。

（それにしても……？）

いま一つ、弥太郎には解《げ》せぬことがあった。

駕籠にゆられているうちにも、弥太郎は、このことを考えていた。

それは、弥太郎と最後の敵が鍔迫《つばぜり》のかたちとなったとき、

（あの侍の顔は、血にまみれていた……）

このことだ。

いくら考えても、

（私が、あの男の顔を斬ったおぼえはない）

のであった。

斬り合っているときは夢中であったし、そのことに気づく余裕もなかったが、いまにしておもうと、たしかに片手なぐりの一刀を浴びせかけはしたが、ほとんど手ごたえはなかった。

とすれば、

（私が別の男と斬り合っている間に、助五郎が何らかの方法で、あの、最後の侍を傷つけたことになる……）

のではあるまいか。

いずれにせよ、五名の清右衛門は万全の備えをして、三人の強敵を殪《たお》すことに成功をしたことになる。

（あの、痩《や》せこけた、小さな老人が……）

であった。

まだ、一つ残っている。

これが弥太郎にとっては、もっとも重大なのだ。

そのことにくらべたなら、今夜の死闘なぞは、なんでもないようなおもいさえする。

最後の敵は、刀身と刀身を嚙み合せ、たがいに押し合っているとき、

「笹尾……平三郎……きさま、よくも……」

と、いった。

これは何を意味するのか……。

(笹尾……?)

西ヶ原にある大名屋敷の侍たちと、今夜の侍たちと……それぞれに異なる場所で弥太郎が斬り合った相手は、

(それぞれに、私を知っていた……)

ことになる。

そのことと、五名の清右衛門とは、どのようにつながっているのであろう。

(ああ、わからぬ。わ、わからぬ……)

駕籠を出たとき、谷川弥太郎は心身ともに疲れ切っていた。

〔釘ぬき屋〕の横手の路地を入って行ったとき、道の向う側の土塀の裾にしゃがみこんでいた雲津の弥平次を、弥太郎はまったく気づいていなかった。

今夜、木立の中で相手を待っているとき、五名の清右衛門はこういった。

「釘ぬき屋とかいう飯屋の裏の戸を叩けば、万事うまくゆくようになっていると、染井の植吉から知らせがありました」

そのことばにしたがって、いま、弥太郎は〔釘ぬき屋〕の裏手へまわった。

（さて……どうしようか？）

路地の入口まで身を寄せて来て、雲津の弥平次は、おもい迷った。

弥太郎に声をかけるのは、わけもないことであった。

また、かけたかった。

それなのに弥平次がためらったのは、

（いまのおれは、おれが殺した男の返り血を浴びている……）

からであった。

谷川弥太郎にしても、いまは、雲津の弥平次が、

（尋常の暮しをしている男ではない……）

と、感じているにちがいない。

だが、弥平次へ向けている思慕の念は、いささかも変っていない。

そのことを、また、弥平次も感じている。

それだけに、

（今夜、人を殺したばかりの顔を、谷川さんに見せたくはねえ……）

と、おもったのであろうか。

弥平次は、それでも、すこしずつ、路地の奥へ身をすすめて行った。

いっぽう、谷川弥太郎は、五名の清右衛門からいわれたとおりに、釘ぬき屋の裏の戸を、ひそかに叩いてみた。

かなり長い間、叩いた。

と……裏口の内側の土間を足音が近づいて来て、

「どなたですか？」

と、きいた。

釘ぬき屋の亭主・五郎吉の姪《めい》にあたるおみちの声であった。

「私だ。谷川だ」

「あっ……」

おどろきと感動が綯《な》い交ざった低い声がして、すぐに戸が開いた。

「おみちさんか……」

「はい」

うなずいて、おみちが、

「待っていたんです」

ささやいてきた。

弥太郎は金杉上町の安楽寺裏の空地で駕籠へ乗ったとき、その駕籠の中に用意されてあった新しい着物に着替えていたし、駕籠の中で乱れた髪をなでつけ、ぬれ手ぬぐいで手についた血をふきとっていた。

「御亭主は？」

「みんな、ねむっています」

「そうか……」

「いいんです。わかっていますから……」

おみちは、いったん戸を閉めてから、蠟燭《ろうそく》に火をつけ、

「こっちなんです」

また、戸を開け、裏の道へ出た。

おみちは寝衣《ねまき》の上へ、伯母の袢纏《はんてん》を着ている。

道の向うは雑木林になっている。

「暗いから、あの、気をつけて下さい」

おみちは、そういって弥太郎へ寄り添うようにした。

甘酸っぱい、おみちの匂いがした。

その雑木林は、かなり奥深かった。

ほとんど、それらしい道もついていない。

それは、あれだけ降りしきった雪が、ほとんど積っていないのを見てもわかる。

「こっちなんです」

おみちが先へ立ち、小高い崖《がけ》を背にした草原へ弥太郎を案内した。

そこに、小屋が一つ。

これが、植吉のあるじがいった番小屋なのであろう。

「そろそろ、お見えになるじぶんだとおもって……」

おみちは、泥行火《どろあんか》へ炭火を入れておいたそうな。

弥太郎は、

(自分のことなぞに、この少女《むすめ》が、それほど気をつかっていてくれたのか……)

ありがたいともおもったし、ひどく感動した。

過去を忘れた弥太郎にとって、こうした経験は、ごく僅かなものであった。

泥行火は、まだ、暖かかった。

寝床も敷きのべてあったし、行灯の仕度もしてあった。

弥太郎は、ぐったりと、泥行火へ足を突き入れ、

「まことに、すまなかった……」

と、おみちへいった。

「いいえ」

おみちは、むしろ懸命にかぶりを振り、自分のしたことの価値を否定した。

「あの……」

「え?」

「お腹が空いていませんか?」

苦笑して弥太郎が、

「疲れきってしまって、物を食べる気がしない」

「そうですか、それじゃあ、これで……」

「あ……夜ふけに起してしまって、すまなかった」

「いいんです。ほんとうに、いいんです」

「ありがとう」

雲津の弥平次は、雑木林の中から、おみちが出て来て〔釘ぬき屋〕へ入って行くのを見ていた。

（谷川さんが出て来ねえのは、どうしたわけだ？）

そこで、木立の中へ弥平次は入って見た。

（なるほど……）

木立の奥に番小屋を見たとき、弥平次は、

（此処に寝泊りをしているのか、谷川さんは……）

なっとくが行った。

そして、

（谷川さんの居処《いどころ》がわかったからには、何も事急ぎをすることもない）

と、考えた。

裏返しに身につけている着物の胸もとから、むっと血の匂いがたちのぼってくる。

弥平次は、顔をしかめた。

（やはり、今夜は、会わねえほうがいい）

そして、雑木林をぬけ出し、消え去った。

雲津の弥平次は、積った雪の道を渋江村の隠れ家へもどって行った。

かなり急いだつもりだが、渋江村へ着いたときには、夜が明けかかっていた。

「おれだ……おれだよ、おしま」

戸を叩いて呼ぶと、おしまが狂人のように走り出て来て戸を開け、弥平次にしがみつき、むせび泣いた。

「痛え……痛えじゃあねえか。なんとまあ、お前には、恐ろしいちからがあるものだ」

「よ、よかった、よかった……」

「生きて帰れねえとでも、おもっていたのか……」

「そういうわけじゃあないけれど……」

「さ、早く、戸を閉めろ」

「あい」

「う、う……何よりも先ず酒だ」

「こんな凍《こご》え切ってしまって……」

「手も足も棒っ切れをぶらさげているようだ」

「すぐに、お湯をわかしますよ」

「そうしてくれるか、ありがてえ」

おしまは、炉に薪《まき》をくべた。

「よし。こっちは、おれがやる」

「それじゃあ、たのみます」

おしまは、湯をわかしにかかった。

そして風呂桶《ふろおけ》の湯がわいたとき、弥平次は赤々と燃える炉端へ横たわり、死んだようなねむりに落ちこんでいたのである。

夜が明けた。

雑木林の中の番小屋でも、谷川弥太郎が、これも死んだようにねむりこんでいる。

昼近くなり、釘ぬき屋からおみちがやって来て、そっと戸を叩いた。

だが、弥太郎のこたえはなかった。

戸口は一つきりで、内側から弥太郎が寝る前に戸締りをしておいた。

厳重な戸締りの仕掛がしてある。

番小屋といっても、がっしりとした木組だし、容易に外から叩き破れぬように手を加えてあった。

これは、おそらく弥太郎が五名の清右衛門のところへ行っている間に、植吉のあるじが指図し、小屋の手入れをしてくれたものにちがいない。

小屋の南側の壁に、小さな窓が一つ切ってある。

その小窓の戸を、おみちが外から叩いたのは、八ッ半（午後三時）ごろであったろう。

谷川弥太郎は、その半刻《はんとき》ほど前に、目ざめていた。

この日は、雪晴れの、暖かい日和になっていた。

目ざめたとき、弥太郎は、これまでに経験したことのない虚脱感に落ちこんでいた。

（これが、おれなのか……）

寝床に横たわっている躰が、まるで自分のものとはおもえなかった。

そして自分のどろどろした脳髄が、躰からはなれ、空間に浮きただよっているようなおもいがした。

自分の二つの眼も宙に浮いていて、それが自分の躰を見つめているような気がする。

思念もなかった。

疲れているのだか、いないのだか、それもわからなかった。

小窓を叩く音をきいて、弥太郎の意識は、ようやくもどったのである。

「あ……」

弥太郎は、身ぶるいをした。

寝床の裾に入れておいた泥行火は、冷え切っている。

「だれだ?」

「おみち、です」

「あ……」

昨夜のことが、はっきりとよみがえってきた。

「いま、開けます」

戸締りを外すと、おみちが炭火を盛った十能《じゅうのう》を持ち、入って来て、弥太郎の顔を見ずに、

「おはよう、ございます」

痰《たん》が喉《のど》へからんだような声でいい、擦《す》りぬけて部屋へあがって行った。

昨夜と同じような甘酸っぱいおみちの体臭がただよい、それが昨夜よりは濃厚に感じられた。

妙に弥太郎の胸がさわいだ。

寝床から泥行火を引き出し、おみちは炭火を入れながら、

「あの……何を、あがりますか？」

と、いった。食事のことをいっているのだ。

「う……なんでも、よい」

「はい、わかりました。伯父さんに、そういいます」

「うむ……」

弥太郎は部屋へあがって行き、屈みこんでいるおみちを見下ろした。

おみちのくびすじが微かにふるえている。

それを見たとき、おもいもかけなかったことだが、勃然《ぼつぜん》と、弥太郎の体内に衝きあがってくるものがあった。

弥太郎が、おみちの背後へ屈み、彼女の円い肩を両手につかんだ。

声もなく、おみちの躰が弥太郎の胸へくずれこんできた。

土岐家・下屋敷

そのころ……。

雲津の弥平次も、まだ寝床の中にいた。

渋江村の隠れ家へ明け方に帰って来て、おしまが風呂桶の湯をわかす間に、弥平次は死んだようにねむりこんでしまった。

おしまは起さなかった。

炉の中の火を絶やさぬようにし、弥平次の躰《からだ》へふとんを掛けてやり、自分も炉端で、とろとろとねむった。

雪晴れの朝となって、目ざめたおしまは、物音をたてぬように用事をすませ、それから、弥平次を、ゆり起した。

「そうか……よほど、安心をしたのだなあ」

と、弥平次は苦笑いをした。

「昨夜、人をお殺《や》んなすった……」

おしまがいうのへ、

「着ているものも、このままだ。いまさら隠しだてもできまい」

弥平次は顔をしかめて、すぐに着物をぬいだ。

炉の火とふとんに蒸された自分の体温にあたためられ、着物の裏についた返り血の生ぐさい匂いがたちのぼってきて、

「おれもずいぶん、だらしがなくなったものだ」

弥平次は、舌打ちをもらした。

「こんなものを着たままで、ねむりこけるなんざ、はじめてのことだよ、おしま……」

「いいんですよ」

「さぞ、嫌なおもいをしたろうな。この着物は埋めて来よう」

弥平次は裏の戸を開け、用心ぶかく、あたりを見まわしてから出て行った。

おしまは、風呂桶の湯をわかした。

ぬるんでいたので、すぐに湯がわき、弥平次は丹念に躰を洗った。

「ここは、まるで極楽だ」

と、彼はつぶやいた。

五郎山の伴助を殺したことではなく、この隠れ家を出てからの日々を、弥平次は神経を張りつめ通しで暮してきた。

その疲れが、

（なまなかのものじゃあない……）

ことは、おしまも、よく承知をしている。

「だれを、お殺んなすった……？」

おしまが、弥平次の背中をながしつつ訊《き》いた。

「伴助……五郎山の伴助をね」

「そうでしたか……」

「その帰り途《みち》に、昨夜さ、谷川弥太郎さんを見かけたよ」

「まあ」

「ひとつ、お前にも聞いてもらいたいのだ」

昨夜目撃したことを、弥平次は、すべて、おしまへ語った。

「それで、な……」

いいよどんだが、すぐに、

「おれは、この隠れ家を引き払おうとおもっている」

ない。

だからといって、弥平次が、あの〔坊主の湯〕へ、おしまをつれて行こうとしているのではない。

と、いった。

それを、おしまはすぐに感じたらしい。

「江戸へ、もどるんですね？」

「そうだ」

「私も、いっしょに？」

「そうだ」

「どこへでも行きますよ」

「妙なことだが……」

「え？……何か、いいましたかえ？」

「谷川弥太郎、という名前は、おれがつけた」

「あい。前に、ききましたっけ」

「おれのほうも、このところ崖《がけ》っ淵《ぷち》をわたるようなことになってしまったが……谷川さんも捨ててはおけねえ気もちになってきた。あの人は何しろ、自分《おのれ》の、むかしのことを何一つ、おぼえてはいねえのだ。放っておいては、どんなことになるか知れたものじゃあねえ。いま、何をして生きていなさるのか……昨夜の様子では、どうも只事ではねえような気がする……」

「可哀相にねえ……」

「一度会って、ゆっくり、はなしをきいてえと、おもっているのだ」

「それが、ようござんす」

「それには、此処《ここ》にいたのじゃあ何事にも埒《らち》があかねえ。やっぱり、江戸へもどらなくては……」

いいさして振り向いた雲津の弥平次が、裸の胸へおしまを抱き寄せ、

「それに……それにな、お前をひとり、此処に置いて何日も外を出歩いていたのじゃあ、心配で仕方がねえのだ」

と、おしまの耳もとへささやいたのである。

弥平次は、新しい隠れ家のことを〔よしのや〕の徳次郎に相談をしてみるつもりであった。

いざとなれば、

また〔三政〕の政七に、

（もう一度、厄介をかけてもいい）

と、おもっている。

また〔三政〕の二階へもどろうと、いうのではない。

政七に、新しい隠れ家を見つけてもらおう、ということなのだ。

湯からあがり、熱い味噌汁へ卵を落しこんだものを、弥平次は三杯も食べ、

「あきれたものだね」

と、笑った。

それから二人は、寝床へ入って、抱き合った。

夜になった。

二人さし向いで酒をのみ、夕餉《ゆうげ》をすました雲津の弥平次とおしまが炉端で語りあっているころ、上富士前町〔釘ぬき屋〕の裏手の番小屋で、谷川弥太郎も食事を終えたところであった。

夕飯を運んで来たのは、おみちではなかった。

〔釘ぬき屋〕の女房・おますが運んで来たのである。

「おみちが、夕方から熱を出しましてねえ」

と、大女のおますがいった。

「熱を……?」

「このところ、毎日、寒かったものですから……」

そういうおますの声には、いささかも、谷川弥太郎をうたぐっていないようにおもわれる。

弥太郎は、恥じていた。

あのとき、躰の底から衝きあげてきたものは、いったい何であったのか……。

意識がもどってからの弥太郎に、性欲は消えていたのである。

それが、もどった。

だから、生まれてはじめて、弥太郎は女体を……それも若い娘の躰を知ったことになる。

「よほどに、悪いのか?」

面《おもて》を伏せたまま、弥太郎がきいた。

「いいえ、大したことじゃあないらしい。明日には、元気になりますよ」

「昨夜おそく、あの雪の中を、私が起したのがいけなかったのだろうか?」

「なあに、お気づかいにゃあ、およびませんよ、谷川さんの旦那」

「それなら、よいが……」

「旦那は、ほんとうに、おやさしいのですねえ。おみちに、そういってやります。よろこびますよ、おみちが……」

「悪かったと、つたえて下さい」

「とんでもない」

おますは、弥太郎が悪かったといったのを、単に、昨夜おそく、戸を叩いておみちを起したことをわびているのだ、と、おもいこんでいる。

おますが出て行き、夕餉の膳に向って箸《はし》を取ったが、汁の味も煮魚の味も、よくわからなかった。

そのくせ弥太郎は、膳の上のものをすべて、きれいに食べていたのである。

（あれが、女という生きものだったのか……？）

無我夢中の一時であった。

よくおぼえてはいないが、弥太郎の両掌《て》に、おみちの下半身の、おもいもかけなかった量感と、なめらかな肌の感触とが、まるで、

（灼《や》きついたように……）

残っているのである。

それは弥太郎にとって、すばらしい感動であった。

〔坊主の湯〕で、危急を救ってくれた雲津の弥平次と別れてのち、弥太郎は諸方を流浪した。

その間に、さまざまな男と女が獣《けだもの》のようにからみ合う姿を、何度も見てきている。

忘れ果てた自分の過去に、

(ああしたことが、あったのだろうか……?)

と、おもった。

あきれ果てて、そうおもったが、いささかも欲望をおぼえたことはない。

(私の母と父も、あのようなまねをして……そして、私が生まれたのだろうか?)

と、そうしたところは、だれに聞かなくとも、自然に理解している谷川弥太郎なのである。

それが、いまはどうだ。

昨夜、ほとんど衝動的に、

(あのようなことを、私はしたのだが……)

いまはもう、そのときの自分の姿を、

(あさましい……)

とも、

(けだもののような……)

とも、おもえぬ。

おみちがまた、はじらいつつも弥太郎を拒まなかった……ように、おもい起される。

すべてが終ったとき、おみちは両眼を閉じたまま、はじめて双腕《もろうで》をのばし、

(私のくびに巻きしめてきた……)

ではないか。

そのときの感じが、何ともいえぬものであった。

（このむすめは、私を、好いていてくれた……それでなくては、このようにしてくれるはずはない）

自分の荒あらしい所業が熄《や》んだ後の、すぐに襲いかかってきた後悔の念と恥とが、自分のくびすじを巻きしめたおみちの熱い吐息を耳もとにきいたとき、たちまちに消えてしまった。

（私の躰が、おみちの……女の躰の中へ入った……）

はじめての感動なのである。

いや、はじめてではないのかも知れない。

おそらく弥太郎は、ひかえ目に見ても、二十五、六歳になっているだろう。

もし、過去に、どこぞの女とのまじわりがあったのなら、

（おもい出せぬはずはない……）

夕飯を終えてからも、弥太郎は、昨夜のおみちとのことをおもいつつ、懸命に、記憶の糸を手《た》ぐり寄せようとしている。

この夜。おみちは、ついに姿を見せなかった。

おみちとのことから、過去の記憶を引き出そうとしているうちに、

（おみちは、なぜ、来ないのだろう？）

気がかりになってきはじめた。

（なぜ……なぜ、来ない……？）

やはり、

(私のしたことを怒っているのだろうか……?)

と、落胆しながらも、

(いや、はじらっているにちがいない……)

と、何度も、おもい直したりするうち、おもい疲れて谷川弥太郎は其処《そこ》に倒れ、ねむりこんでしまった。

翌朝……。

快晴であった。

雲津の弥平次は、

「今夜はさておき、明日までには、かならず帰って来る」

と、おしまにいい、渋江村の隠れ家を出た。

僧衣は、船宿〔よしのや〕へあずけてある。

だから、町人姿で、坊主頭へは頭巾をかぶり……つまり巣鴨・追分の、五郎山の伴助の隠れ家へ向ったときと同じような姿で出かけたわけである。

「おしま。よけいな物は始末をしておきなさい。手まわりの物だけを持って、いつでも此処を出られるように、仕度をしておいてくれるといいのだが……」

「わかりました。今日中に、ちゃんとしておきます」

「たのんだぜ」

弥平次は、雪の後の泥濘《ぬかるみ》の道を、〔よしのや〕へ向った。

日ざしが、燦々《さんさん》としている。

暖かくて、歩いているうちに、弥平次は汗ばんできた。

（一日も早く、別の隠れ家を見つけたいものだ）

そして、弥太郎と会って事情をきいた上で、

（いざとなれば、おれが谷川さんの身柄を引き取ってもいい）

とまで、弥平次は考えている。

弥平次ほどの男が、いささか昂奮《こうふん》していた。

（いけねえ、おれとしたことが……）

そうした自分に気づいて、弥平次は苦笑した。

（こうしたことには、よくよく、だんどりを考えなくてはいけねえ）

のである。

弥太郎と共に暮し、弥太郎のちからになってやるためには、その前に、片づけて置かねばならぬことがあるのだ。

五郎山の伴助は殺したが、土原の新兵衛の始末は、まだ、ついていなかった。

その始末をつけねばならぬ。

その始末をつけてからでないと、

（こころ置きなく、谷川さんのちからになってやれねえ）

と、弥平次はおもっている。

しかし、先ず、弥太郎に会っておいたほうが、よいかも知れない。

そうして連絡《つなぎ》をつけておいたほうが安心である。

その連絡は、おしまがしてくれればよい。

そうしておかぬと、

(いつなんどき、谷川さんが何処《どこ》かへ消えてしまうかも知れねえ)

それが、不安であった。

おしまを弥太郎との連絡の役に立てるとなれば、やはり、江戸市中に隠れ家をつくることが必要になってくる。

(そうだ。先ず第一に、隠れ家を……)

ようやくに、弥平次のこころが決まった。

雲津の弥平次が、本所の中ノ郷から浅草の花川戸へ架けわたされた大川橋(吾妻橋《あづまばし》)へかかったのは、四ツ(午前十時)ごろであったろうか……。

この橋は、安永のころに架けられたもので、それまでは渡し舟が大川(隅田川)を往復していたのである。

長さ七十六間の長橋に、人の往来がはげしい。

大雪の後だけに、外出をひかえていた人びとが、どっと町へ出て来たからである。

大川橋の中ほどまでわたって来た雲津の弥平次が、橋上の人混《ひとご》みを搔《か》きわけて自分に接近して来る人の気配に、

(……?)

はっと身構えたが、すぐに、だらりとした姿勢にもどった。

近寄って来たのは、なんと〔三政〕の政七であった。

政七は、目立たぬ風体で、菅笠《すげがさ》をかぶっていた。

「雲津の……見ちげえたよ」

と、政七がささやいた。

「政さん。しばらくだった。まことに、申しわけねえ」

「なんの、なんの……で、何処へ行きなさる？」

「会いてえのはやまやまだったが……なにしろ、あぶねえ」

「そうか、あぶねえか……」

「お前さんに、めいわくをかけてはならねえとおもって……」

「実は、お前さんのところへ行くつもりで出て来たのだ。急に、心配になってきたものだからね」

「ありがとうござんす、政さん」

ささやき合いつつ、二人は大川橋を西へ、わたりきった。

この、弥平次と政七の後をつけはじめた男がいる。

その男は……。

五名の清右衛門の子分の伊太郎であった。

この正月に、清右衛門宅をうかがっていた〔三政〕の政七の居処を突きとめて以来、

「見張っていろ」

という元締・清右衛門の命令をうけ、伊太郎は、ずっと〔三政〕の見張りをつづけていた。

〔三政〕と通りをへだてた松源寺・門前には茶店が四つほどある。

そのうちの一つで〔巴屋《ともえや》〕という茶店の中二階の小部屋で、伊太郎は、もう一人の若い者と共に、ねばり強く見張りをつづけていた。

以来、〔三政〕の亭主の出入りには、いちいち尾行をしてきたわけだが、

（格別のこともなかった……）

ようである。

たずねて来る者も、客のほかには、これといって怪しい者も見当らぬ。

「もう、いっそ、やめにしたらどうです？」

と、伊太郎は半場の助五郎に、

「こっちの見こみ違えかも知れませんぜ」

だが助五郎は、

「おれも元締に、そういって見たよ。だが、だまっていなさる。つまり、いましばらくは見張っていろ、ということだ。お前も気をゆるめてはいけねえぜ」

と、いった。

それで、いままで、伊太郎は見張りをつづけていたのである。

巴屋の亭主は、以前から清右衛門の息のかかった男だし、何しろ、巴屋の見張り部屋からは、道をへだてた〔三政〕が、まる見えなのだ。

すると、今日になって……。

〔三政〕の亭主があらわれ、何処かへ出て行った。

「よし、今日は、おれが後をつけよう」

すぐに伊太郎は、若い者を残して巴屋を飛び出した。

(今日も、別に何ということもねえのじゃあねえか……)

おもいながら、後をつけて行くと、三政の亭主が大川橋を本所の方へわたりはじめた。

(今日は、いままでにねえ場所へ行くようだ……？)

伊太郎は緊張した。

すると、三政の亭主が、本所の方から橋をわたって来る男へ駆け寄り、声をかけたではないか……。

(頭巾をかぶった、妙な野郎だ。それにしても人品はいいし、おだやかそうな……なんといったらいいかな、なみの商人《あきんど》とはおもえねえが、絵師か、それとも町医者かな……？)

と、伊太郎は考えた。

雲津の弥平次と政七は、橋上の人混みの隙間から、伊太郎が見ていることを、すこしも気づいていなかった。

「とにかく、ここで立ちばなしもできねえ」

と、歩みはじめながら弥平次は、

「政さん。私もお前さんに、きいてもらいたいことがあるのですよ」

「そうか。そいつは、ちょうどよかった……」

「さて」

「うちへ来てはどうだ、弥平次どん」

「いや、それよりも、これからよしのやへ行き、徳次郎爺《とっ》つぁんと三人ではなし合いたいのだが……」

「いいとも」

「念を入れるにはおよばねえことかも知れない。だが、別々に……」

「よし、わかった」

大川橋を西へわたりきったところで、二人は右と左へ別れた。

(あ……別れやがった……)

と、伊太郎は舌打ちをもらしたが、とっさに、

(三政の亭主の居処はわかっているのだから、あの頭巾の男の後をつけたほうがいい)

そのほうが、新しい局面を得ることができるにちがいないと、こころをきめ、弥平次の尾行を開始したのである。

ところが、どうだ。

神田川にのぞんだ平右衛門町の船宿〔よしのや〕へ、頭巾の男が入って間もなく、なんと、別れたばかりの三政の亭主が〔よしのや〕へ入って行ったではないか。

(なるほど、二人とも用心をしていやがる。こいつは、やっぱり、ただものじゃあねえ)

と、伊太郎はおもった。

伊太郎が、両国の料亭〔河半〕へ駆けつけて来たのは、夜に入ってからである。

「と、まあ、こういうわけなんでございます」

折よく河半にいた五名の清右衛門は、伊太郎の報告をきいて、

「ふうむ、そうか……」

しばらくは、煙草を吸いつづけていたが、

「で、伊太。その船宿は……？」

「いま、若い者に見張らせてあります。あっしも、すぐに引っ返すつもりなので……」

「御苦労だが、そうしてくれ」

清右衛門は小判一両を伊太郎に、

「骨折り賃だ」

「へえっ……こんなに……」

「いいわさ。取っておけ」

「相すみません」

「そのかわり、眼をはなすなよ」

「合点でござんす」

「さ、行け」


〔よしのや〕で落ち合った雲津の弥平次と政七は、徳次郎をまじえ、一刻ほど相談をした。

「いま、すぐにといって……こころ当りはねえが、なに、その気になれば弥平次どんの隠れ家ぐらい、何とでもなる。もし何なら、おしまさんにも、わしのところへ来てもらったらどうだね？」

と、徳次郎がいった。

「いや、そいつはいけません。いろいろとすることがあるので、もしも、めいわくをかけるようになっては、後々、取り返しがつかなくなる」

弥平次は、あくまでも、単独で〔隠れ家〕を持つ決心であった。

おしまのみか、谷川弥太郎の身柄を引き取り、

(谷川さんに、ちからをかしてやるのだ)

からである。

弥平次は、五郎山の伴助を殺したことを、二人に打ち明けなかった。

打ち明けてもいいのだが、打ち明けたことにより、二人に迷惑をおよぼすことになってはいけない、と、考えている。

「知った」

ということと、

「知らぬ」

ということは、大変なちがいがある。

もう一人、土原の新兵衛を殺すまでは、万事に気をつけたほうがいい。

新兵衛は、おそらく、〔よしのや〕の徳次郎や〔三政〕の政七へも眼をつけているにちがいない。

見張りをつけてはいまいが、この二人と雲津の弥平次の親しい間柄を、新兵衛は知っている。

新兵衛が、いまも弥平次を殺害するつもりなら、依然、どこからか隙をねらっているに相違ない。

弥平次が伴助を殺したことを、耳にしていれば、徳次郎も政七も、そのつもりになる。

口外をするはずはないが、匂いに出る。土原の新兵衛は実に鋭敏な男であって、そうした匂いを嗅《か》ぎわけることについては、弥平次も、これまでに、しばしば舌を巻いたことがある。

（まったく、新兵衛には油断も隙もあったものではねえ）

のであった。

だが、倉沢の与平には告げておかねばならぬ。

「与平は、どうしました？」

「今朝、出て行ったよ」

と、徳次郎が、

「まだ、じゅうぶんに癒《なお》ってはいないようだが、元気も出てきて、おもいたったことがあるから、ちょいと出て来ると……」

「おもいたったこと？」

「弥平次どん。心配しなさるな。夕方までには帰るとさ」

夕暮れになった。

〔三政〕の政七は、

「はなしは、よくわかった。おれはおれで、弥平次どんの隠れ家を探して見るつもりだ。存外、うめえところが見つかるかも知れねえぜ」

と、いった。

政七は政七なりに、自信をもっているにちがいない。

「今夜は、店を開けなくてはならねえ」

　そういう政七へ、

「すまなかった、政さん」

「なあに、会えてよかった。安心したぜ」

「だが、くれぐれも、気をつけて下せえよ」

「わかっているともな」

　政七は〔よしのや〕から出て行った。

　これを物蔭から見張っていた伊太郎が、若い者へ、

「あいつは、お前がつけろ」

と、命じた。

「へい」

「気をつけろよ。ひとすじ縄じゃあゆかねえやつだぞ」

「合点です」

　若い者は、しばらくしてもどって来て、政七が〔三政〕へ帰ったことを、伊太郎に告げた。

「そうか、よし。三政のほうには見張りがついている。お前は、おれについていてくれ。それはさておき、おれはちょいと腹ごしらえをしてくる。それ、向うに飯屋が見える。あそこだ。おれがもどったら、お前が腹ごしらえをして来ねえ」

「へい」

　弥平次は、まだ〔よしのや〕の二階奥座敷にいた。

倉沢の与平が帰るまでは、此処に待っているつもりであった。

(それにしても、与平は、どこへ行ったのだろう?)

心配になってきた。

徳次郎は、客がたてこんで来て、その応対にいそがしくなり、階下へ去った。

大雪の後の、妙にあたたかい宵だけに、船宿の客も多いし、舟も船頭も全部、出はらっているようだ。

徳次郎が、酒と夕飯の膳を女中に運ばせてよこした。

弥平次が酒をのみ終えた五ツ(午後八時)ごろに、ようやく、倉沢の与平が〔よしのや〕へもどって来た。

徳次郎から聞いたと見え、与平が、昂奮を隠しきれぬ顔つきで、弥平次の前へあらわれた。

「おう、与平……」

「小頭……」

「殺《や》ったよ」

「な、なんですって?」

「五郎山の伴助を殺ったよ」

「ほんとうなんで?」

「まあ、聞いてくれ。決して、お前を出しぬくつもりじゃあなかったのだ。あのとき、お前を此処へ残して、外へ出たとたんに、なんとなく……なんとなく、今夜がいいようにおもって、ね」

と、雲津の弥平次が、あの夜の伴助殺しの一件を語り終えたとき、

「ああ、もう……」

倉沢の与平は、身をもむようにして、

「もう、躰中が、痛くなってきた……」

むしろ、苦しげにいった。

「それ見ねえ。まだ、すっかり癒らないうちに、外へなぞ出て行くから……」

「いや、そうじゃあねえ。そうじゃあねえんですよ、小頭」

「いったい、どうしたのだ？」

「息がつまってしめえました」

ようやくに、与平が肩のちからをぬき、ふといためいきを吐いた。

長い間、雲津の弥平次と共に〔盗みばたらき〕をして来た倉沢の与平だが、

（小頭が、これほどの……）

決断と行動を、しかも単独でしめそうとは、おもっても見ないことであった。

弥平次は、釜塚の金右衛門の〔片腕〕として、配下の盗賊たちを束ねていただけに、どこまでも慎重で、落ちついたものの考え方をし、失敗は決してしないという心構えのもちぬしだと、他人も自分も見ていたつもりの与平なのだ。

「それにしても、まあ、よく、おやんなさいました」

「いや、それもこれも、お前があれほどまでに、しっかりと調べあげておいてくれたからだよ。巣鴨追分に着いて、いざとなってからも、おれは、すっかり落ちついていた。五郎山の伴助に

ついて、お前が洗いあげておいてくれたことが、いちいち腑《ふ》に落ちて、これなら大丈夫だ、とおもったよ」

「そうですかえ、そうですかえ」

「ありがとうよ、与平……」

弥平次は、しっかりと与平の右手を、わが両手につかみしめた。

（そうだ。この男なら、釜塚一家をゆずりわたしても大丈夫だろう）

ひとり、うなずきながら弥平次が、

「さて……あとは、土原の新兵衛だ」

つぶやいた。

すると、与平が屹《きっ》と顔をあげて、

「そ、そ、そのことだ、小頭……」

「え？」

「どうやら、土原の新兵衛の居処を突きとめる、その糸口が、ほぐれてきそうなんで……」

「ほんとうか？」

「実は、今朝、目がさめましてね。小頭は、いま、何処にいなさるんだろうと……そんなことを考えたりしているうちに、この、よしのやの座敷女中が、竹の花入れに、寒椿《かんつばき》の花をいちりん挿《さ》して来て、私の枕もとへ置いてくれたのですよ」

その寒椿は、〔よしのや〕の裏手に咲いていたもので、年増で親切な女中のおこうが病床にいる与平の眼を、たのしませてやろうとおもったのかして、

「どうです、きれいでしょう」

竹の花入れに挿しこんできてくれたのだ。

「これはどうも……ああ、なるほど、きれいだ。もう何となく、春が、そこまで来たような気がする……」

と、与平が、

(柄にもねえこと……)

を、いった瞬間に、はっと閃《ひらめ》くものがあった。

(そうだ。土原の新兵衛の叔父きが、まだ、あそこにいるはずだ)

であった。

土原の新兵衛には、九助という叔父がいる。

たしか、もう六十をこえているはずだ。

九助も、元は盗賊であったが、釜塚一味ではない。

たしか、七年ほど前に九助は大病にかかった。

「こうなっちゃあ、もう、お盗《つと》めもできねえ」

と、九助は盗みの世界から引退することを決意した。

九助は当時、どこの〔お頭〕にもついていなかったものだから、いざとなったとき、手持ちの金もあまり無かったらしい。

そのとき、土原の新兵衛が、

「叔父き。まあ、おれにまかせてくれ」

そういって金を出してやり、本所の外れの押上村にある法恩寺という寺の門前にある花屋の店を買い取り、九助へあたえた。

むろん、九助は感激した。

「新兵衛や。この恩は、決して忘れねえよ」

「なあに、いいってことよ。そのかわり叔父ご。おれが江戸へ来たときには、骨やすめをさせてもらうかも知れねえ」

「いいとも。いいともよ……」

と、まあ、こうしたいきさつを、いつであったか土原の新兵衛が、倉沢の与平へ語ったことがある。

「おれもなあ、与平。あの叔父きには小せえときに、ずいぶんと世話になっている。恩返しといっちゃあ何だが……うふ、ふふ……まあ、わるい気もちじゃあねえ」

当時、与平は新兵衛について行動する機会が多かったし、なにしろ、与平の盗賊としての誠実さは、釜塚一味のだれもが、みとめるところであった。

それだけに新兵衛は、つい、心をゆるして与平へ自慢ばなしをしたものであろう。

「小頭、そのことを、寒椿を見たとたんに、おもい出したのでござんすよ」

「ふむ、ふむ。それで？」

「おもい出したとなると、もう、矢も楯《たて》も、たまらなくなって来て……それで、おもいきって出かけて見たのでござんす」

「いたか、その九助は？」

与平が、うなずいて見せた。

〔よしのや〕を出て、押上の法恩寺へ向う途々にも、

(もしも、九助と会ったとき、九助から怪しまれないだろうか?)

このことは、むろん、何度も考えぬいた。

倉沢の与平が、以前は、甥《おい》の土原の新兵衛の下について、共に釜塚の金右衛門の〔盗みばたらき〕をしていたことを、九助は、よくわきまえている。

そのころ、新兵衛に連れられて、法恩寺・門前の花屋のあるじにおさまった九助を、

「二度ほど、訪ねたこともござんした」

と、与平が弥平次にいった。

だから、いま、与平が花屋の店先へあらわれたとしても、別にふしぎはないといってよい。

けれども、首領・釜塚の金右衛門が死んでのち、釜塚一味の盗賊たちは、すでにのべたごとく、いろいろとむずかしい状態になってきている。

あのとき雲津の弥平次が、すぐに釜塚の跡目をついでしまえば問題は起らなかったろうが、弥平次の辞退によって、面倒なことになってきた。

その経過と現状を、土原の新兵衛は叔父の九助へ、どの程度まで打ち明けているだろうか……。

「そこのところは、私も、よくよく思案をしなくてはいけないと、そうおもいました」

と、与平。

「ふむ、それで?」

さすがに弥平次も、与平のはなしにひき入れられ、身を乗り出している。

「ですが小頭。こいつは、いくら考えて見ても、はじまらねえことだ、と、おもいましたんで……」

「肝心なことは、いまのお前を、新兵衛が何とおもっているか、ということだからな」

「そのとおりなんで……」

与平が弥平次と久しぶりに会ったのは、つい先頃のことである。

それまでは、弥平次のほうで身を隠してしまっていたから、与平のみか、他の釜塚一味の者たちとの交渉もない。

だが弥平次は、独りきりで身を隠した。

それにひきかえ、土原の新兵衛は、おそらく数名の釜塚一味をふところへ抱えこみ、一派をつくって勢力を張り、跡目をつぎ、二代目・釜塚の金右衛門を名乗るべく蠢動《しゅんどう》しているにちがいなかった。

土原の新兵衛は、自分の勢力をかためるについて、倉沢の与平へ、

「お前も、おれのところへ来ねえ」

とは、いわなかった。

だから与平は、ずいぶん長いこと、新兵衛の顔を見ていない。

以前の新兵衛は、叔父とはいえ盗賊あがりの九助が足を洗って住みついた花屋の店へ、

「おれが江戸にいるときは、この叔父きの家で、のんびりしているつもりだよ」

そこまでいって、与平を九助に引き合せたものだ。

それがいまは、与平のことを腹心の者と見ていない。

見ているなら、

「ちからを貸してくれ」

と、声をかけたにちがいないのである。

ということは……。

かねてから雲津の弥平次が与平を厚く信頼していたことに対して、新兵衛は、

(与平を抱きこんだのでは、弥平次のほうへ寝返るかも知れねえ)

と、直感したのではないか。

そうだとすると、

(うっかり近づいては、あぶない)

ことになる。

ましてや、いまの土原の新兵衛は、

(雲津の弥平次を殺《や》ってしまわねえと、一味の束ねができねえ。五郎山の伴助の始末は、その後でいい)

と、考えているやも知れぬ。

その五郎山の伴助が殺害されたと知ったら、新兵衛は何とおもうだろう。

「いえ、ですが……まさか、小頭がひとりでおやんなすったとは、新兵衛も思いますまい」

と、与平は、

「私だって、おどろきました」

「ふ、ふふ……あれだけ用心ぶかかったおれだけに、な」

「さようで」

「ま、それはとにかく、はなしのつづきをしてくれ」

「とにかく、様子だけは見ておこうとおもいました」

「ふむ、それじゃあ、法恩寺門前へ行くことは行ったのだね？」

「へい」

江戸の人びとは、法恩寺のことを、

「押上の法恩寺」

とよぶが、くわしくは南本所・出村《でむら》町にあった。現在の東京都・墨田区太平一丁目が、それにあたる。

法恩寺は日蓮宗の大刹《たいさつ》で、江戸三箇《かじ》寺の一員だとかで、その北側の霊山《りようせん》寺とならんで境内も宏大なものだ。

したがって門前町も大きく、にぎやかで、江戸の郊外といってよいこの辺りでは、人家が密集している。

九助の花屋は、横川へ架かる法恩寺橋へ通ずる大通りを、寺の土塀《どべい》に沿って北へ曲った左側にある。

法恩寺・西門の前であった。

わら屋根の料理茶屋〔大黒屋嘉七〕と鰻屋《うなぎや》の〔樽屋《たるや》〕とにはさまれた間口一間半の小さな店構えであったが、場所もよいし、西門側の花屋は此処だけなので、老爺《ろうや》の九助が独り暮しをすごすのには、不自由することもないであろう。

倉沢の与平は、両国橋をわたって本所へ入ると、菅笠と風呂敷と草鞋《わらじ》を買った。ぬいだ下駄を風呂敷に包み、これを腰へ巻きつけ、笠をかぶって素足に草鞋ばきとなった与平の姿は、どう見ても、本所界隈《かいわい》の百姓としか見えぬ。

与平は、竪川《たてかわ》辺りの道を柳原一丁目まで来て、横川に沿って法恩寺橋の東詰へ出ると、そのまま、法恩寺の南面の表門から境内へ入った。

本堂へ詣《まい》ってのち、与平は西門から外へ出た。

(や……いた)

まさに、花屋の店先で、九助が、いましも、どこぞの町家の、子供づれ女房に花を売っている姿が在った。

いったん、西門の内側へ身を引いて、与平は草鞋の緒をしめ直しながら、笠の内から花屋を注視した。

花を売った九助は、奥へ入って行った。

九助の家の間口はせまいが、奥行は深く、裏手は雑木の木立になってい、その木立が横川辺りまでつづいているはずだ。

(たしか、屋根裏に一部屋あったな)

と、与平はおもい出した。

土原の新兵衛は、この花屋の店を九助に買ってあたえたとき、その屋根裏の部屋を、

「叔父き。ここは、おれが来たときの寝座《ねぐら》にしてえから、小ぎれいにしておいて下せえよ」

こういって、別に金を包んでわたしたとかいう。

（新兵衛が、もし、あの花屋にいるなら、屋根裏だ）

と、おもった。

もうすこし、探って見たいとおもったが、

（いや、今日は深入りをしねえがいい。このことを雲津の小頭へはなして、指図をうけてからでもおそくはねえ）

与平は、考え直し、

「それでも、もしや、新兵衛の姿でも見つけることができたらとおもい、一刻ほどは、法恩寺の境内や、まわりをぶらぶらして見ましたが、とにかく今日は、これまでにしてと、それで帰って来たのでござんす」

弥平次に、そういった。

「よく、やってくれた。ありがとうよ」

しみじみと、雲津の弥平次が、倉沢の与平へ、あたまを下げた。

「とんでもねえことで……」

「いや、よくやってくれた。これは、おれの勘ばたらきなのだがね……」

「へい……？」

「どうも、その花屋に、おれは、土原の新兵衛がいるような気が、してならねえ」

「やっぱり……」

と、与平が、

「私も、そうおもいますよ、小頭」

「つきとめてくれるか」

「ようござんすとも」

「おれも、手つだうぜ」

「いえ、私に、まかせておいて下さい。小頭は、いざというときまで、どこにも顔を見せねえほうがようござんす。ちがいますか？」

「そりゃ、まあ、そのほうが……」

「大丈夫です。つきとめて見せます」

与平は、自信があるようだ。

「それじゃあ、たのむ」

「へい」

江戸には、死んだ釜塚の金右衛門の〔盗人宿〕が二カ所ある。

いまも、そこには、釜塚一味の〔番人〕がいるし、釜塚一味の盗賊たちも、折にふれて連絡《つなぎ》をつけるため、あらわれているはずであった。

しかし、弥平次が殺した五郎山の伴助と土原の新兵衛のみは、

（寄りつかねえはずだ）

弥平次と与平は、そうおもっている。

伴助も新兵衛も、それぞれに身を隠して、勢力を得ようとしている。

一味の盗賊たちは、たとえ盗人宿へ連絡にあらわれたとしても、たがいに肚《はら》の内を、

（探り合っているにちげえねえ）

のである。

「ですが、小頭……」

いいさして、与平が急に、緊張の面持となった。

「五郎山の人が死んだことは、もう、土原の人の耳に入っていましょうか？」

「うむ……」

ちょっと考えたのちに、弥平次が、

「先ず、入っていると見ていいのではないかね」

と、いった。

伴助と新兵衛が、おそらく、それぞれに雲津の弥平次の身辺を探りとろうとしているのと同様に、

「二人は、たがいに、たがいの動きを探っているにちがいないから、伴助が殺されたことは、もう新兵衛の耳へ入っていると見たほうがいいだろう」

「ですが、だれに殺されたかを、土原の人は見きわめをつけたでござんしょうかね？」

「さあ、そいつは……まさか、このおれが殺《や》ったとは、おもっていねえかも知れねえな」

この夜、弥平次と与平は、〔よしのや〕の二階座敷へ泊った。

そこは二階の、いちばん奥の小部屋である。

与平は、ここを病間にしていたのだ。

小さな釣床に、寒椿を挿しこんだ竹の花入れが置いてあった。

「あれだね。女中のおこうが持って来てくれたというのは……」

「ええ、そうです」

「あの女は、よく気のつく女だ。あの女が、もうすこし若けりゃあ、お前に、ちょうどいい女だよ」

「何を、また……」

おこうは、四十を二つ三つは越しているだろう。

おこうの、くわしい身の上は弥平次も知らぬが、この〔よしのや〕へ来るたび、世話になっていたし、亭主の徳次郎が、この女中を信頼していることを、弥平次は看てとっていたのである。

行灯《あんどん》におおいを掛け、弥平次と与平は、枕をならべて寝床へ横たわった。

「なんだか、妙に、暖《あった》かい夜だな」

「小頭。もう二月ですからね」

当時の二月は、およそ、現代の三月にあたる。

「雪が熄《や》んでから、急に、こう、なんだか、春めいてきたような……」

「さようで」

「ときに、与平……」

「なんです、小頭」

「お前、な……」

「え……いったい、何なので？」

「今度の一件が片づいたら、お前、やっぱり……盗みばたらきをつづけて行くつもりかね？」

「いまさら、何をいいなさるんで……」

「じゃあ、そのつもりなのだな？」

「当り前のことで……ですから、こうして小頭と一緒に……いえ、私は小頭と一緒に、どこまでもやって行きてえのでござんす」

「そうか……」

弥平次は、何かいいかけたが、やめた。

「小頭。ねえ、小頭……どうなすったんで？」

「いや、よくわかった。ありがてえとおもっている」

はっきりと、弥平次がいった。

「さ、もう寝よう」

「へい……」

弥平次は、釜塚一味の組織《しくみ》を、いずれは与平へゆずりわたしたい、という気もちを打ち明けようとおもったのだが、

（いや、まだ、早い）

と、おもい直したのである。

いま、そのことを与平に打ち明けてしまうと、与平は重圧を感じることだろう。

（そうだ、まだ早い……）

いずれにせよ雲津の弥平次は、土原の新兵衛を殪《たお》したとき、二代目・釜塚の金右衛門の座に就き、一味の盗賊を束ねてゆかねばなるまい。

また、それでなくては、一味の盗賊たちも、

(承知しまい)

と、それは弥平次も、覚悟をしていることだ。

一味の紛争の始末をしようと乗り出したからには、そこまで面倒を見なくてはどうにもならぬ。

その上で、弥平次は、倉沢の与平を何とか三代目の座に就けるつもりであった。

そうなってからの方法ならば、

(いくらでもある)

と、弥平次には自信があった。

だが、いずれにせよ、いったんは弥平次が二代目を継がなくてはならなかった。

(先ず、一年はかかる。もしやすると、もう一度、最後の大仕事をしてからでないと、うまく、おさまらねえかも知れない)

弥平次は、掻巻《かいまき》を顔の上までかぶってから、ためいきを吐《つ》いた。

倉沢の与平は、何度も寝返りをうっている。

与平も、弥平次のことばが気にかかって、すぐに寝つけないらしかった。

翌朝も、よく、晴れていた。

朝飯をすますと、与平は、すぐに身仕度をして、

「では小頭。探りに行って来ます」

「そうか。気をつけてな」

「大丈夫で」

「おれもな、与平。近えうちに江戸へ出て来るつもりだ。そうすれば万事、手ちがいがなくてすむ」

「ほんとうですか、そいつはいい」

「いま、隠れ家をさがしてもらっているところさ」

「ここの、徳次郎さんにですかえ？」

「まあ、な」

「私にも、こころ当りがねえでもありません」

「ほう、そうか」

「ついでに当って来ます。それで、今夜は……」

「そうだな……よし、どんなことがあっても、夜には此処へ帰って来よう」

「わかりました」

やがて、倉沢の与平が〔よしのや〕から出て行った。

与平は、徳次郎から借りた着物に羽織、白足袋をはいた町人姿で、〔よしのや〕の舟へ乗り、神田川から大川（隅田川）へ出るつもりであった。

と……。

〔よしのや〕の舟着きの向う側の岸辺に舫《もや》ってあった苫舟《とまぶね》が、与平の舟の後をつけて川面へすべり出て行った。

その朝も早いうちに……〔三政〕の政七は、新堀端の家を出た。

雲津の弥平次の隠れ家について、こころ当りを、

(当って見るつもり……)

であった。

政七が目ざすところは、本所の石原新町《いしはらしんまち》で小さな店を出している小間物屋の亀次郎であった。

亀次郎は当年三十五歳で、政七にとっては、母方の従弟《いとこ》になる。

親類縁者から、もう二十年もはなれている政七だが、この従弟の亀次郎とは、いまもつきあいをしているのだ。

亀次郎は盗人稼業《ぬすっとかぎょう》こそしていないが、若いころから相当の〔あばれ者〕であって、十八のころから博奕《ばくち》へ血道をあげ、その博奕仲間とのいざこざから二人も殺《あや》めたことがある。

殺された奴は二人とも、深川界隈で、

「鼻つまみ……」

の、無頼どもであった。

「ど、どうしよう、兄き」

と、折しも江戸にいた政七のところへ、亀次郎が駆け込んで来たのは、およそ十年ほど前になろうか。

政七は、自分が盗人稼業をしていることを、亀次郎へ、はっきりと打ちあけたわけではない。

わけではないが、

（おぼろげながら、亀は、おれのしていることを知っているにちげえねえ……）

と、政七は感じていた。

いまも、そうなのである。

十年前のあのとき、政七は亀次郎をかくまってやり、

「もう、大丈夫」

と、見きわめがついてから、金を出してやり、小間物屋をさせることにした。

「亀。お前もこれまでに、両親《ふたおや》から勘当をうけるほど、さんざ、好き勝手なことをして来た男だ。その両親も、いまはもう、あの世へ行ってしまった。もう、このあたりで、まともに暮すつもりになって見たらどうだ」

「へい、ありがとう。そうさせてもらいます」

生まれてはじめて、人二人を殺した後だけに、亀次郎もその気になったらしい。

小間物屋になってみると、亀次郎は生まれ変ったようになり、おちかという女房をもらってから、もう七年になる。

だが、この夫婦には、まだ子どもが生まれていない。

亀次郎は、はじめのうち、小間物の荷を背負って、本所界隈をまわり歩き、商いをしていたものだが、いまは店をひらき、これを女房のおちかにまかせ、自分は以前のように得意先をまわっているようだ。

こうして、すっかり堅気になりきった亀次郎であるが、若いうちに二人も無頼者を殺してい

るだけあって、肚が据わっている。

そして、

「兄きからうけた恩と義理を、死んでも忘れてはいけない」

と、女房にも、かねがねいっているらしい。

(先ず、亀次郎のところよりほかに、弥平次どんを隠す場所はねえ)

と、政七がおもいついたのも、うなずけようというものだ。

(恩を着せるつもりはねえが……)

このさい、亀次郎夫婦に、

(着てもらおう)

と、おもった。

本所の石原新町は、むかし、荒地と沼地ばかりだったという。

それが元禄のころに、幕府が組屋敷を建てたのがはじまりで、旗本の屋敷や、御家人の居宅がたちならびはじめ、組屋敷も増えた。

そこが、政七のつけ目でもあったのだ。

幕府の組屋敷や、旗本・御家人の居住区の中に、石原新町の町家が在る。

それだけに、しごく目立たぬ一郭であって、他所者《よそもの》は、よほどの用事がないかぎり近寄らぬ。

しかも、こうしたところには、

(お上の目も行きとどかねえ)

ものなのである。

政七は、暗いうちに家を出て、亀次郎をたずねた。

亀次郎が荷を背負って、外へ出ないうちに、と、おもったからであった。

「やあ、よく来てくんなすった。それにしても兄き。ずいぶん早いね」

「亀次郎。それから、おちか。今日はな、ひとつ、おれのたのみをきいてもらいてえとおもって……」

「たのみですって……こいつは、うれしい。さ、何でもいっておくんなさい」

言下に亀次郎が、

「いのちをよこせというのなら、それでもかまいませんよ」

と、いった。

「そういわれては、二の句がつげねえや」

「いったい、どんなことなんで？」

「人ひとり……いや二人だ。夫婦者だがね」

「へい……？」

「かくまってもらいてえのだ。どうだい、亀次郎」

「よござんすとも」

と、亀次郎とおちかが同時にうなずいた。

「そうか、ありがてえ。よく、引きうけてくれた。このとおりだ」

政七は、亀次郎夫婦の前へ軽く両手をついた。

「兄き。そんなまねはしてもらいたくないよ」

むしろ、亀次郎は突慳貪《つっけんどん》にいったが、

(兄きの様子を見ると、こいつは、ただごとではねえ)

と、おもった。

「それで、此処へかくまってもらうとしてだ。その夫婦の身性《みじょう》については、いま、すぐに打ち明けるわけにはいかねえ。おれの口からはな……」

「わかりましたよ、兄き」

「ただし、その夫婦の口から、お前たちに身性をはなす、というのなら、これは別のことだが……」

「よく、わかりましたよ」

「それじゃあ、もし、そうなったら、よろしくたのむ」

「兄き。できるかぎりのことは、させてもらいますよ」

「ありがとうよ。これで何やら、ほっとした気もちになった。その夫婦は、おれと、ごく親しくしている人たちで、親類も友だちもねえおれにとっちゃあ、お前たち夫婦と同様、たいせつな人なのさ」

「そうですか。そんなことなら、私たちも、ぜひ、世話をさせていただきたい」

「よし。はなしはきまった。それじゃあ、これで……」

「兄き。朝飯は……」

「大丈夫だ」

そういって亀次郎の家を出たものの、今朝早く家を出て、何も腹へ入れていなかった政七は、

歩いているうちに、

（急に、腹がへってきやがった……）

家へ帰って空腹《すきばら》のまま、飯の仕度をするのも面倒だとおもった。

石原新町の通りを、まっすぐ南へ行き、割下水《わりげすい》をわたった政七は本所・緑町四丁目へ出た。

竪川辺りの道に面した角地に〔上総屋《かずさや》〕という飯屋がある。

（よし。此処で腹をこしらえておけば、家へ帰らずにすむ。このまま、よしのやへ行き、このことを弥平次どんなり徳次郎さんなりにはなしておこう）

政七は、上総屋へ飛び込み、葱《ねぎ》と油揚げの熱い味噌汁で飯をすませた。

すませて勘定をはらった〔三政〕の政七が、上総屋の油障子を開け、外へ出た。

出て、何気もなく、眼の前の竪川の方をながめた政七が、

（おや……？）

はっと、まだ閉めていなかった油障子へ身を引いた。

（あいつ、倉沢の与平じゃあねえか……）

大川の方から竪川へ入って来た小舟に、町人姿の、倉沢の与平を見た政七は、

（めずらしい男が……）

と、見た。

ちなみにいうと……。

雲津の弥平次は、いま、与平と組んでいることを、政七へ語っていない。

昨日、おもいがけなく大川橋の上で政七と出合い、〔よしのや〕で落ち合ったときは、

（与平が、まだ、よしのやにいたら……）

政七に会わせてもよいと考えたし、また一方では、

（隠せるものなら、隠しておきたい）

とも、おもった。

うまく、徳次郎へ目くばせをすれば、与平は病間にいるのだから、そこへ政七をつれて入らぬかぎり、会わせないでもすむ。

それもこれも、

（いまは足を洗った政さんに、おれたちの紛事《もめごと》をはなして、この上の迷惑をかけたり、心配をさせたりしねえほうがいい）

と、おもったからである。

なればこそ弥平次は、おしまをつれて〔三政〕を出たほどであった。

そうした弥平次の胸の内を、〔よしのや〕の徳次郎も、よくわきまえていたから、政七の姿を見ても、与平のことは何もいわなかった。

もっとも、政七より先に〔よしのや〕へ入った弥平次が口どめをしておいたことも事実だ。

こうしたわけだから、政七は、舟に乗って竪川を行く倉沢の与平が、昨夜は〔よしのや〕で、雲津の弥平次と枕をならべてねむったのだとは、とうてい、おもいおよばぬことであった。

（与平は、むかしから実直な男だ。死んだ釜塚のお頭も、それから、たしか弥平次どんも、たよりにしていた男だったが……）

おもいつつ、竪川を東へ行く与平の小舟を油障子の隙間から見送った政七が、

（や……？）

またしても、目をみはった。

与平の舟のあとからついて来るかたちの苫舟が眼に入ったからである。

折しも、舟をおおっている苫の中から、くびを突き出した男の顔を見て、政七が、

（あいつは、矢筈《やはず》の熊吉だ。熊吉は、むかしから、土原の新兵衛の下ではたらいていた奴だが

……待てよ、そういえば、倉沢の与平も、たしか一時《いちじ》、土原の新兵衛と一緒に、釜塚一味の盗みばたらきにはたらいていたことがあった……）

しだいに、むかしのことをおもい出してきたのである。

政七はくびをかしげた。

（すると、こいつは、どういうことになるのだ……？）

与平の舟を矢筈の熊吉の苫舟が尾行しているように、政七の眼には映らなかった。

それは当然である。

与平の舟が〔よしのや〕から出て行くのを、神田川の対岸に見張っていた熊吉の苫舟がつけて行くのを、政七は見ていない。

（ははあ……こいつは、二人が別々に、何処かへ行くのかも知れねえ）

と、政七は感じた。

（こいつは、捨てておけねえ）

政七は、上総屋から飛び出した。

（もしやして……あの二人は、土原の新兵衛の隠れ家へ行くのではねえか？）

それなら、いちおう、二人の行先を突きとめておき、これを雲津の弥平次へ知らせておこうと、とっさに政七は決意したのであった。

むろん政七は、弥平次が、土原の新兵衛と五郎山の伴助を殺す決心をしたことを知らぬ。

しかし去年の秋に、土原の新兵衛の腹心だった日影の長次が、弥平次を尾行し、その後谷川弥太郎に斬殺されたことを知っている。

それだけに、

(もし、土原の新兵衛の隠れ家を突きとめておけば、弥平次どんのほうも備えをすることができるというもの……)

であった。

政七は、竪川辺りの道を緑町の町家の軒下づたいに足を速めつつ、ふところから手ぬぐいを出し、頬かむりをした。

(やつら、どこへ行くつもりなのか……それにしても、ちょうど腹ごしらえがすんだところで、よかった)

政七は、胸がおどってきた。

竪川は、万治二年に、幕府が堀割りをしたもので、川幅は約二十間。

これに橋を架け、両国の方から数えて一ッ目を〔一ッ目橋〕とよび、五つ目の橋まである。

大川へ通ずる堀川ゆえ、舟の往来も多い。

それだけに、岸の道から二つの舟を追って行くことは、さしてむずかしいことではなかった。

矢筈の熊吉は、もう苫の中へ入ってしまい、顔を出さなかった。

船頭は、政七が見知らぬ男である。

倉沢の与平が乗っている舟の船頭は〔よしのや〕の者であったが、政七は、それを知らぬ。

二つの舟は前後して、三ッ目橋をすぎ、左へ折れた。

横川へ入ったのである。

横川も竪川と同じころに堀割りされたもので、川幅は二十間。

〔三政〕の政七は、最寄りの店で菅笠を買ってかぶり、顔を隠した。

雲津の弥平次が〔よしのや〕を出たのは、ちょうど、そのころだ。

五名の清右衛門の子分・伊太郎は、左衛門河岸《さえもんがし》に出ている葭簀《よしず》張りの茶店へ入り、ゆっくりと酒をのみながら、彼方《かなた》の〔よしのや〕を見張っていた。

あたたかく晴れわたった四ッ（午前十時）どきだし、神田川に沿った河岸道は、人の往来も多い。

伊太郎に命じられ、若い者の三造《さんぞう》は〔よしのや〕の裏手を見張っているはずだ。

そこへ、雲津の弥平次が〔よしのや〕の表口から出て来たのである。

だが弥平次は、昨日、〔よしのや〕へ入ったときの町人姿ではなかった。

〔よしのや〕へあずけておいた僧衣を身につけ、以前の旅僧の姿で出て来たのである。

これは、見張っている伊太郎にとって、

（おもいもかけぬこと……）

であったにちがいない。

昨日の町人姿の弥平次とは、躰《からだ》つきまで変って見えた。

それに〔よしのや〕へ出入りをする者も多い。

その人びとを、いちいち見張るわけにはゆかぬ。

伊太郎は、昨日、大川橋の上で見た弥平次の姿だけが脳裡《のうり》にこびりついていた。

そのくせ、前に旅僧姿の弥平次が、清右衛門の家へ突然あらわれたとき、折しも其処《そこ》にいた
伊太郎は短刀《あいくち》をふるって迎え撃ち、弥平次の当身をくらって気をうしなっている。

弥平次が〔よしのや〕を出て来たとき、ちょうど、舟をたのむ客が四人ほど河岸道から入って来た。


(あれは、客だな……)

と、伊太郎が、おもわず油断して目をそらし、酒の入った茶わんを手に取った、そのときに
弥平次がふわりと道へ出て来たのであった。

顔をあげて、茶わんの酒をひと口のんだ伊太郎の視線は、河岸道を東へ行き、すぐに角を北
へ曲った旅僧姿の弥平次をとらえていた。

これがもし、弥平次が〔よしのや〕から出たところを、はっきりと見ていたら、

(あっ……)

清右衛門宅で、自分をひどい目にあわせた坊主のことが脳裡へよみがえったろう。

だが、伊太郎は、

(通りかかった旅の坊主……)

と、見た。

で、うっかりと見逃してしまった。

弥平次が平右衛門町の角を左へ曲り、さらに、右へ曲ったころ、

（あ……？）

伊太郎は、やっと、おもい出した。

（あの坊主、もしや……？）

はっと立ちあがった伊太郎が、あわただしく勘定をはらい、河岸道へ飛び出した。

（野郎、姿を変えやがったか……）

〔よしのや〕の前を駆けぬけた伊太郎は、弥平次が曲った道を左へ折れた。

すでに、弥平次の姿は見えない。

（し、しまった……）

道から道へ、旅僧の姿を追って走りながら、

（だが、おれの気の所為《せい》かも知れねえ）

と、伊太郎はおもった。

現に、その辺りの路上には、一人、二人と托鉢《たくはつ》の僧の姿が見える。

清右衛門宅で、自分を子供同然にあしらった男の坊主頭が、脳裡にこびりついてはなれなかったけれども、

（いや、おもいすごしだ。きっと、そうだ）

伊太郎は、自分の失敗を自分で、

（おもいすごし……）

だと、こじつけてしまい、むりにもなっとくすることにした。

見つからぬものは、見つからぬのである。

これが、半場の助五郎であったら、このようなまねはしなかったろう。

そこが助五郎と、若い伊太郎の相違であった。

(よし、また、あの坊主が、あの男だとしても……いずれまた、船宿へ帰って来るにちげえねえ。そのときこそ、しくじらなけりゃあ、いいのだ)

半刻後《はんとき》に、伊太郎は、またしても左衛門河岸の茶店へもどった。

もどって、一息つくかつかぬかのうちに、

「おい……」

ぬっと、半場の助五郎が入って来たではないか。

「え……まだ、その……」

「あ、兄き……」

「どんな、ぐあいだ?」

「出て来ねえのか?」

「ええ、そうです」

「ふうむ……」

助五郎の、するどい眼に見つめられて、伊太郎は動悸《どうき》を押えるのに懸命であった。

「息をぬくなよ。なにしろ、元締の家へ、ひとりで乗りこんで来た奴だというじゃあねえか」

「へい……」

「そいつの顔を見知っているのは、おかみさんのほかには伊太郎、お前だけなのだからな」

「へえ、そうなんで……」

「おれは、これから、元締の用事で、駒込のあたりまで行って来る」

「そうですかい」

「しっかり、たのむぜ」

「大丈夫です」

伊太郎は、ついに、いまのことを助五郎に打ち明けなかった。

打ち明けていたら、その後の状態は、もっと変っていたろう。

この日は、雲津の弥平次にとっても、また〔三政〕の政七にとっても、好運の日だったといわねばなるまい。

政七も、朝暗いうちに家を出たとき、これを見張っている筈の羽沢一家の若い者が、見逃してしまっていた。

もっとも、政七に関しては、

「出入りの者に気をつけていろ」

と、半場の助五郎が指示をあたえていたので、若い者は〔三政〕の表口だけは注意して見張っていたのだが、政七が裏手から出て、新堀川の淵《ふち》をつたわって行ったのには、まったく気がつかなかったのである。

さて……。

雲津の弥平次は旅僧に変装して、何処《どこ》へ行こうとしているのか……。

弥平次は、上富士前町の木立の中の小屋へ隠れた谷川弥太郎を、

いい）

（おもいきって……）

訪ねるつもりで〔よしのや〕を出たのであった。

（谷川さんと、おしまと、三人で一緒に暮すのは、まだ後のことだとしても……おれが、こういう思案をしているということだけは、谷川さんの耳へ、早いうちに入れておいたほうがいい）

と、弥平次はおもったからだ。

谷川弥太郎も、何やら危険な崖《がけ》の淵をわたっているようにおもえる。

それならば、一時も早く会って、

（おれの気もちをつたえておいたほうが、谷川さんの心がまえも変って来よう）

と、考えたのである。

こうして、雲津の弥平次は〔よしのや〕を出ると、注意ぶかく、細路をえらんで足を速め、まわり道をして、

（だれにも後をつけられてはいない）

という確信をもってから、駒込・上富士前町へ足を向けたのであった。

一方、すこし遅れて……。

半場の助五郎も、五名の清右衛門のいいつけで、谷川弥太郎の新しい隠れ家をたずねるべく、上富士前町へ向っている。

弥平次と助五郎が目ざす場所は同じであっても、道すじはちがっていた。

五名の清右衛門は、半場の助五郎へ、

「これを、とりあえず、谷川さんへわたしておいてくれ」

と、金五十両を持たせ、

「遅くとも三日のうちには、わしが、そちらへうかがうと、つたえておいてくれ」

そういった。

助五郎は弥平次に遅れて左衛門河岸から出発したわけだが、道すじは弥平次のほうが遠まわりであったから、二人は、おそらく前後して上富士前町へ到着するものと見てよかった。

ところで……。

土原の新兵衛が隠れ住んでいるらしい南本所の法恩寺へ、

（何とか、手がかりをつかめねえものか……）

と、出かけて行った倉沢の与平は、どうしたろう。

苫舟に後をつけられているとも知らず、与平は、竪川から横川へ舟を入れ、法恩寺のすこし手前の、津軽越中守・下屋敷前の岸へ、舟を着けさせた。

「ありがとうよ。もう、帰ってしまってくれて結構だ」

と、与平が、〔よしのや〕の船頭にいった。

舟が引き返して行くのを見送った与平は、近づいて来る苫舟を見た。

見ることは見たが、別に気にはとめなかった。

他にも、舟が行ったり来たりしている堀川なのである。

（さて、と……）

与平は、ゆっくりと歩き出した。

別だん、顔を隠したりはしない。

もしも、ひょっとして、土原の新兵衛か、新兵衛の叔父の九助に路上で出合ったとしたら、

「これはこれは……」

正面から、あいさつをするつもりであった。

九助がやっている花屋へは、新兵衛につれられて二度ほど訪ねたこともある与平なのだ。

「このごろは、みんなが、ばらばらになってしまって、心配でなりません。いったい、どうなっているので？」

逆に、新兵衛へ、そう尋《き》いてやってもいい。

だが、なるべくは、相手に知られぬように探ってみたい。

(雲津の小頭と、おれとのことは、新兵衛だって知らねえわけではねえ)

からだ。

いかにも商家の番頭といったふうな姿で、与平は、法恩寺のまわりを、ゆっくりとまわって見た。

あたたかい日和《ひより》だし、参詣《さんけい》の人出もすくなくない。

九助の花屋の前は通らなかったけれども、ひとまわりしてから倉沢の与平は、

(む。そうだ……)

はっと、おもい当ることがあった。

そのとき与平は、法恩寺の境内にいて、西門の内側から、向う側の、九助の花屋を見ていたのだ。

花屋の左どなりに、鰻屋《うなぎや》の〔樽屋《たるや》〕がある。

この鰻屋を見たとたんに、

（そうだ。土原の新兵衛は、鰻が大好物だった）

と、おもい出したのである。

（よし）

おもいきって与平は、西門を出た。

もしも、土原の新兵衛が、九助の花屋に隠れているなら、大好物の鰻を焼く匂いが、となりからただよってくるわけだから、

（口にしないはずはない）

と、与平はおもった。

樽屋へ来て食べなくとも、出前をさせるにきまっている。

だから〔樽屋〕へあがって、それとなく探って見れば、

（わかるかも知れねえ）

そう考えたのだ。

ちょうど、昼どきも近くなったので、樽屋も店を開けていた。

九助の花屋には、人影が無かった。

「ごめんなさいよ」

与平は〔樽屋〕の店先へ来て、

「座敷で食べたいのだがね」

と、いった。

「さあ、どうぞ、おあがり下さいまし」

中年の女中が、すぐに与平を奥の小座敷へ案内してくれた。

間口はせまいが、奥行きが、かなり深い。

石畳の通路をまっすぐに入って、右側の小座敷へあがると、両側は、となりの花屋の裏手からも見える雑木林であった。

「まず、お酒をもらいましょうかね」

与平は、女中にいった。

なんとなく、

(うまい手がかりが、つかめそうな……)

おもいがしてきた。

たとえ、土原の新兵衛が、花屋にはいない、ということを突きとめるだけでも、むだではない。酒を運んで来た座敷女中へ、与平は、たっぷりと〔こころづけ〕をはずみ、

「このあたりには、鰻屋は、ここ一軒らしいね」

「はい、さようで」

「それなら、繁昌していなさることだろうね」

「おかげさまで……ま、ひとつ、お酌を」

「ありがとうよ」

「あるじは深川の人で、ここへ店を出しましたのは七年ほど前でございますが、おかげで評判

がよくて……はい、おとなりの花屋さんなども三日にあげず、大串《おおぐし》を……」

与平は、躍る胸を押えて、

「出前をしなさる？」

「はい、さようで」

「あの花屋の爺さんが、三日にあげず、鰻をねえ……」

「あれ、九助さんをごぞんじでございますかえ？」

「いや何、ここへ入るとき、店先へ出ていましたよ」

「まあ、さようで……いいえね。九助さんが食べるのじゃあないので。なんでも、九助さんの親類だとかいうお人が、ときどき見えて、そのたびに、うちの鰻を……」

女中のことばを聞いて、倉沢の与平は、

（間ちがいない。土原の新兵衛は、九助の花屋の屋根裏に、きっといるにちがいない）

と、おもった。

時折は、外へ出て帰って来ないこともあるだろうが、

（月のうちのほとんどを、寝泊りしているにちがいない）

と、与平は感じた。

（よし。今日は、これくらいにしておこう）

それから、与平は酒をのみ、注文した鰻が焼きあがって来るのを待つことにした。

（こうなったら、下手に立ちまわらねえほうがいい。おれの勘ばたらきに狂いはねえ。かならず、新兵衛は花屋にいる。雲津の小頭に、このことをつたえたら、小頭もきっと、一《いち》か八《ばち》か、

おもいきってすることをしなさるにちげえねえ。今度は、おれも小頭をたすけなくちゃあならねえ）

そのとき、石畳の通路を近寄って来る人の気配がした。

与平は、

（もう、焼けたのか。ばかに早いな）

と、おもった。

障子が開き、二人の男が入って来た。

「あ……」

おもわず与平は、盃《さかずき》を落しそうになった。

「久しぶりだのう」

と、男の一人が笑いかけてきた。

「こ、こりゃあ、土原の……」

「なんだなあ、与平。此処《ここ》まで来て、となりの花屋をたずねてくれねえなんて、お前も冷てえ男だのう」

でっぷりと肥え、あぶらぎったその男は、まさに、土原の新兵衛だったのである。

もう一人の男は、矢筈の熊吉であった。

熊吉が、〔よしのや〕から出る自分を見張ってい、苫舟に隠れ、此処まで尾行して来た、などとはおもいもかけぬ倉沢の与平が、

「いえ、実は……兄貴に会いたくて此処まで来たものの、どうしようかと、おもい迷ってしま

って……」

「そりゃまた、なぜだ？」

「だって兄き。一味の者たちが、みんな、落ちつかねえ今日このごろだ。うかつにお前さんをたずね、めいわくをかけてもいけねえ、と……」

「そうか。うむ、そこまで考えていてくれたとは、さすがにお前だ。うれしいぜ」

「いえ、そんなことは……」

そこへ、女中が鰻を持って入って来た。

鰻屋の女中は、土原の新兵衛も矢筈の熊吉も、見知らぬ様子であった。

ということは、この店のだれもが、新兵衛を見ていないことになる。

与平の後から入って来た二人を、鰻屋の人びとは、通りがかりの客としてあつかっている。

「あれまあ、お知り合いなんでしたか」

と、女中がいった。

「そうだ。おれたちは酒だけでいい。ここで一緒にやるから、たのむよ」

新兵衛が、そういった。

女中が去ってから、矢筈の熊吉が、

「いましがた、土原の兄貴をたずねようと、この店の前を通りかかったところ、お前さんが中へ入って行くのを見てね。それで兄きに申しあげたというわけですよ」

と、いう。

二人のことばが、嘘いつわりはないように、与平にはおもえた。

「お前、いま、どこにどうしているのだ?」

「兄貴は、ずっと叔父ごのところにおいでなすったので?」

「そうよ」

「いえ、私も、うっかりと身うごきしてはいけねえとおもい、つい三日ほど前まで、相州・小田原にいる、むかしなじみの女のところへ隠れていたのですよ」

「そうかい、そうかい。なにさま、釜塚一味も人割れがしてしまって、どうにもならねえ。いずれは、だれかが、一味の者の梶《かじ》を取らなくては、おさまりがつかねえ」

「まったくで、兄貴」

酒を運んで来た女中に、

「いいよ。私たちで勝手にやるから……」

と、新兵衛が出て行かせた。

その態度も、以前と、すこしも変らないようにおもえてきた。

いざとなったら、裏手に面した障子を蹴倒《けたお》し、外へ飛び出して逃げることも考えていた与平であったが、

(どうやら、おれをうたぐってはいない……)

らしく、おもえてきた。

「ときに与平」

「なんです?」

「お前、五郎山の伴助の隠れ家を知ってはいねえか。いや何、別に、どうというのではねえ。

ひとつ、肚《はら》を割って、じっくりとはなし合って見てえのさ」

「いえ、そいつが、実は私にも、さっぱりわからねえので……」

どうやら土原の新兵衛は、五郎山の伴助が雲津の弥平次の手にかかって死んだことを、知らぬらしい。

「それじゃあ、与平。お前、雲津の小頭の隠れ場所を知ってはいねえか？」

倉沢の与平は、

（いよいよ、来たな……）

と、おもった。

すでに与平は、落ちついていた。

土原の新兵衛が、

（おれや、雲津の小頭のことを勘づいてはいない）

その確信を得たように、おもえたからであろう。

「さて……知りません。また私が知るわけもねえことで……」

「うむ」

うなずいた新兵衛が、

「そりゃ、ま、そうだったのう」

と、いい、

「あは、は、は……」

大声に笑って、

「与平。お前、どうしたんだな。せっかくの鰻が、つめたくなってしまったじゃあねえか。さ、遠慮せずに食べてくれ」

「いいえ、もう……」

「そうか、よし。それじゃあ、こうしよう。おれが隠れ場所へ行き、九助叔父ごにたのんで、この店の鰻を取り寄せ、ゆっくりとやろうじゃあねえか」

「それがようござんす」

と、矢筈の熊吉が相槌《あいづち》を打った。

「与平。お前も何だ。おれをたずねて来てくれたんだろう?」

「そりゃあ、そうですとも」

「それなら久しぶりだ、ゆっくりしていってくれ」

「へえ……」

「それにな、お前と熊吉と、二人顔がそろったところで、お前たちへ折り入ってはなしておきてえこともある」

という新兵衛のことばに、与平は胸がさわいだ。

(こうなれば、肚をすえたほうがいい)

と、こころを決め、

「それじゃあ、兄貴。お供をいたします」

「よし。そうときまったら早いがいい」

そこで三人は、鰻屋を出た。

与平の勘定も、新兵衛がはらった。

三人は、すぐに、となりの九助の花屋へ入って行ったのではない。

いったん、法恩寺の境内へ入ってから、

「一人ずつ、入るほうがいい。先ず、おれが入る。それから与平。しんがりは熊吉だ。いいか、二人とも。どこでだれが見張っているかも知れねえ。くれぐれも気をつけてくれよ。いいか、いいな」

と、新兵衛が指示をした。

「わかっています」

「それじゃあ、先へ行って待っているぜ」

こうして、三人が、つぎつぎに九助の花屋へ入って行くのを、

（やっぱり、な……）

〔三政〕の政七は、すっかり見とどけていた。

（やっぱり、あの三人は、組んでいやがったのだ……）

このことである。

政七は、しばらく、九助の花屋を見張っていた。

花屋の親爺《おやじ》らしいのが、先刻、三人が出て来た鰻屋へ入って行き、すぐに出て来て、また花屋の中へもどったのも見た。

政七が見張りをやめて帰途についたのは、鰻屋の出前が、まだ花屋へとどかぬうちに、であった。

（いずれにしろ、あの花屋は、土原の新兵衛一味の隠れ家に相違ねえ。それとわかったからには、一時も早く、雲津の弥平次どんに知らせたほうがいい）

と、おもったからだ。

政七は、飛ぶように足を速めた。

〔よしのや〕へ駆けつけることにしたのである。

それにしても……。

雲津の弥平次は、政七を紛争に引きこんではいけないと思案し、わざと、自分と与平が組んで事を起そうとしていることを打ち明けなかったことが、どのような結果を生んだかを、のちに、おもい知らされることになる。

もし、政七に打ち明けていたら、倉沢の与平を見かけたときから、政七の考えも、おのずからちがっていたろう。

さて……。

鰻がとどけられると、九助の花屋の屋根裏部屋で、三人の酒もりがはじまった。

屋根裏といっても、天井が低いだけで、なかなか小ぎれいにつくってある細長い八畳に一畳分の板張りとなっている。

与平は一目で、

（女っ気はねえな……）

と見た。

「さ、どんどんやってくれ」

土原の新兵衛は、上きげんで酒をのんだ。

階下へ鰻がとどいたとき、これを取りに下りて行ったのは矢筈の熊吉である。

あがって来たとき、熊吉は、新しく燗《かん》をつけた酒を運んで来た。

その酒を、新兵衛も熊吉も、与平ものんだ。

同じ酒を、のんだはずであった。

ところが、間もなく与平は、すわっていられぬほどに酔いが発してきた。

（こ、これは、どうしたのだ。おれとしたことが、これだけの酒で、こんなになるはずはねえのだが……）

おもったとたんに、ぐらりと眼の前にいる土原の新兵衛の顔がゆれうごいた。

ゆれながら、新兵衛は笑っていた。

（あっ……）

そのとき、はじめて倉沢の与平は、

（だ、騙《だま》しゃあがったな……）

と、感じた。

矢筈の熊吉が、新しく階下から運んで来た酒には、

（し、しびれ薬が……）

入っていたのであろう。

（おれとしたことが……）

であった。

口惜《くや》しい、残念な、そして込みあげて来る怒りに、与平は身をふるわすこともできぬまま、すーっと気が遠くなってしまった。

それから、どれほどの時間がすぎたろう……。

与平の意識がよみがえったとき、花屋の屋根裏部屋には、行灯《あんどん》が点《とも》っていた。

(い、いけねえ……)

身を、もがこうとしたが、まったく自由はきかなかった。

叫ぼうとしたが、声も出なかった。

与平の口には、革製の〔猿ぐつわ〕が嚙《か》まされていた。

両手は、うしろへまわされ、堅く縛りつけられ、足も同様になっている。

「気がついたか……」

土原の新兵衛が、横向きに倒れている与平のそばへ寄って来た。

「う、うう……」

「ずいぶんと、よく、ねむったのう」

「く、くく……」

すると、階下からあがって来た矢筈の熊吉が、

「この野郎」

いいざま、与平の横面へ足をかけて踏みにじった。

「馬鹿野郎め。てめえが、それほどに間ぬけだとは、おもわなかったぜ」

口ぎたなく、熊吉が罵《ののし》った。

「やい。てめえが、この前、此処をさぐりに来たのを、土原の兄貴はな、ちゃんと見とどけていなすったのだぞ」

「う、む、む……」

　すると、土原の新兵衛が、

「おれはな、与平。お前が考えているほどに、のんびりとはしていねえつもりだよ。この家のまわりから法恩寺のあたりにかけて、二人、三人の見張りは、毎日ちゃんと出ているのだ」

「この野郎!!」

　熊吉が、与平の顔を蹴った。

「やい。てめえ、左衛門河岸の船宿へ入って、何をして来やがった。だれと会っていやがった」

「まさか、徳次郎の爺《とつ》つぁんとだけじゃねえだろう。さ、吐け。吐いてしまえ」

　どうやら、雲津の弥平次が〔よしのや〕にいたことを、二人とも知らぬらしい。

「素直に吐いてしまえば、いのちだけは助けてやろう」

　と、新兵衛がいった。

「おい、与平。お前が、よしのやで会った奴は、五郎山の伴助か……それとも雲津の弥平次か？」

　与平は、懸命にくびを振った。

「嘘をつきゃあがれ!!」

　またも熊吉が、与平の顔を蹴った。

与平の顔が、鼻血で、見る見るうちに赤くなった。

「まあ、いいやな」

尚《なお》も蹴ろうとする熊吉を制して、土原の新兵衛がいった。

「いえよ。いわねえと、お前、すぐにあの世へ行くことになるのだぜ。おれが、こんなことを脅しでいうような、そんな男じゃあねえことは与平、お前が、いちばんよく、知っているはずだ。そうだろう。え、そうだろうが……」

与平は眼を閉じて、わずかにうなずいた。

よく、わかっている。

そしてもし、雲津の弥平次とのことを、すべて打ちあけたとすれば、新兵衛は約束をまもり、

(おれを殺すようなまねはすまい)

と、与平はおもった。

しかし、だまっていれば、必ず殺される。

(いま、ここでなら、刃物はつかうまい。きっと、しめ殺されることになる……)

そこまで、与平にはのみこめていたのである。

(ここで……こんなところで、死にたくはねえ)

と、おもった。

死にたくなければ、すべてを白状しなくてはならぬ。

白状したからといって、すぐに解放されるわけではない。

与平の言葉に嘘はないか、を、新兵衛がたしかめてから、はじめて自由にしてくれるわけで

あった。

だから、一時のがれの言葉では通用せぬ。

「さあ、どうする？……おれが、こういうときに気が短くなることも、お前は百も承知のはずだ」

新兵衛が、熊吉に目くばせをした。

熊吉が、階下へ去った。

「さ、どうする？」

与平は、だまっていた。

青ざめて、瞑目《めいもく》している。

おそらく、このときの倉沢の与平の脳裡には、すぐさま此処で、

「生と死」

への、二つの道をえらばなくてはならぬ自分の、二つの姿が浮かびあがり、ごく短い時間の間を、与平は与平なりに苦しく、切なく、おもいなやんだことであろう。

「さあ、いえ。いわねえか……」

土原の新兵衛の声が、一種の凄味《すごみ》をおびてきた。

矢筈の熊吉が、屋根裏部屋へもどって来たのは、このときであった。

熊吉は、手に革製のひもをつかんでいた。

いうまでもない。

これは、人のくびを絞めて殺すためのものなのである。

横ざまに倒れていた倉沢の与平は、このとき眼を開けて、熊吉が手につかんでいるものを見た。

そして、見たとたんに、こころが決まったのである。

(死んでもいい)

であった。

(死んでも、雲津の小頭のことはいわねえぞ)

であった。

余談になるが……、

筆者は、太平洋戦争の折に、海軍航空隊へ入って、山陰の特攻隊基地にいたことがある。

そのとき、まだ二十にもならぬ紅顔のパイロットたちからきいたことだが、出撃するたびに、

「こころ構えが、みんな、ちがう」

と、いうことであった。

十八か十九の、まだ少年のおもかげを残している若わかしい顔をほころばせて、彼らは語ってくれたものだ。

出撃すれば、

「かならず死ぬ」

と、おもいきわめなくてはならぬ。

敵の艦隊を発見すれば、乗っている航空機と共に体当りをして戦死する。これが特攻隊なのであった。

「池波兵長。自分でも、よくわからないんだ。出撃する朝から、どっしりと肚《はら》が据わっていて、死ぬことが、すこしも恐ろしくないときがある。そうかとおもうと、機へ乗り込む前から、死ぬことが恐ろしくて恐ろしくて仕方がなく、乗りこんだとたんに……笑っちゃあいけない。小便をもらしちまうことがあるんだ」

何度も出撃し、そのたびに、偶然、生き残って来た若い少尉が筆者に、そう語ったことがある。

「それが、その日の生理的なものによるのか、気分によるのか、健康状態によるのか……自分でもわからないんだ。そうした、いろんなものがいっしょになって作用するんだろうけれど、とにかく恐ろしいときと、ちっとも怖くないときとがある、死ぬことがね……」

このときの倉沢の与平についても、同じことがいえるのではないだろうか。

理屈ではない。

熊吉の手の革ひもを見たとき、与平は、

(よし。殺されてやる。死んでやる!!)

むしろ猛然と、死という未知の経験へ立ち向う闘志がわきあがってきたのである。

倉沢の与平は、土原の新兵衛を見上げて、ゆっくりとかぶりを振った。

「なに……」

新兵衛の顔に、見る見る殺気がふき出して来た。

「いわねえ、と……?」

与平が、うなずく。

「どうしてもか」

与平のうなずき方が、ちから強くなった。

息苦しい沈黙の後に、

「それじゃあ、仕方もねえことだ」

と、新兵衛がいい、矢筈の熊吉へ、

「やれ」

と、命じた。

熊吉が与平の躰を引き起した。

与平は、すこしもさからわなかった。

「あっ……」

という間もなく、矢筈の熊吉が革ひもを与平のくびへ巻きつけ、一気に絞めあげた。

与平の顔が真赤になり、それから鉛色に変じた。

熊吉が、そこまで絞めておいてから、

(どうしましょう?)

というふうに、新兵衛を見た。

もう一度、

(泥を吐くように、与平を脅して見たら……?)

と、おもったのであろう。

だが、新兵衛は、

「かまわねえ。やってしまえ」

と、いった。

熊吉の両腕にちからがこもった。

倉沢の与平が、がっくりとうなだれ、息絶えた。

「畜生め……強情な奴だ」

熊吉が、ぐったりと倒れ伏した与平の背へ唾を吐きかけた。

「暗くなってから、こいつを裏の木立の中へ埋めこんでしまえ」

「合点です」

「それにしても与平のやつ、よくも死ぬ気になったものだ」

「せっかく兄貴が、ああいってくれたものを……馬鹿な野郎でござんす」

「与平が、ここまで意地を張りぬいたことを、熊吉、お前はなんとおもうね？」

「さて……」

「与平は、きっと、雲津の弥平次と連絡《つなぎ》をとり、弥平次の指図で、おれの隠れ家をさぐりに来たのだろうよ。弥平次のために、死ぬ気になりやあがったのさ」

土原の新兵衛の声には、羨望《せんぼう》のひびきがこもっていた。

「おい、熊吉……」

「え……なんです？」

「お前も、この与平のような立場になったら、おれのために死んでくれるか？」

「そ、それゃあ、兄貴……」

「どうだ？」

「いうまでもねえことだ。死にますとも」

「どうだかなあ。ふ、ふふ……」

矢筈の熊吉が、嫌な顔をして眼を逸《そ》らした。

倉沢の与平が絞殺された時刻よりも、よほど前に、雲津の弥平次は、駒込・上富士前町の松平時之助・下屋敷の前へさしかかっていた。

弥平次は、遠まわりに上野の山下から不忍池《しのばずのいけ》の西岸へ出て、根津から団子坂をのぼり、四軒寺町をぬけ、本郷から駒込へ通ずる往還へ出たのである。

一方、半場の助五郎は昌平橋の北詰から湯島へ出て、本郷の大通りをまっすぐに此処へさしかかった。

それは、ほんの一足ちがいといってよかったろう。

弥平次が大通りへ姿を見せた、その、ほんのすこし前に助五郎が四軒寺町の角《かど》をすぎて駒込の方へ向って行った。

雲津の弥平次が、四軒寺町の角へ出たとき、助五郎は一町ほど先を歩んでいる。

これがもし、反対に、弥平次のほうが一足先に大通りへ出ていたら、どうなっていたろう。

当然、弥平次のほうが先に、谷川弥太郎の隠れ家をたずねることになる。

そうすれば、後から上富士前町へ到着した助五郎は、

(や……？)

かならず、弥平次を怪しむにちがいなかった。

助五郎は、弥平次の面体に、

「見おぼえはない……」

はずである。

しかし、伊太郎から、元締の家を突然に襲った旅の僧のことを耳にしているわけだから、尚更に疑惑を深めたにちがいない。

そうなれば助五郎のことだ。とっさに、どのような処置をほどこしたか知れたものではないのである。

すくなくとも、この日のこの場合、雲津の弥平次が一足遅れて駒込の大通りへ出たのは幸いだったといえよう。

二人が前後して大通りへ出たときは、まだ昼ごろであったし、人通りも多く、弥平次も助五郎の顔を知らぬわけだから、何事もなく、二人は上富士前町までやって来た。

ここまで来ると、人通りも、さほどに多くはない。

弥平次は、前を行く男が〔釘ぬき屋〕へ入って行くのを見たが、別に怪しんだわけではない。ちょうど時分どきのことで、飯屋の釘ぬき屋へ出入りする人があるのは、当然のことである。

弥平次は、釘ぬき屋の角の路地へ、そっと入って行った。

（あ……？）

一歩、釘ぬき屋の裏道へ足をふみ出した弥平次が、はっと身を引いた。

いま〔釘ぬき屋〕の表口から入ったばかりの男が、裏口からあらわれたのを見たからであった。

〔釘ぬき屋〕の者らしい若いむすめが、男を案内して、雑木林の中へ入って行くのを、弥平次はみとめた。

雑木林の中には、谷川弥太郎が隠れ棲《す》む小屋がある。

（あの男、谷川さんをたずねて来たにちがいない）

のである。

弥平次は、ほっとした。

（おれのほうがあの男に見られなくて、よかった……）

このことであった。

弥平次は、男とむすめが雑木林の中へ消えるのを待ち、裏道へ出た。

右手を見ると、小さな、古びた地蔵堂がある。

それは、ずっとむかし、この裏道が駒込から本郷へ通ずる道だったことを物語っている。

地蔵堂の蔭へ入り、弥平次は腰をおろし、いかにも旅の僧が、疲れた足を休めている姿になった。

裏道をぬけて行く、このあたりの人もないではなかったが、すこしも弥平次を怪しむ様子はない。

雑木林の中から、男を案内して行ったむすめが出て来て、あたりを見まわしたが、そこからは弥平次の姿が地蔵堂の蔭になっていて見えない。

むすめは〔釘ぬき屋〕の裏口から中へ入って行った。

それから間もなく、男が出て来た。半場の助五郎である。

助五郎は、木立からあらわれる前に、凝《じっ》と裏道の気配をうかがってから、姿を見せた。

そして、また〔釘ぬき屋〕の裏口へ入って行った。

弥平次は、それからも、しばらくの間は地蔵堂の蔭で見じろぎもしなかった。

まことに慎重なものである。

これが、あの夜、単独で、無鉄砲ともおもわれる奇襲を五郎山の伴助の隠れ家へかけた男ともおもわれぬ用心深さであった。

（よし……）

自分が何処からも見張られてはいない、と、見きわめがついてから、雲津の弥平次は腰をあげた。

日ざしは、いよいよ明るい。

春が、すぐそこまで来ているのである。

弥平次は、ゆっくりと〔釘ぬき屋〕の裏手まで歩いて行き、全身の神経を緊張させ、笠の間から油断なく眼を光らせ、

（よし!!）

と見て、すばやく雑木林の中へ飛びこんだ。

飛びこんで屈《かが》みこみ、しばらくの間はうごかず、あたりの気配に耳をすませた。

それから立ちあがり、林の奥の小屋へ近づいて行った。

雲津の弥平次は、小屋の戸口の前に佇《たたず》み、凝と、あたりの気配をうかがった。

自分の後をつけて来ている者がいるか、いないかを、たしかめているのである。

（大丈夫……）

と見て、弥平次が腰をあげかけた、そのとたんに、

「どなただ？」

小屋の中から声がかかった。

まぎれもなく、谷川弥太郎の声である。

（さすがに、谷川さんだ）

と、弥平次は感嘆した。

いや、せざるを得ない。

これまで他人に、忍んで行動をしている自分の気配をさとられたことがない弥平次なのである。

「どなた……？」

声が、屹《きっ》となった。

「私ですよ、谷川さん……」

「なんと……？」

「あなたの名づけ親が来たのだ」

「え……弥平次どのか？」

「さようでございます」

戸が開き、弥太郎が顔を出し、

「どうして、此処を？」

驚嘆の表情をうかべた。

「いえ、ひょんなことから、ね」

「ともかく、入って下さい」

「よろしゅうございますかえ？」

「よいもわるいもないことです」

「では、ごめんを……」

中へ入って、弥平次が、

「去年の秋には、とんだお世話になりました」

といった。

「おかげで、助かりました。あのとき、あなたが、私の後をつけて来た男を殺《や》って下すって、わざわざ、寺の小坊主に手紙をことづけて下さいましたので……私も、いろいろと身のまわりに気をつけるようになりましてね。あのことがなかったら、もしやするとこの弥平次、いまごろは、あの世へ旅立っていたやも知れぬよ」

「さようか……それは、よかった。そういっていただけて、うれしい」

谷川弥太郎の両眼が、熱いものにうるんできている。

なんといっても弥太郎にとって、雲津の弥平次ほど、なつかしくて慕わしい男はなかったといえよう。

「よかった、よかった……」

と、われ知らず弥平次の声もうるんできた。

どちらからともなく、二人は手と手をつかみ合い、にぎりしめた。

「なれど、弥平次どの……」

「どうして此処を、と、いうので？」

「さよう」

弥太郎は、旅の僧に化けた雲津の弥平次を、まじまじとながめ、

「それにしても、その姿は……？」

「おどろきなすったでしょうね」

「はじめに、戸の外から弥平次どのの声がきこえていなかったら、おそらく、だれかわからなかったろう」

「ふ、ふふ……」

「それにしても、あれ以来、ようやくに、あなたの顔を見ることができた……」

「私は、つい先ごろ、谷川さんが、この小屋へお入りなさるのを見とどけたのですよ」

「なんといわれる……」

「ひょんなことから、あなたを見かけましてね」

「いつのことです？」

「ま、それよりも……」

いいさして弥平次が、

「私が、ここにいても大丈夫ですかえ？」

「夕暮れになると、飯をはこんで来ますが……」

「ああ、前の、飯屋からね」

「よく、おわかりだ。なれど大丈夫。私が外へ出て、膳を受け取ればよいことです」

「いいえ、その前に手っ取り早く、はなしをすませてしまいたいとおもいます」

「私も、きいてもらいたいことが……」

「そうでしょうとも。さて、どっちが先にはなしたらよいか……ともかく、私のほうから洗いざらい、はなしてしまいます。とにかく聞いておくんなさい」

それから弥平次が語りはじめた。

坊主の湯で、谷川弥太郎と別れて以来のことを、弥平次はすべて語ってきかせた。

おしまのことも、そして自分の〔秘密の稼業《かぎよう》〕のことも、である。

さらに、現在の釜塚一味のことにもふれ、

「実は、先夜、谷川さんを見かけたのも、巣鴨追分の隠れ家にいた五郎山の伴助を殺害しての帰り途だったのですよ」

そこまで、つつみ隠さずに語った。

弥太郎は、

「何やら、深いわけがあるとはおもっていましたが……」

まさか、弥平次が盗賊だったとは、

（おもいもよらぬ……）

ことであったらしい。

ひと通り語り終えてから、弥平次が、

「さあ、今度は谷川さんの番だ」

「きいて下さい、弥平次どの」

弥太郎が、堰《せき》を切った水のように語りはじめた。

弥平次は、だまって聞いていたが、弥太郎のはなしがすすむにつれ、顔が赤くなったり青くなったりしはじめた。

弥太郎が語り終えたとき、雲津の弥平次は、何かぐったりとなり、上体を畳の上へ横にしてしまった。

「弥平次どの。どうなされた?」

「どうなされたのです?」

「どうも、こうも……」

「いや、大丈夫。あまり、身を入れて、谷川さんのはなしを聞いていたものだから、すっかり、ちからが入ってしまって……くたびれてしまいましたよ」

と、苦笑した弥平次の顔が、すぐに引きしまって、

「こいつは、大変なことだ」

「私が、金ずくで人を殺《あや》める、仕掛人とやらになり下ったことを、弥平次どのは……」

「いや、それもある。あるが、しかしこいつは私だって口幅ったいことをいえる男じゃあねえ。それよりも谷川さん。その、お前さんがつきとめたという西ヶ原村にある土岐丹波守の下屋敷のことだ」

「む。弥平次どのは、なんとおもいます?」

「くわしいことは、わかりませんが、私が、お前さんのはなしをうかがって、胸におもい浮かんだことは……先ず、谷川さん。お前さんは、坊主の湯であんな目にあったのも、おそらく土岐丹波守様の御家来だったからだろうとおもいますよ」

「私が、土岐家に仕えていた……そうおもわれるのだ、私にも……」

「こうなったら、手がかりの糸口へたどりついたことになる」

「それは、そうなのだが……どうして、その糸口を手《た》ぐって行ったらよいのか、私ひとりでは何もできぬ」

「それは私が、手つだいましょうよ」

「えっ……まことに？」

「五名《ごみょう》の清右衛門という元締は、私にいわせると、谷川さんとは別の世界にいる男だ」

いいさして弥平次が、

「あ、そうだ」

ひざを打ち、

「いい忘れていたが谷川さん……」

と、清右衛門宅へ、弥太郎を探しに単身で乗り込んだときのことを語るや、

「そのようなことまで、して下されたのか……」

弥太郎はおどろきもし、感動もした。

危険な身のまわりなのにかかわらず、弥平次が弥太郎の身をおもうあまり、そのようにおもいきったことまでしてくれた……その親身の情に弥太郎は胸を打たれた。

「すまぬ。御心配をかけて……」

両手をついた弥太郎へ、

「そんなまねはおよしなさい。さ、手をあげて……あ、谷川さん。ぐずぐずしてはいられない。日が蔭ってきました」

雲津の弥平次は、

（こうなったら、ぐずぐずしてはいられねえ）

と、おもった。

弥太郎のはなしを聞いたいまとなっては、

（一日も、こんなところへ、置いてはおけない）

と、おもった。

そもそも、谷川弥太郎は何とおもっているか知れぬが、いまの弥太郎の世話をしている香具《や》師《し》の元締・五名の清右衛門などを、

（いつまでも谷川さんのそばへ、くっつけておいてはいけない）

と、おもった。

五名の清右衛門の名前だけは、弥平次も聞いている。

香具師の元締なぞというものの実態がどんなものか、

（谷川さんは知ってはいねえ）

のである。

現に、弥太郎を親切に世話しているように見えながら、

（五名の清右衛門は、金ずくで人を殺める仕掛人に、谷川さんをしてしまったじゃあねえか……）

そこが気にいらぬ。

あぶないことだとおもう。

清右衛門が、当初は弥太郎を親身になって世話をするつもりでいても、いったん弥太郎の剣技の冴《さ》えを見知ったとなると、すぐさま、自分のために利用する。しかも殺人を犯させての利用なのだ。

もし、真底から弥太郎の身を心配してやるのなら、

（そんなことは、できねえはず……）

ではないか。

そして、先夜。

浅草田圃《たんぼ》の外れで、三人の武士を斬るように清右衛門からたのまれた弥太郎が、そのうちの一人と闘ったとき、相手は弥太郎と刀身を合せて押し合いながら、

「笹尾……平三郎……きさま、よくも……」

と、いったそうだ。

これはいったい、何を意味するのか。

谷川弥太郎は、もしやすると、過去に笹尾という姓をもっていたのやも知れぬ。

それと知りながら尚、五名の清右衛門は、その男を弥太郎に殺害させようとしたのか……。

その男と、西ヶ原に下屋敷がある土岐丹波守とは、

(何か、関わり合いがあるのか、どうか……？)

である。

(こうなったら、たとえ一時でも、よしのやの徳次郎さんへたのんで谷川さんをかくまってもらってもいい。とにかく手もとへ引き取ってしまわなくては安心ができねえ)

と、雲津の弥平次は決心をしたのである。

「その、西ヶ原の下屋敷を探るのに、お前さんひとりでやってはいけませんよ」

と、弥平次がいった。

「なにしろ、お前さんは、まだ、むかしの御自分のことが、さっぱりわかってはいないのだ」

「さよう……」

「だから、あぶない。こっちはわからないのに向うはわかっていて、お前さんを殺そうとしている。それなのに、前の、お前さんが住んでいなすったという植木屋の小屋からも程近いこんな場所にいるということが、そもそもあぶないことなのですよ、谷川さん」

「五名の元締どのも、そのことはわきまえているらしい。近いうちに他の場所へ移してくれると、そういって……」

「ですが弥太郎さん。お前さん、まだ、五名の清右衛門のそばについていなくてはならねえような義理があるのですかえ？」

「世話にはなった……」

「そのかわりに、お前さんは何人も人を殺めなすった」

「む……」

「さあ、どうなさる？」

「何が、です？」

「清右衛門のいうままに、此処へ残るか……それとも、この弥平次と一緒に来なさるか？」

「それは……」

と、谷川弥太郎は、いささかの躊躇《ちゅうちょ》もなく、こういったものである。

「私は、弥平次どのと暮したい」

「そ、そうですかえ！」

弥平次が、弥太郎の手をつかんだ。

「それなら、すぐに此処を出ようじゃありませんか」

「いま？」

「そうですとも」

「五名の元締どのには、ことわらなくてもよろしいか？」

「それは、落ちついてから、そっと手紙をとどければすむことだ」

「なるほど……」

弥太郎が、強くうなずき、

「そうだ。そうしよう」

といった。

「土岐様の下屋敷は、いずれ近いうちに、私が探りをかけますよ。まあ、こういうことならこっちのものなのだ。まかせておいて下さい」

「すまぬ……」

「その前に、急いで仕ておかなくてはならねえことがある。それまでは凝と隠れていて下さい。なあに、近いうちに私の友だちが、私たちの隠れ家を見つけてくれることになっていますから……」

「かたじけない。弥平次どのに、そういっていただくと、まことに……まことに心強いおもいがします」

弥太郎の顔に、血がのぼってきた。

なんといっても、この世の中に谷川弥太郎が真底からたよれる男といえば、雲津の弥平次しかいないのである。

雲津の弥平次は、谷川弥太郎へ、何やら打ち合せをして、小屋を出て行った。

弥太郎は、それとなく、身仕度をととのえた。

これといって、持って行く物もない。

書籍数冊と肌着のようなものを風呂敷包みにし、押入れへ隠した。

いつの間にか、夕闇がたちこめてきている。

弥太郎は、釘ぬき屋のおみちが夕餉《ゆうげ》の膳を運んで来るのを待った。

弥平次は、

「あたりが、すっかり暮れてからでなくては、いけませんよ」

と、弥太郎に念を押して行った。

やがて……。

足音が小屋へ近づいて来た。聞きなれたおみちの足音であった。

「もし……」

戸の外で、おみちの声がした。

声が、はずんでいる。

この小屋へ弥太郎が入る前と後とでは、おみちの声も、顔の表情もちがってきている。

「やっぱり、むすめだねえ。このごろのおみちは、だんだん、きれいになってきたよ」

と、釘ぬき屋の女房で、おみちには義理の伯母にあたるおますが、亭主の五郎吉にそういったものだ。

「おみちさんか……」

「はい」

「お入り」

「まあ……灯《あか》りもなしに……」

いいながら、おみちが戸を開けて土間へ入って来た。

おみちは、小さな鉄鍋《てつなべ》と岡持を提げている。

板の間へ置いた鉄鍋から、うまそうな汁の匂いがただよった。

「いま、灯りを……」

と、おみちが、すわっている弥太郎の側をすりぬけ、行灯へ差しのべた手を、

「いいのだ。後で、私が点《とも》す」

いいざま、弥太郎がつかんで引き寄せた。

「あ……」

「おみちさん……」

弥太郎が、おみちを抱き倒した。

おみちを、何度、この小屋で抱いたろう。

それはまだ、片手の指を数えれば足りるほどであった。

だが、このときの弥太郎の愛撫《あいぶ》の烈しさは、おみちにも、また弥太郎自身にも、かつて、おぼえがないほどのものだったのである。

おみちは、われ知らず、弥太郎の強烈な躰のうごきにこたえていた。

おみちが、低く叫んだ。

弥太郎は、おみちの乳房へ顔を埋めている。

あわただしい、短い時間であったが、終ったとき弥太郎のくびすじを巻きしめていたおみちの双腕《もろうで》に、恐ろしいほどのちからがこもった。


谷川弥太郎が、小屋を出たのは夜に入ってからであった。

おみちを帰してのち、弥太郎は飯に汁をかけて食べ、膳の上へ、おみちに宛てて、

「かならず、もどる。あんしんをしていてくれ」

と、あわただしく書きしたためた紙片と、金十両を置いた。

今日、半場の助五郎が、

「元締からでござんす」

こういって差し出した金五十両は、布に包んでふところへ入れた。

これは後で、五名の清右衛門へとどける手紙につけて返すつもりであった。

弥太郎は、釘ぬき屋の裏道へ出て、人の気配がないのをたしかめるや、先刻、雲津の弥平次が蔭に隠れていた地蔵堂傍《そば》の細道へ飛びこんだ。

この道は、上富士前町の裏側を通っている。

木立と畑の中の、さびしい道であった。

「そこを通って来るように……」

と、弥平次が指示したのである。

しばらく行くと、

「もし……もし、こっちですよ、谷川さん」

雑木林の中から、弥平次の声がかかった。

「あ……」

木立の中へ入って見て、弥太郎はおどろいた。

先刻は旅僧の姿をしていた弥平次が、今度は、そのあたりの、何処《どこ》にでもいるような町人になっている。

これは、僧衣の下に、もう一枚着物を着ていただけのことだ。履物や帯などは頭陀袋《ずだぶくろ》に入れてあったらしい。

坊主頭を頭巾がおおっていた。

「さ、まいりましょう」

「どこへ?」

「遠まわりをして行きますよ。そのかわり、人目にはつきません。大丈夫。私たちが此処にいることをだれも見てはいませんからね」

雑木林から出て、提灯《ちょうちん》もなしに、二人は歩きはじめた。

「暖かくなりましたね、急に……」

「さよう……」

「谷川さん。あの小屋を出てから、西ヶ原の、土岐様の下屋敷を、ちょいと見て来ました」

「さようか。それで?」

「なあに、外から見ただけですよ」

弥平次は笑って、

「あの屋敷なら、なんでもねえことだ」

と、いった。

「なんでもない、とは?」

「いえなに、探りやすいということです。それにしても何となく妙な屋敷だ。いえ、これは、私が長年、つまらぬ稼業をして来たので、そんな勘がはたらくのでしょうがね。どうも、あの屋敷、怪しげな匂いがしますよ」

本書中、今日の人権擁護の見地に照らして不隠当と思われる表現がありますが、この作品の舞台となった時代の知識や認識を考えあわせ、原文のままにしました。

なお、本作品は昭和五十五年九月、新潮文庫に収録されました。

闇《やみ》の狩《かり》人《うど》(上)

池《いけ》波《なみ》正《しょう》太《た》郎《ろう》

平成12年 8月25日　初版発行
令和7年 3月10日　15版発行

発行者●山下直久

発行●株式会社KADOKAWA
〒102-8177　東京都千代田区富士見2-13-3
電話　0570-002-301(ナビダイヤル)

角川文庫 11597

印刷所●株式会社KADOKAWA
製本所●株式会社KADOKAWA

表紙画●和田三造

●お問い合わせ
https://www.kadokawa.co.jp/（「お問い合わせ」へお進みください）
※内容によっては、お答えできない場合があります。
※サポートは日本国内のみとさせていただきます。
※Japanese text only

ISBN978-4-04-132321-2　C0193